황금이삭

황금이삭

안재성 장편소설

삶창

황금이삭

초판 1쇄 발행 · 2003년 7월 4일
초판 10쇄 발행 · 2019년 4월 1일

지은이 · 안재성
펴낸이 · 황규관

펴낸곳 · 도서출판 삶창
출판등록 · 2010년 11월 30일   제2010-000168호
주소 · 04149 서울시 마포구 대흥로 84-6, 302호
전화 · 02-848-3097
팩스 · 02-848-3094

더러운 전쟁, 아픈 기억, 착한 사람들

내게 외가는 특별한 의미를 가지고 있다. 어린 시절 대부분을 외가에서 보내며 사람 사이의 예의와 인정을 배우고 근면함과 진취적인 자세를 배웠다. 문학을 평생의 업으로 삼고 사회운동에 관심을 갖게 된 것도 외가의 영향이었다. 막내 외삼촌을 통해 처음 한글을 깨우친 곳, 사상계와 신동아, 일어판 문예춘추로 가득한 외할아버지의 사랑방이었고 외삼촌이 빌려다 준 동화책들로부터 문학에 대해 숙명 같은 집념을 갖게 되었기 때문이다.

특히 부지런하고 자상했던 외할머니와 낭만적인 막내 외삼촌의 모습은 어린 내게 깊은 감동을 주었다. 일제 시대, 놋수저하나 없는 빈농의 딸로 태어나 어린 남편을 이끌고 알몸으로상경하여 모진 고생 끝에 근동 제일의 큰살림을 이룬 외할머니, 월남전에 파병되었다가 돌아온 후 평생 자기 명의의 방 한칸 없는 전도사로 일생을 마친 막내외삼촌은 내 삶의 거울이 되었다. 외가는 내 영혼의 산실이었고 두 분은 내 영혼의 산모였다.

90년대 들어 외할머니와 막내외삼촌이 잇달아 세상을 떠난후, 영혼의 한 귀퉁이를 잃은 허전함이 오래 계속되었다. 재미있게 이야기를 꾸며내는 재능이 부족하여 스스로의 경험밖에 쓸 줄 모르던 내가 다른 사람의 이야기에 관심을 갖게 되었을 때 제일 먼저 떠오른 것이 두 분이었음은 당연한 일이다.

그런데, 20세기 초반에 태어나 일제시대와 전쟁과 경제개발 시기를 한 몸으로 겪은 외할머니의 생애는 쉽게 복원이 되었 지만 막내외삼촌의 궤적은 가려진 부분이 많았다. 전혀 종교와 상관없던 이가 월남에서 돌아온 직후 맹신도가 된 이유, 온 집 안을 뒤져도 유전적인 질병이라곤 없는데 유독 그의 두 아들 이 불구로 태어나고 외삼촌 본인도 병명을 알 수 없는 기이한 병으로 요절한 이유에 대해서는 풀리지가 않았다.

지난 해, 참전군인 몇 분과 동행해 베트남 중부지방을 여행 하게 된 것은 막내외삼촌의 삶과 죽음의 단초를 월남전에서 찾을 수 있으리라는 희망 때문이었다. 외삼촌이 죽을 당시에는 공론화 되지 않아 몰랐지만, 나중에 그의 죽음과 자식들의 불 구가 월남전 당시 미군에 의해 뿌려진 고엽제 피해일 거라는 생각이 들었기 때문이다. 또, 근래 들어 한국군에 의한 월남민 간인 학살의 진상이 드러나면서, 어쩌면 외삼촌이 월남에서 돌 아온 후 갑자기 독실한 기독교인이 된 이유가 거기에 있지 않 나 하는 의구심도 들었다.

외삼촌의 흔적을 찾고자 했던 열흘간의 베트남 여행 동안 찾아낸 것은 우리 민족의 아픈 상처였다. 사천년 역사 동안 다 른 나라를 침략하거나 이민족을 해친 적이 없이 당하고만 살아온 조용한 민족의 군대가 처음으로 외국에 나가 벌인 전쟁의 추악한 본질과 밝혀지지 않았던 이면이었다. 세계사적으로는 20세기 들어 공산주의 저지를 위한 명목으로 저질러진 무수한 학살의 일부요, 한국 내에서는 해방 직후와 한국전쟁 기간 동안 저질러진 우익에 의한 민간인 학살의 연장이었다. 그 속에 외삼촌의 이름도 들어 있었다. 군대 가기 전, 근면하고 착한 농촌 청년으로서, 생모는 아니지만 친어머니 이상으로 사랑하고 따르던 외할머니와 함께 그 큰 집안일을 도맡아 하면서도 밤이면 조카들에게 소설책을 읽어주고 자기가 지어낸 옛날이야기를 들려주던, 아름다운 영혼을 지녔던 한 낭만적인 청년이 겪어야만 했던 타의에 의한 살인과 강간의 기억들이었다.

여행을 함께 하는 동안, 그 추악한 전쟁의 최전방에서 보병으로 직접 참전했던 선임하사 출신 정 선생님과 마산의 정무식, 김영만 형의 고통스런 회고를 들을 수 있었다. 밝히고 싶지 않은 참담한 기억임에도 용기를 내주신 그분들에게 진심으로 감사한다. 답사기간 내내, 그 분들은 나보다 더 많은 눈물을 흘렸다. 참으로 좋은 분들이었다. 그렇게 선량하고 올곧은 이들이, 내 외삼촌과 조금도 다르지 않은 분들이 겪어야만 했던 고통은 모든 전쟁에서 일어날 수 있는 슬픔이라고 만은 할 수 없는, 20세기의 지배자 미국의 오만이 빚어낸 약소민족들의 상처이고, 그 점은 또 다른 장에서 역사에 기록되어야 하리라. 이번에는 그 더러운 전쟁이 착한 사람들에게 어떤 상흔을 남겼는가를 기록하는 일만으로 만족해야 하리라.

한 가지, 여행을 함께 했던 마산의 문영진 군을 통해 우리의 상처를 치유할 수 있는 소중한 씨앗을 얻는 수확도 있었다. 전쟁 중에 민간인 신분으로 월남에 들어가 그곳 여인과 아이를 낳고 살다가 월남이 패망한 후 모두 데리고 나와 여러 나라를 떠돌며 돌봐준 한 사업가의 일생을 알게 되었다. 이야기를 재미있게 꾸며내는 재주가 없어 있는 그대로 기록할 수밖에 없음이 미안하리만큼 귀중한 인물이었다. 지금 그가 낳은 월남 아들인 용철 군이 호주에서의 안락한 삶을 버리고 하노이에 들어가 가난한 청소년들을 위해 헌신하고 있음에 흐뭇하다. 또, 학살 와중에 살아남아 불구의 몸으로 어렵게 사는 이들에게 집을 지어주고 생활비를 지원하는 사업을 하고 있는 '나와 우리' 같은 단체가 있음에 감사한다. 월남전이 그곳에 참전한 군인 개개인의 전쟁이 아니라 민족 전체의 전쟁이었듯이, 그 상처의 치유 역시 민족 전체의 책임이 되어야 하리라.

　이번 글의 가제는 '착한 사람들'이었다. 민주화운동을 한다고 수차례 감옥과 유치장을 드나들었지만 정말 심성이 나쁜 놈이라고 욕할 만한 인물을 만나보지 못했다. 참혹한 학살이 이루어진 현장에서도 영화에 등장할만한 사악한 군인을 발견해내지는 못했다. 이렇게 평범하고 착한 이들을 고통에 빠뜨리고 살인의 죄를 저지르게 만드는 세력은 도대체 어디에 존재하고 있을까? 어쩌면 바로 이 의문을 풀기 위해, 부와 권력의 거대한 성에서 인간의 목숨을 가지고 게임을 즐기는 자들을 몰아내기 위해 공산주의가 만들어졌으리라. 그러나 결과적으로는 공산주의자들이 마녀로 몰려 참살 당했고, 또 그들과 같은 마을에 산다는 이유만으로 수많은 가난한 이들이 학살을 당해야만 했다. 역사 이래 가장 참혹한 대량학살들이 자유민주주의의 이름으로 행해졌다. 20세기는 우울한 시대였다. 그러나 이렇게 착한 사람들이 존재하는 한 희망은 있으리라. 새로운 세기, 새로운 세상을 만들려는 줄기찬 노력이 있기에 희망을 버

릴 수 없으리라. 가을 들판에 물결치는 황금빛 이삭처럼 후세
를 위해 희망의 싹이 되어주는, 이 땅에서 태어난 모든 착한
이들에게 축복을 보낸다.

2003년 2월 경기도 이천의 서재 무영정에서 안재성

차례

작가의 말 · 5

1부 윤영옥 · 13

2부 윤상국 · 109

3부 이채훈 · 215

1부 윤영옥

양포리 윤영옥은 유별나게 키가 큰 소녀였다. 어깨와 가슴은 좁은데다가 다리는 무척 길어 치마를 입으면 서양 여자처럼 보였다. 다른 아이들뿐 아니라 보통 어른들보다도 컸기 때문에 사람들과 대화하기 위해서는 늘 어깨를 구부정히 수그려야 했다. 그것이 습관이 되어 나이가 들어서도 다락방 아래 사는 듯한 자세로 걸어 다녔다. 별나게 예쁜 얼굴은 아니었다. 그다지 곱지 않은 피부는 바닷가 햇살에 그을려 검은 편이었고 홀쭉한 뺨에 얇고 도드라진 입술을 가졌다. 그래도 밉상이라거나 팔자 사납게 생겼다는 말은 들어본 적이 없었다. 크고 부드러운 눈매와 탐스러운 머릿결, 무엇보다도 해맑은 음성 때문이었다. 친구들은 엷은 웃음을 머금은 채 상대를 지그시 바라보는 그녀의 눈빛을 좋아했다. 큰 눈이었기 때문에 똑바로 뜨면 무척 아름다웠지만 친구들은 그녀가 눈을 가늘게 뜨고 넌지시 바라보며 자신의 이야기를 들어주는 걸 좋아했다. 여자들은 풀어혜친 그녀의 고운 머릿결에 감탄했다. 평소에는 묶고 다녀야 했지만 동네 우물가에서 머리를 감고 참빗으로 빗어 내린 그녀의 완벽한 갈색 직모는 일본 기마 순사들이 타고 다니던 준마의 갈기처럼 탐스러웠다. 남자들은 그녀의 음성에 매혹을 느꼈다. 그녀가 자라난 충청도 해안 지방의 낮고 느린 어투와 달리 경성의 신세대 여인들처럼 맑고 투명한 음성과 깔끔한 억양이 남자들을 공연히 들뜨게 했다. 누구라도 그녀의 표정에 드러나는 따뜻함을 쉽게 읽어 냈다. 부드러운 눈길과 함께 현을 타는 듯 청량한 목소리를 모두들 좋아했다. 그녀의 길고 하얀 목을 통해 나오는 이야기와 노래를 듣고 싶어 했다.

양지바른 포구라는 뜻으로 지어진 양포리 안동네에서 십 분쯤 걸어가는 바다에는 드넓은 갯벌이 펼쳐져 있었다. 인적이 없을 때면 검은 뻘 위로 수많은 게들이 사각거리며 몰려다녔다. 조금만 뻘을 파면 갓난아이 오줌처럼 물을 뿜으며 달아나는 손가락만한 맛살과 바지락, 낙지들을 무한정 잡을 수 있었다. 바위가 깔린 곳에는 작고 고소한 굴이 지천에 널려 있었다. 그러나 소유권은 일본인이 가지고 있었고 농사를 짓는 영옥의 아버지는 어촌계에 가입하지도 못했기 때문에 마음대로 채취할 수가 없었다. 비가 오거나 몹시 추워 아무도 나오지 않는 시간을 택해 일본인 몰래 나가서 잡아오곤 했다. 키만큼이나 손이 길었던 영옥은 낙지를 잡아내는 솜씨가 좋았다. 비 오는 날이면 짚을 엮어 만든 패랭이를 뒤집어쓰고, 한 겨울에도 맨손으로 나가 대바구니 가득 낙지를 잡아오곤 했다. 붙잡히면 일본인에게 끌려가 욕을 보아야 했기 때문에 가슴을 졸이면서도 다른 조선인들이 감히 하지 못하는 일을 해냈다. 중풍이 들어 누운 할머니가 해산물을 좋아했기 때문이었다. 옷도 변변치 않던 시절이라 낡아빠진 흰 광목옷을 걸치고 얼어붙은 뻘을 헤집고 돌아오면 손발이 얼어터진 무처럼 투명하게 굳어 있곤 했다. 그래도 비가 오거나 진눈깨비가 몰아치는 날, 할머니가 희미하게 웃으며 날씨가 좋구나 하면 영옥은 두말 없이 대바구니를 들고 갯벌로 나갔다.

중풍에 걸려 여러 해를 누워있던 할머니가 노망까지 들어 자리에 누운 채 짓이겨 놓은 똥을 치우는 일도 장녀인 그녀의 몫이었다. 정신이 나간 할머니는 나중에는 누운 채로 자기 똥을 벽에 바르거나 사람에게 던지기도 했다. 할머니 방에는 늘 지독한 똥 냄새가 났다. 젊은 사람의 것과 달리 속까지 썩어버린 듯 고약한 냄새가 났다. 끔찍한 바다 추위와 비바람도 이겨낼 수 있었지만 그 냄새만큼은 견디기 힘들었다. 매일 하는 일인데도 어떤 날은 구역질이 올라와 밥도 먹을 수 없었다. 어느 날은 아버지 담배를 몰래 피우고서야 울렁거림을 가라앉힐 수 있었다. 이후로 그녀는 똥을 치울 때마다 몰래 담배를 피우는 습관이 생겨 할머니가 돌아가신 후 담배를 끊느라 애써야 했다.

갯벌만이 아니라 세상이 모두 일본인 차지였다. 그녀가 일곱 살이던 1919년에 3·1만세운동이 터지고 나라 안팎에서 독립운동이 계속되었다지만 그녀는 태극기를 본 적이 없었고, 고향에 사는 동안에는 직접 독립군을 만나거나 인근에 그런 사람이 있다는 소문조차 들어본 적 없었다. 조선어 신문에는 독립운동에 관한 기사가 났다지만, 신문조각 하나도 귀한 촌구석이었다. 신문이 있다 해도 한문이 섞여 바르게 읽을 수도 없었을 거였다. 도저히 헤어날 길이 없어 보이는 가난과 옆구리에 긴 칼을 차고 돌아다니는 일본 순사에 대한 두려움, 굶주림을 면하기 위해 철 따라 들과 산으로 나물 캐러 다니고, 일본인 감독들과 산 주인의 눈을 피해 몰래 땔나무를 해오는 힘겨운 겨울날들이 어린 영옥의 기억의 공간을 메워갔다.

영옥이 기억하는 조선인 마을은 무너져 가는 흙벽 위에 무겁게 드리우고 있는 두터운 초가지붕과 흰옷들뿐이었다. 양포리뿐 아니라 조선인들은 남녀 없이 모두들 흰옷을 입고 살았다. 남자들은 흰 두루마기를 입고 상투 튼 머리 위에 자그마한 검정 갓을 쓰고 다녔다. 여자들은 흰 치마에 역시 하얀 광목을 머리부터 등까지 뒤집어쓰거나 아니면 들에서 일할 때처럼 이마를 질끈 동여매고 다녔다. 어디에서건 자리에 앉았다 일어나기만 해도 꼬깃꼬깃 주름이 잡히고 때가 묻어나는, 농사일에는 거추장스럽기 짝이 없는 옷이었지만 짙은 색깔로 물을 들이거나 편하게 개조하려 들지 않았다.

체구가 작은데다 가늘게 찢어진 눈이 매서운 일본인들과 조선 사람은 얼굴 빛깔부터 달랐다. 농사 외에 먹고 살 길이 없었기 때문에 조선인들은 너나없이 바싹 마른 얼굴이 햇볕에 그을려 새까맸지만 일본인들의 낯은 두부처럼 하얗게 번들거렸다. 총독부가 토지정리사업을 한다면서 조선인들이 대대로 농사를 지어오던 땅을 토지대장이 없다는 이유로 빼앗거나 순사를 동원해 헐값에 사들여 일본인들에게 넘겨주면서, 조선인들은 대부분 소작농으로 전락해 있었다. 좋은 땅을 다 차지한 일본인들은 소작료만으로도 거들먹거리며 살았다. 햇볕을 받지 않아 하얀 얼굴에 잠옷처럼 헐렁한 기모노를 걸친 일본인들은 뒷짐을 지고 거만하게 면소재지를 누비고 다녔다. 모서리가 둥근 검정색 승용차를 타고 다니는 이들도 있었다.

윤영옥이 양포리를 벗어나 항구에 처음 가본 것은 열다섯이

되던 해였다. 김장을 하기 위해 젓갈을 사러 가는 길에 아버지가 그녀와 동생 병수를 데려간 것이다. 사십 리밖에 떨어지지 않은 곳임에도 우마차가 없던 그녀의 가족으로서는 하루 종일 걸어갔다 와야 하는 먼 길이었다. 일본인들이 조선 인부들을 동원해 옛길을 넓혀 새로 신작로를 뚫고 있었지만 아버지는 예전부터 나있던 바닷가 오솔길을 따라 걸어갔다. 칠갑산을 넘어 온 차령산맥의 끝자락이 바다로 떨어지는 언덕길을 오를 때 내려다보이는 푸른 서해 바다가 무척이나 아름다운 맑은 날이었다. 아버지는 푸른 바다 건너 아득히 중국 대륙이 있다고 가르쳐 주었다. 아련히 수증기 피어오르는 바다 너머 어딘가에 전혀 다른 세계가 있다는 말이 그녀를 두려움과 황홀함으로 설레게 했다.

항구에는 놀라운 세상이 펼쳐져 있었다. 통통배가 없던 시절이라 저마다 높다란 돛대를 단 목선들이 출렁이며 출항 준비를 하거나 방금 잡아온 생선을 하역하고 있었다. 먼 바다에는 중국과 일본을 오가는 상선들이 몇 개씩 솟은 우람한 굴뚝에 연기를 뿜으며 정박해 있었다. 선창에는 배에서 갓 내린 생선들이 수북이 부려지고, 또 금세 실려 나갔다. 흰옷에 수건을 두른 어부들이 배에서 푸른 생선들을 지고 내려와 선창에 부려 놓으면 아래 사람들은 소가 끄는 마차 짐칸에 삽으로 퍼 담았다. 소들은 생선이 다 실릴 때까지 허연 침을 흘리며 되새김질을 했다. 양철통도 귀한 시절이라 짐꾼들은 나무판자를 둥글게 말아 만든 무거운 목통에 생선이 넘치도록 담아 져 나르고 아낙네들은 바닥에 주저앉아 생선을 골라내는 일을 하거나 그물을 손보며 떠들어댔다. 기모노에 게다짝을 신은 일본인들이며 중절모에 서양식 긴 외투를 입은 멋쟁이 신사들과 댕기머리를 길게 늘어뜨린 처녀들이 장바구니를 들고 다니며 싱싱한 생선을 골라 사는 모습도 활기차 보였다. 시끌벅적한 거간꾼들의 흥정 소리와 황소 코뚜레에 걸린 작은 구리종에서 울리는 딸랑딸랑 소리, 생선 썩은 비린내와 함께 밀려오는 바다 냄새가 싱그러웠다.

항구가 있는 읍내는 면소재지와 전혀 달랐다. 부두에는 검은 기름이 칠해진 나무판자나 붉은 벽돌로 지어진 거대한 창고들이 늘어서 있었고, 시내에는 이삼 층짜리 일본식 상가가 즐비했다. 점포들마다 물건을 잔뜩 쌓아놓은 거리에는 승용차들과 자전거와 사람들이 밀려다녔다. 첩첩산중 아늑한 골짜기 안쪽 양지바른 자리에 옹기종기 모여 앉은 누런 초가집들만 보아오던 영옥은 이리저리 사람들과 부딪히며 건물과 상점들을 구경하느라 정신이 빠져 버렸다.

아버지는 지은 지 얼마 되지 않는 신식 영화관에 아이들을 데려가 영화도 보여주었다. 흑백 화면에 말소리 대신 자막이 나오는 미국 무성영화였다. 내용이나 제목은 잊어버렸지만, 처음 들어보는 영화음악과 담배연기로 가득한 어두운 영화관에서 신열처럼 그녀를 엄습해온 새로운 세상의 충격은 쉽게 가라앉지 않았다. 미국의 화려한 거리와 옷들, 한 번도 본 적 없는 전차며 비행기의 신기함이 잊혀지지를 않았다.

영옥은 상회에서 산 멸치젓갈을 머리에 이고 집으로 오는 먼 산길을 걸으며, 사람이 농촌을 떠나 도시에서 살 수도 있구나 생각했다. 논과 밭이 없어도 먹고사는 직업이 있다는 사실이 신기했고, 일본인 산에서 몰래 나무를 하지 않아도 누군가 장작을 팔러 다니는 사람이 있다는 게 좋았다. 집에 돌아와서도 한동안 열병처럼 찾아온 도회지에 대한 갈망을 털어 내지 못했다. 그녀는 시집만큼은 반드시 도회지에 사는 남자에게 가겠다고 마음먹게 되었다. 아니, 누구와 결혼을 하더라도 도회지에 나가 살겠다는 결심이었다.

남자건 여자건 열여섯만 넘으면 결혼하던 시절이었다. 가난한 집 처녀들은 제 식구 밥그릇을 덜기 위해 자기보다 한참 어린 꼬마신랑 집에 민며느리로 들어가 하녀처럼 일해준 대가로 연명하기도 했다. 비슷한 나이의 처녀들이 벌써 아이를 낳아 산간 하러 친정을 찾아오기도 하고, 성격 부드럽고 무던하니 일 잘 한다는 소문이 난 영옥에게도 다른 마을 총각들로부터 중매가 들어오기 시작했다. 그러나 영옥은 농사꾼과는 절대로 결혼하지 않겠다는 결심을 버리지 않았다. 자존심 강하고 고집스런 아버지 역시 딸에게 자기 아내와 같은 비참한 삶을 안겨주고 싶지 않았기 때문에 몇 번의 혼담이 없던 일이 되었다. 아버지는 그토록 아끼던 큰딸이 전혀 엉뚱한 남자를 선택할 줄은 상상도 못했다. 영옥 자신도 사랑과 결혼을 결정하는 불가피한 운명이 존재한다는 사실을 알지 못했다.

. . . . . .

조귀동은 엄마의 이종사촌 여동생의 큰아들이었다. 부계로는 모든 동성동본을 친족으로 보고 일체의 혼인을 금지했지만 어머니와 성이 같은 외삼촌 일가까지만 인척으로 여기던 시절이었다. 그래도 대개 사람들은 어머니 쪽 친척에게 더 친밀감을 느끼기 마련이었다. 여자들은 남편 쪽 친척보다는 친정 식구들, 그중에서도 아버지 쪽보다는 어머니 쪽 가족과 가까웠다. 영옥의 엄마도 외사촌이모와 맏아들인 조귀동에 대해 남다른 애정을 갖고 있었다. 먹을 것이 생기거나 잔치가 있을 때면 제일 먼저 챙기는 게 귀동이네 집이었다. 인근에서 조귀동과 윤영옥이 한 집안이라는 건 누구나 아는 사실이었고 두 집안의 혼사란 상상할 수 없는 일이었다. 동성동본이 아니기 때문에 법률적으로는 결혼 신고도 할 수 있었지만, 법보다 인습이 더 무서운 게 인간세상이었다.

　귀동의 집은 커다란 소나무를 깎아 만든 장승이 서있던 장승배기 고개 넘어 조씨 집성촌에 있었다. 마을 형상이 용을 품었다 해서 회룡골이었으나 어지러운 조선 말기에 돈을 주고도 살 수 있을 정도로 흔해빠졌던 참봉 자리 하나 얻은 적이 없는 시시한 가문인 점에서는 양포리 윤씨 집성촌과 다를 바 없었다. 가난하기로 말하자면 산맥 안쪽으로 더 깊숙이 틀어박힌 회룡골은 거지들조차 찾아가지 않는 빈촌이었다. 양포리와 마찬가지로 그나마 마을 가운데 비옥한 논밭은 대개 일본인 차지였고 한 다랑이라야 어른 서넛이 겨우 누울 정도의 산등성이 계단식 다락논들만 조선인 소유로 남아 있었다. 농민들은 일본인 논에서 소작을 부치거나 황소도 쩔쩔매는 가파른 비알밭을 일궈 양식을 마련해야 했다. 열 가마 쌀을 수확해 다섯 가마를 소작료로 바치고 두 가마는 품값이며 비료대로 들어가 겨우 세 가마를 갖는 가혹한 조건이었지만 그나마 한 마지기라도 더 소작을 부치기 위해 서로 일본인들에게 아부를 했다. 하늘만 바라보는 농사라, 비가 적은 봄이면 서로 논물을 대느라 주먹질하며 싸웠다. 굶주림은 사람들을 사납게 만들었고, 누구도 이를 막을 수 없었다. 마을 입구에 세워진 우람한 천하대장군과 지하여장군의 부리부리한 눈빛만이 그들을 말없이 지켜보았다.

조귀동이 인근에 유명해진 것은 할아버지의 수염사건 때문이었다. 먼 산길을 걸어 면소재지에 있던 소학교 상급반에 다니던 열세 살 때였다. 어느 날 학교에서 돌아온 귀동이 마당에 들어서니 할아버지 방에서 비명이 들려왔다. 뛰어들어가 보니 마을 늙은이 하나가 병들어 누워있는 할아버지의 수염을 담뱃불로 지지고 있었다. 귀동의 아버지가 일본인한테서 새로운 소작을 얻었는데, 그때까지 그 논을 경작하던 이가 찾아와 행패를 부리고 있었다. 담뱃불이 붙은 장죽으로 할아버지의 턱수염을 꼬슬르며 빼앗은 소작지를 도로 내놓으라고 다그쳐대고 있었다. 중풍 든 할아버지는 턱 밑 염소수염이 냄새를 내며 노랗게 타들어가도록 꼼짝 못하고 누운 채 이 놈이 나 죽인다며 비명만 지르고 있었다.

  조귀동은 키가 작은 편이었다. 뼈대도 가늘고 호리호리한데다가 얼굴은 계집애처럼 예뻤다. 작고 까만 눈에 오뚝한 코와 윤곽 뚜렷한 입술이며 계란처럼 둥그런 이마와 튀어나온 뒤통수까지 골고루 잘 생겼다. 피부까지 고와서 화장만 해놓는다면 누구라도 여자라고 속을 만한 귀여운 아이였다. 그러나 가느다란 팔뚝에는 다부진 힘이 숨겨져 있었다. 두어 살 더 먹은 덩치들과 팔씨름을 해도 지지 않았다. 동작도 빨라 소학교의 싸움대장으로 이름나 있었다.

  "아픈 사람한테 뭐 하는 짓이다요?"

  귀동은 먼저 늙은이의 곰방대를 낚아채 마당으로 던져 버렸다.

  "어, 이놈의 후레자식 같으니, 어디 어른한테 덤벼들어?"

  늙은이는 다짜고짜 어린 귀동의 뺨을 후려쳤다. 화가 난 귀동은 노인의 뒷덜미와 허리춤을 양손을 붙잡고 방에서 끌어내기 시작했다.

"따질 것이 있으면 우리 아버지에게 가던지, 할아버지가 무슨 죄가 있다고 행패를 부린단 말요? 동네 사람 다 불러 모아 놓고 물어봅시다."

"이놈! 이거 놓지 못하냐? 이놈이 사람 잡네!"

목과 허리가 붙잡혀 힘을 쓸 수 없게 된 늙은이는 마구 욕설을 퍼붓고 주먹을 휘두르며 어린아이의 기를 꺾으려 했지만 소용이 없었다. 귀동은 귀가 찢어지고 입술이 터지도록 주먹질을 당하면서도 자기보다 훨씬 큰 늙은이를 질질 끌어 동네 입구 느티나무 밑으로 끌고 갔다. 한가한 시간이면 마을 사람들이 모여 앉아 쉬기도 하고 냉수를 받아놓고 가족의 안위를 빌기도 하는 당산나무였다. 나무 기둥과 줄기에는 붉고 푸른 띠며 부적들이 걸려 있었다. 귀동은 나무 아래에 늙은이를 엎어 놓고 팔로 목덜미를 누르고 앉아 동네 사람 다 나와 재판을 하자고 고함을 질러댔다. 잘못이 있다면 본인과 따져야지 왜 다른 가족을 괴롭히느냐고, 이조시대도 아닌데 연좌가 어디 있느냐고, 누가 잘못했는지 가려보자고 외쳐댔다. 몰려나온 동네 사람들이 뜯어말리고 야단쳐서 겨우 화해를 시킬 수 있었다.

사람들은 노인이 잘못한 거라고 판정해 주었다. 그래도 어린애가 어른을 욕보인 대가는 치러야 했다. 동네의 오랜 전통에 따라 귀동은 빈 통나무에 소가죽을 대어 만든 동네북을 등에 지고 앞장섰다. 마을 사람들이 모두 나와 차례로 북채를 들어 북을 두드리며 후레자식이라고 욕을 했다. 귀동은 회룡골을 몇 바퀴나 돌도록 고개를 빳빳이 들고 있었다. 사람들은 버릇없는 아이라고 흉보기보다는 여간내기가 아니니 나중에 크게 되리라고 말했다.

그러나 아무리 당차고 영리한 아이라도 지지리도 가난한 소작농의 맏아들일 뿐이었다. 귀동은 소학교를 겨우 마친 후 농사일을 해야 했다. 자기 땅이라고는 물지게 몇 번이면 논물을 댈 수 있을 만큼 조그만 다락논 몇 다랑이뿐, 남의 땅 소작 부쳐 겨우 연명하는 처지라 중학교 보낼 돈도 없었고, 반드시 배워야 한다는 생각도 없었다. 그래도 서당과 소학교를 거치며 한문과 일어를 잘했고 글씨체도 좋았기 때문에 마을 사람들은 문자에 관련된 일이 생기면 먼저 귀동을 찾았다. 귀동은 마을 사람의 편지를 대필해주고, 땅문서 같은 서류를 읽어주는 일로 사람들의 사랑을 받았다. 옛 한시도 많이 외웠을 뿐 아니라 즉석에서 직접 시를 지어 노래에 붙여 놀기를 잘해서 잔칫상에 불려가 창을 해주고 먹을 것을 잔뜩 얻어 오기도 했다.

  조귀동이 영옥을 잘 따른 것은 한가족 같은 두 집안의 분위기 탓이기도 하고 좋은 이야기 상대가 되기도 했기 때문이었다. 아무래도 바다와 가까워 찬거리 해물이라도 생기면 엄마는 먼저 귀동이네 갖다 주라고 시켰다. 부지런한 이모부가 산에 올라가 산짐승이라도 잡거나 산나물을 캐오면 이번에는 이모가 귀동을 시켜 영옥네를 찾았다. 그럴 때마다 두 오누이는 화로불가에서 고구마를 구워먹거나 뒷동산에 나란히 앉아 시간이 가는 줄 모르고 이야기를 나누곤 했다. 이제는 기억할 수도 없는 많은 이야깃거리들이 두 사람을 즐겁게 했다. 마을에 잔치가 생겨 함께 일을 도우러 가면 서로 먹을 것을 챙겨주느라 바빴고, 명절에 양포리와 회룡골 젊은이들이 편을 갈라 윷놀이나 널뛰기를 할 때도 마을의 경계를 넘어 같은 편에 들려고 억지를 쓰기도 했다. 누구나 인정하는 가장 가까운 친척인 데다가 영옥이 더 나이가 많았고, 무엇보다도 그녀의 키가 훌쩍

커서 마치 막내 동생 돌보는 것처럼 보였기 때문에 두 사람이
단짝으로 다녀도 눈에 거슬려하는 이가 없었다. 남들이 보지
않을 때면 땀이 나도록 오랫동안 손을 잡거나 숨결이 느껴질
만큼 가까이 얼굴을 대고 이야기하는 일이 잦아도 어색하지
않은 두 사람만의 은밀한 시간은 점점 늘어갔다. 연모니 사모
라는 한자말은 있어도 사랑이라는 단어는 아직 익숙하지 않았
던 산골이었다. 좋아한다는 말 외에 자신의 감정을 쉽게 표현
할 길이 없었다. 시간이 지나면서 한 증조부의 피를 이어받은
혈연간의 끌림인지, 누이와 동생의 오누이 정인지, 남녀간의
연애감정인지 구별할 수 없을 만큼 혼란스러워져 갔다.

　영옥이 귀동의 눈을 똑바로, 깊숙이 들여다보게 된 것은 열
여덟이 된 정월이었다. 회룡골 뒷산 골안에는 일년 내내 돌아
가는 물레방아가 있었다. 원천이 깊어 아무리 추운 겨울에도
얼지 않고 김을 모락모락 내며 흘러내리는 샘이 있었기 때문
이었다. 통나무를 파서 만든 물받이의 도랑물이 톱니바퀴처럼
달린 커다란 물레바퀴에 흘러내리면 축이 돌면서 방앗간 안에
연결된 나무 방아가 아래위로 움직였다. 방아의 강도는 사람이
조절할 수 있었다. 방아공이가 오르내리는 구멍에 말린 벼를
넣고 약하게 짓이겨 껍질을 벗겨 내거나 마른 옥수수를 집어
넣고 강하게 두드려 가루를 낼 수도 있었다. 회룡골 물레방아
는 축에 연결된 방아가 두 개인, 면에서 유일한 쌍방앗간인 데
다가 겨울에도 돌릴 수 있어 먼 마을에서까지 곡식을 이고 아
낙들이 찾았다.

　물레방아를 사용하고 나면 방아를 만들어 관리하고 있는 방
앗계에 벼 한 말 찧는 데 얼마 하는 식으로 삯을 치렀다. 현금
이 부족하던 시절이라서 돈을 주기보다는 기록을 해두었다가

가을에 한꺼번에 쌀로 계산했다. 회룡골 방앗계는 그렇게 모은 돈으로 물레방아를 전문적으로 고치는 대목을 불러 수리를 하거나 계원들끼리 칠갑산이나 계룡산까지 놀러가기도 했다. 물레방아 대목은 하루 품삯이 쌀 반 가마나 되기 때문에 잔고장은 방앗계원들이 직접 손을 봐야 했는데 손재주가 좋은 귀동의 아버지가 멀리 밭일을 하다가도 달려와 거뜬히 고쳐주곤 했다. 방앗계 총무이기도 한 이모부는 방아가 돌아가는 날이면 글을 아는 귀동을 시켜 누가 얼마나 사용했는지 기록해 두도록 했다.

영옥네가 엄동설한에 며칠이나 방앗간을 이용하게 된 것은 오랫동안 병석에 누워있던 할머니가 돌아가시면서 장례식을 치르느라 작년에 도정해놓은 쌀을 다 써버렸기 때문이었다. 이 듬해 봄에나 도정해 여름을 보내야 할 귀한 쌀이었지만 그때 가서 장리쌀을 빌어먹더라도 당장 먹을거리를 마련해야 했다. 역시 그 일도 손발 큰 장녀의 몫이었다. 영옥이 방앗간에서 며칠 일해야 한다는 사실을 안 귀동은 누나를 도와준다는 핑계로 아침부터 저녁까지 방앗간을 떠나지 않았다. 쌀자루를 져나르기도 하고 곁에 앉아 낭랑한 목소리로 노래를 불러주기도 했다.

"석탄 백탄 타는 데에 연기가 펄펄 나고요, 이내 가슴 타는 데에 한숨만 훨훨 나네요……"

귀동이 물방아 돌아가는 소리에 맞춰 나무막대를 두드리며 노래할 때였다. 영옥은 자신을 바라보는 귀동의 검은 눈동자 속에 빛나고 있는 맑은 빛을 들여다보았다. 그 투명한 눈 속에 들어있는 열망을 감지했다. 그것은 어려서부터 함께 자라온 이종동생이 아닌, 성숙한 남성의 그것이었다. 그 눈 속에 빠져들고 싶었다. 너무나 매력적이었기 때문에, 사랑스러웠기 때문에 빠져들고 싶었다. 귀동이 그녀에게 어떤 감정을 품었는가는 중요하지 않았다. 그것이 단순히 동물적인 욕정이어도 상관없고, 이종누이에 대한 본능적인 근친애여도 상관없었다. 영옥은 귀동이 느낄지도 모르는 두려움을 가려주기 위해 먼저 자신의 뺨을 그 애의 얼굴에 갖다 댔다. 그리고 먼저 그 작고 예쁜 입술을 더듬었다. 이 귀여운 사내아이를 자기 손으로 이끌어 더 크고 화려한 세상에 데리고 나가 귀한 인생을 살도록 해주고 싶었다. 근친불혼의 관습이나 사람들의 손가락질 따위는 조금도 두렵지 않았다. 만약 성까지 같은 친 육촌이었다 해도 그녀의 선택에는 변함이 없었을 거였다. 결혼까지는 생각지도 않았다. 결혼해서 아이 낳고 행복하게 사는 염원 따위는 갖지도 않았다. 다만 이 아이를 사랑할 수 있다면 족했다. 이 아름다운 아이의 미래를 밝혀줄 수 있다면, 앞날에 생겨날지 모르는 어둠을 밝히고, 아픔을 만져주고, 자신으로 인해 활짝 웃으며 살수 있게 해줄 수 있다면 충분했다. 그럴 수 있다면, 이 애가 허락만 해준다면, 이 애가 가는 긴 인생의 길을 마지막까지 함께하며 빛이 되어주고 싶었다. 이 애를 즐겁게 해주기 위해 자신의, 늘씬한 암말 같은 알몸을 내어줄 수 있었고 소중한 곳을 어루만지도록 내버려 둘 수 있었다. 그것은 자신의 선택이었다. 엄마나 아버지가 아닌, 세상이 아닌, 귀동에 의한 선택조차도 아닌, 바로 자기 자신의 선택이었다. 세상이 어떻게 변하고 무슨 일이 생기더라도, 자신이 이 애의 삶의 마지막 자리까지 지켜주리라고, 그녀는 욕망에 지칠 줄 모르는 귀동을 품에 끌어안고 몇 번이나 다짐했다.

경성역 광장에는 인력거가 즐비했다. 커다란 자전거 바퀴 같은 두 바퀴 사이에 의자를 달고 검은 천으로 지붕을 씌운 후 뒤에서 밀고 다니는 인력거였다. 경성을 반도의 작은 동경이라 부르던 시절이었다. 대원군이 닦았다는 드넓은 광화문 대로에서 시작해 남대문과 경성역을 지나 용산 일본인 집단거주지까지 뻗은 1번 국도 위에는 온통 전차와 승용차와 자전거와 인력거들이 복작거리고 있었다. 경부선 철도에 이어 호남선 철도가 개통된 지 십 년이 안 된 1930년이었다.

흰옷의 조선인들을 가득 태운 열차가 한강철교와 용산역을 지나 경성역에 멈추었을 때 온종일 비좁은 통로에 서서 흔들거리며 굶주린 두 사람은 다리를 후들거리며 인파에 휩쓸려 광장으로 나섰다. 귀동은 항상 그녀의 손을 잡아야만 걸음을 옮겼다. 성인남녀가 거리에서 애정 표현을 하거나 손을 잡고 다니는 일을 거의 볼 수 없던 시절이었음에도 귀동은 영옥의 손을 꼭 잡고, 난생 처음 맞닥뜨린 거대한 혼란 속으로 걸어 나갔다. 머리에 수건을 동여맨 인력거꾼들이 즐비하게 늘어서서 손님을 불러대고 있었다. 가진 돈이라고는 며칠 분 밥 사먹을 돈밖에 없던 두 사람은 인력거를 지나쳐 무작정 시내로 걸어 들어갔다.

늦봄의 맑은 오후였다. 아는 곳도, 갈 곳도 없었다. 친척이나 고향 사람 중에 경성에 사는 이가 있었지만 주소도 몰랐고, 안다 해도 찾아갈 처지가 아니었다. 오히려 아는 사람 눈에 띌까 두려웠다. 두 사람은 가장 많은 인파가 몰리는 곳으로 돌아다니기 시작했다. 전차 길을 따라가자니 자연히 남대문 주변의 번화가로 발걸음이 옮겨졌다. 재래식 시장인 남대문 시장부터 충무로 일대 일본인 상가까지가 당대의 중심지였다.

나중에 명동이라 부르게 된 남촌 진고개 일대 혼정의 일본인 상점들은 두 사람의 혼을 빼앗아 버렸다. 입구에 세워진 철제 아치를 지나 들어간 별천지는 촌스런 흰옷에 머리를 길게 따 내린 소년 소녀를 기죽게 했다. 조지야 백화점이 낮에도 화려한 전등불을 밝히고 사람을 유혹하고 있었다. 영옥은 여자의 본능이 이끄는 대로 백화점 안으로 귀동을 이끌어갔다. 두 사람은 초라한 옷 보따리를 들고 백화점 안을 돌아다니며 처음 보는 화려하고 값비싼 상품들과 사람들의 부유한 차림새에 한동안 넋을 잃었다.

경성 사람들은 차림새부터 달랐다. 윤영옥을 도시의 유혹에 빠뜨렸던 고향의 항구에 물결치던 흰옷과 흰 두건 같은 것은 거의 눈에 띄지 않았다. 검은 테 두른 중절모를 쓰고 구두를 신은 양복쟁이들이 밀려다녔다. 여자들도 바닥까지 끌리는 흰 치마보다는 종아리가 드러나는 검은 색 짧은치마를 주로 입었고 시골에서는 명절에나 입을 수 있는 화사한 한복을 차려입은 귀부인들도 흔히 눈에 띄었다. 방석 같은 등받이를 허리에 댄 기모노 차림의 일본 여인들이 종종걸음으로 돌아다니는 모양이며, 역시 바닥이 끌리도록 긴 기모노에 칼을 찬 일본인들이 거들먹거리며 돌아다니는 꼴도 신기했다.

상가는 대개 이층짜리 서양식 목조 건물들로, 거리 쪽으로 돌출되도록 나무로 짜 만든 유리 진열장 안에 온갖 상품이 전시되어 있었다. 영옥이 읽을 수 있는 한글로 된 간판은 거의 없었고 한자와 일본어로 되어 있어 유리창 안을 들여다봐야 무슨 점포인지 알 수 있었다. 양복점, 포목점, 미곡상과 주류상

이며 잡화점이 즐비한 가운데 일본 기생인 게이샤를 사는 집
까지 버젓이 영업을 하고 있었다. 혼정 들머리에는 경성역처럼
붉은 벽돌을 쌓고 흰 화강암으로 창틀과 벽면에 무늬를 넣어
멋을 부린 경성우체국이 웅장한 자태를 자랑하고 있었다. 나무
기둥에 검은 기와를 얹은 조선집들의 단아함과 달리 서양식
건물들은 크고 화려했다. 상가 사이 도로는 차 두 대가 겨우
엇갈려 지날 정도였는데 아직은 승용차가 뒷골목까지 드나들
지는 않던 시절이라 주로 짐 실은 자전거와 인력거가 요란스
레 종을 울리며 돌아다녔다. 상가 지붕을 쇠막대로 연결해 가
로등을 걸어놓아 밤이 되어도 거리 전체가 대낮 같았다. 어둠
이 깔리면 신비로운 달빛과 침묵에 잠겨버리는 고향 마을과
달리, 진고개 일대는 시간이 갈수록 밝고 소란해졌다. 등잔불
만 보며 살아온 두 사람에게 경성의 야경은 또 다른 신비였다.
  밤이 깊어지면서 구경보다 급한 게 잠자리였다. 국밥으로 허
기는 때웠으나 당장 잠 잘 곳이 없어 늦봄 밤거리를 헤매고
다녀야 했다. 여관을 찾아가기에는 돈이 아까워 남산에 들어가
잘 요량으로 남산골을 헤맸으나 아직 늦봄이라 이슬을 맞으
며 자기는 추웠다. 경성역으로 돌아가 어두운 구석에 숨어 밤
을 지새우기로 했다. 부산을 출발해 서울과 신의주를 거쳐 만
주까지 가는 대륙 열차가 오가던 시절이었다. 석탄이나 쌀을
실은 화물열차 바퀴소리와 기적소리가 끊임없이 정적을 깨는
가운데 두 사람은 추위에 떨리는 몸을 부둥켜안고 경성의 첫
날밤을 보냈다. 가난한 시절이라 걸인이 아니라도 역사에 웅크
리고 앉아 밤을 지새우는 이들이 많았다. 혼정 거리의 양복장
이며 기모노 물결과 달리, 그곳에는 고향에서 만날 수 있던 흰
옷들이 있었다. 만주로 이주하기 위해 커다란 짐 보따리에 아

이까지 들쳐 업은 이들이 지친 몸으로 의자에 앉은 채 잠을 청하거나 한 편에서 술판을 벌이고 있었다. 그 와중에도 순사들은 수상해 보이는 젊은이들을 찾아다니며 불심검문을 했다. 두 사람은 혹시나 매 맞은 일본인이 고소를 하지 않았을까 걱정했는데 순사들은 댕기머리를 한 촌놈은 쳐다보지도 않았다.

두 사람이 고향을 떠나야만 했던 것은 귀동의 혈기 때문이었다. 쌍방앗간에서의 결합 이후 귀동은 넘치는 욕정을 주체하기 힘들어했지만 영옥의 조심스러운 억제로 두 사람의 사랑은 한동안 아무도 모르는 비밀로 유지되었다. 귀동의 불 같은 기질이 아니었다면 더 오랫동안 지켜질 수 있던 비밀이었다. 아니, 어쩌면 다른 이들에게는 영원히 비밀로 남겨진 채, 각자 남모르는 사랑을 가슴에 새기고 다른 사람과 결혼하여 잘 살 수 있을지도 몰랐다. 이루어질 수 없는 근친 사랑을 아픈 추억으로 간직한 채 멀리 떨어져 그리워하며, 마음 아파하며, 그러면서 차츰 잊어갈 수 있었을지도 몰랐다.

논에 물을 대야 하는 봄이면 늘 일어나기 마련인 물싸움이 그해 따라 유별났다. 석 달째 계속된 봄 가뭄 때문이었다. 겨울에 눈이 많이 내리면 봄에 가뭄이 든다는 옛말대로, 정월에 연거푸 폭설이 퍼붓더니 음력 사월이 지나도록 비가 오지 않아 못자리를 낼 수 없던 사람들은 한 바가지 물이라도 더 자기 논에 끌어들이려고 치열한 싸움을 벌였다. 한 시간이나 걸리는 하천까지 마차를 끌고 나가 물을 길어오기도 했으나 나중에는 샛강조차 바싹 말라 버렸다. 우물을 파는 수밖에 없어서 어떤 이는 하천 바닥에 모래를 파서 물을 고이게 해 떠오기도 하고, 건수가 올라오는 논바닥에 웅덩이를 만들기도 했다. 귀동이네 땅 중에서 유일하게 동네 어귀에 있던 한 마지기짜리 논은 한

겨울에도 김이 모락거리는 맑은 샘이 솟아오르는 고래실 문전 옥답이었는데 가뭄이 너무 심해 그마저 말라가고 있었다. 귀동 부자는 며칠을 걸려 샘 자리를 파서 작은 물웅덩이를 만들었고, 고인 물을 퍼 올리며 곧 모내기를 하는 꿈에 들떠 있었다.

그런데 바로 이웃의 일본인 논에서 문제가 생겼다. 그 논에도 웅덩이가 있었는데 귀동네서 물을 퍼내자 그쪽 웅덩이가 말라버린 것이었다. 일본인에게 소작하던 마을 사람이 쫓아와 당장 우물을 메우라고 소동을 피웠으나 일년 식량이 걸린 일에 양보란 있을 수 없었다. 대판 싸움이 나게 되었다. 그래도 조선 사람끼리는 욕을 하고 멱살잡이를 하다가 끝이 났는데, 이튿날 이른 아침 면소재지에 사는 일본인 땅주인이 찾아왔다. 식민지의 대다수 일인들과 마찬가지로 본토에서는 자기 땅 한 평 없던 백수건달이었다는데 알몸으로 조선에 건너와 인근 제일의 부자가 된 자였다. 조씨네만큼이나 작은 체구에 가느다란 눈이 길게 찢어져 올라간 전형적인 왜인이었다.

"조센징 오자꾸야스!"

일본인은 마당에 들어서자마자 나쁜 조선인이라고 욕을 퍼부었다. 새벽에 논에 나갔다가 돌아와 마루에서 밥을 먹고 있던 귀동의 아버지가 얼결에 옥수수와 감자가 섞인 꽁보리밥을 입에 문 채 마당으로 내려가자 일본인은 다짜고짜 따귀를 올려쳤다.

"빠가야로! 조센징 논에 우무를 파며는 어떠게 하나?"

일본어에는 밑받침이 없어 한국어를 발음할 때도 느끼하게 들렸다. 일인은 왜 우물을 팠느냐고, 당장 메우라고 했다. 얼결에 얻어맞아 밥알을 쏟아낸 귀동의 아버지는 맞서 싸우지는 못하고 그럴 수는 없다고 대꾸했다. 그러자 이번에는 발길질이 날아왔다. 일본인들은 나무를 깎아 바닥을 만들고 발등을 끼울 수 있는 넙적한 끈을 단 게다를 신고 다녔다. 딱딱한 게다짝으로 정강이뼈를 걸어 채인 아버지는 아구구 비명을 지르며 주저앉았다.

"야, 이 쪽발이 놈아!"

놋수저조차 귀한 시절이었다. 귀동이 나무숟가락을 마당으로 집어던지며 자리에서 튀어 일어났다. 흙으로 벽을 바른 초가여서 비가 흙벽에 튀어 오르는 것을 막기 위해 어느 집이나 높다란 댓돌 위에 기둥을 올리고 집을 지었다. 귀동은 마루에서 몸을 날려 댓돌을 경중 뛰어 넘어 일인의 멱살을 잡았다.

"내 논에 내가 우물 파는데 왜 지랄이야? 여기가 너희 땅이냐? 조선 사람이 너희 백성인 줄 알아? 조선 땅에 왜 쪽발이들이 들어와 설치는 거냐?"

"난데스까? 가가데고이!"

일인은 귀동의 조그만 체구가 만만했는지 발길질을 하며 덤비라고 했다.

"그래, 이 쪽발이 놈아 어디 한번 해보자!"

귀동은 왼손으로 기모노 멱살을 잡고 오른손으로 놈의 얼굴에 주먹을 날렸다. 쓰러진 일인의 허벅지를 걸어차며 학교에서 배운 욕설을 퍼부었다. 동네 사람들이 몰려오고 아버지가 뜯어 말렸다. 일본에서 못 말리는 건달이었다는 일인도 만만치 않았다.

일인은 사람들이 귀동을 붙잡은 사이 벌떡 일어나 게다짝으로 귀동의 가슴을 걸어차고 손날로 목을 후려쳤다. 일본 무술인 당수를 조금 배운 모양이었다. 진짜 싸움이 시작되었다. 귀동은 딱히 배운 무술은 없는지라 매서운 수도에 얻어맞으면서도 무조건 밀고 들어가 주먹을 휘둘렀다. 얼마나 사나운 기세로 싸워댔는지 둘 다 피투성이가 되도록 아무도 말리지 못했다.

겨우 뜯어말리고 보니 한복과 기모노가 너덜너덜해지도록 치고받은 두 사람의 얼굴은 피멍과 선지피로 엉망이 되어 있었다. 일인은 귀동이 날린 주먹에 앞 이빨 두 개가 부러지고 입술은 엉망으로 찢어져 있었다. 고소를 당하면 영락없이 감옥살이를 할 판이었다. 자칫하면 독립군을 의미하는 불령선인으로 몰려 모진 고문까지 당해야 할 것이었다. 인근에 독립운동을 하다가 잡혀간 사람은 없었으나 일본인에게 땅을 빼앗기지 않으려고 싸우다가 끌려가 고문을 당하고 나와 얼마 못 가 병들어 죽은 이는 여럿 있었다. 단지 법적인 절차를 밟아 연행하고 재판을 한다는 점만 다를 뿐, 일본헌병과 순사들의 매질은 만주 벌판의 마적들과 다를 바가 없었다.

일본순사가 지키는 주재소가 멀어서 다행이었다. 일인이 순사를 데려오겠노라고 씩씩대며 사라진 후 귀동은 부모님에게 큰절 한번 못하고 흙과 피로 얼룩진 옷만 갈아입은 채 산 속으로 달아났다. 동전이 없던 시절이었다. 모든 돈은 지폐였다. 그러나 집안에 지폐는커녕 흙가루가 묻어나는 안방 벽에 바를 종이 한쪽 없는 살림이었다. 귀동의 아버지는 물레방아 이용료로 받아 두었던 쌀 두 말을 등에 져주었다. 어디로든 달아나 피신해 있다가 사정 봐서 돌아오라고 눈물을 글썽이면서도, 아들에게 왜 참지 못했느냐고 야단 한 마디 치지 않았다.

영옥이 조씨네 사건 소식을 들은 것은 그날 점심때였다. 자전거를 탄 순사가 긴 칼을 철컥대며 나타나 귀동의 아버지를 붙잡아갔다는 말을 듣고 회룡골에 올라가 보니 귀동이네 논에

팠던 우물을 여러 사람이 가래질로 메우고 있었다. 귀동은 보이지 않았다. 귀동이 양포리 영옥의 집에 나타난 것은 한밤중이 되어서였다. 먼 마을까지 쌀을 지고 가서 돈으로 바꾼 다음, 그대로 달아나지를 않고 다시 돌아온 것이었다. 일이 어떻게 되었는지 알아보기 위해서라고 했지만, 영옥은 그의 속마음을 잘 알았다.

일단 당사자만 몸을 피하면 무슨 해결 방법이 생기리라는 게 영옥 아버지의 생각이었다. 아버지는 회룡골 가족은 걱정 말고 밤길을 택해 어서 떠나라고 재촉했다. 귀동은 길을 떠나기 전에 잠시 영옥과 이야기를 나눴고, 다들 잠든 꼭두새벽에 영옥은 작은 옷 보따리 하나를 들고 몰래 집을 나섰다. 귀동은 마을 어귀 외딴 산기슭에 지어진 상엿집에 앉아 이슬을 피하고 있었다. 죽은 이의 관을 묘지까지 실어 나르는 화려한 꽃이 그려진 꽃상여 옆에 누워 잠까지 한 숨 잘 잤노라고 했다. 그리고는 자기가 누웠던 비좁은 공간에 그녀를 눕히고 옷을 벗기려 들었다. 영옥은 귀신들이 내려다보는 듯해서 거부했지만 이내 억제할 수 없는 욕망에 젖어들었다. 쥐새끼들이 돌아다니는 어두운 구석에서 죽음이 자기들을 노려보고 있다 해도, 꽃상여에 실려 나간 수많은 귀신들이 질투를 한다 해도 그와 함께라면 두렵지 않았다.

들길에는 서쪽으로 기운 하현달이 비추고 있었다. 홀로 뜬 달이 어두운 세상을 비추고 있었다. 두 사람은 달에게 길을 물어 발길을 재촉했다. 경성에서 장항까지 잇는 장항선 철도가 한창 공사중이었다. 경부선과의 분기점인 천안부터 온양까지는 임시로 개통되어 있었다. 날이 밝자 신작로에 우마차가 다니기 시작했다. 두 사람은 우마차를 얻어 타기도 하고 길가에서 쉬기도 하면서 온양에서 경성행 열차를 탈 수 있었다.

경성역의 첫날밤은 길었다. 영옥은 귀동의 작고 단단한 어깨를 긴 팔로 끌어안은 채 억지로 잠을 청했다. 그녀는 후회하지 않았다. 두렵지도 않았다. 귀동이 잠결에 움직거릴 때마다 깨어 꼭 끌어안아 주었다. 오돌오돌 떨며 밤을 지새운 두 사람은 새벽 미명이 밝아올 무렵, 도저히 추위를 견디지 못하고 거리로 나섰다. 어디가 어디인지도 모르고 정처 없이 걷던 두 사람의 발길은 조선왕조의 마지막 궁궐이 있던 경복궁 쪽을 향하고 있었다. 임진왜란 때 일본의 습격으로 불타 없어졌던 궁궐을 대원군이 복구해 놓았다는 이야기를 알았기 때문이었다. 귀동은 사라진 조선 왕조의 흔적을 확인하고 싶어 했다. 그러나 광화문은 사라지고 없었다. 광화문 자리에는 일본 헌병들이 늘어서 있었고, 안쪽으로 대궐이 있던 자리에는 지어진 지 얼마 안 된 거대한 화강암 건물이 버티고 있었다. 일본이 대궐 입구인 광화문을 다른 곳으로 옮겨 버리고 궁궐을 허물어 버린 뒤 그 자리에 총독부를 지은 것이었다. 이조시대 서슬 퍼런 육조 관청이 있었다지만 이제는 흔적도 없이 사라져 버린 드넓은 광화문 대로를 내려다보며 위압적으로 서있는 회색 건물이 두 사람을 압도했다.

두 사람은 입구에 도열한 헌병들이 무서워 가까이 가보지도 못하고 새벽노을을 받아 연붉게 물든 제국의 새 명물을 멀리서 지켜보며 이상한 기분에 빠져들었다. 총독부 돔 위에는 태양을 상징하는 붉은 원이 그려진 일장기가 펄럭이고 있었다. 태양의 세상이었다. 귀동은 불과 이틀 전에 일본인을 두들겨 패며 쪽발이 왜놈들이라 욕을 퍼붓던 기세가 꺾인 채, 새로운 건물과 새로운 질서를 만들어내는 신문명에 대한 경외감에 사로잡혀 총독부를 바라보았다. 영옥은 총독부를 바라보는 귀동의 얼굴에 드러나는 불쾌한 열등감을 보았다. 동시에 도전할 수 없는 거대한 권력, 지긋지긋하게 겪어온 초라한 삶을 일시에 뒤바꿔 버릴 수도 있는 새로운 문명에 대한 선망과 두려움으로 복잡한 심정도 읽을 수 있었다. 이제 정말 신세계에 온 것이었다.

귀동은 막 문을 연 이발소에 들어가 허리까지 따서 묶었던 총각머리를 말끔히 잘랐다. 나중에는 단발령으로 순사들이 상투를 자르고 다녔지만, 그때만 해도 시골 남자들은 총각 때는 머리를 길게 길러 묶고 다니다가 결혼하고서는 정수리 위로 단단히 묶어 상투를 틀었다. 귀동은 정식으로 혼인식을 올려 상투를 틀어 보기도 전에 머리를 자르고 신식 사람이 된 것이었다. 이발소 문밖에 서서 기다리던 영옥은 면도까지 하여 너무나 말끔하게 변해버린 그의 모습에 놀라 길을 걸으면서도 자꾸만 곁눈질을 하며 웃었다.

먼저 일자리를 잡은 것은 영옥이었다. 하루에 두 번 찾아와 한 그릇의 국밥을 시켜 서로 입에 떠 넣어주다시피 하는 다정한 어린 부부의 모습에 감동한 국밥집 아줌마의 소개로 일본인 집을 돌아다니며 빨래를 해주는 세탁부 일을 할 수 있게 되었다. 남산의 서쪽 언덕바지 후암동에 조그만 사글세 방도 하나 얻을 수 있었다. 손이 크고 힘이 셌을 뿐아니라 워낙 열심히 일했기 때문에 그녀는 곧 많은 빨랫감을 맡을 수 있게 되었다. 일본여자들은 생리 묻은 속옷까지 군말 없이 깨끗이 빨아주는 조선 새댁을 무척 좋아했다.

귀동이 일을 하게 된 것도 영옥 덕이었다. 빨래를 해주며 친해진 한 일본 부인이 그의 행색이 깔끔하고 일어와 한자도 곧 잘 한다는 걸 알고 총독부의 고관 집에 사동으로 소개해준 것이었다. 여자를 식모로 쓰는 조선인과 달리, 일본인 부자들은 젊은 남자로 하여금 아이를 돌보고 청소를 하도록 했다. 말이 사동이지 남자식모 겸 유모인 셈이었다. 귀동은 일본 아이들을 업어 키우며 청소며 심부름을 하면서 틈틈이 한문까지 가르쳤다. 영옥과 마찬가지로 그도 쉽게 일본인의 신임을 얻을 수 있었다. 몸은 고달팠지만 다달이 조금씩 저축도 할 수 있었고 무엇보다 둘이 함께 있을 수 있어 행복했다.

귀동은 밤늦게 살림방에 돌아오면 피곤함을 참고 영옥에게도 글을 가르쳤다. 한글과 일어, 기본적인 한자들을 생각나는 대로 몇 자씩 써서 외우도록 했는데 영리한 영옥은 빈 독에 샘물을 퍼붓듯 고스란히 받아들였다. 얼마 지나지 않아 영옥도 거리의 간판은 물론 신문도 웬만큼 읽을 수 있게 되었다. 일본인 부인들과 그들의 언어로 이야기를 할 수도 있게 되었다. 문자를 알고 나니 세상이 새롭게 보였다. 글을 모르던 세월은 마치 한쪽 눈을 가리고 침침하게 살았던 듯한 기분이었다.

영옥은 고향에 대한 생각을 잊어버렸다. 일본인 구타 사건이 어떻게 해결되었는지, 두 사람이 동시에 사라진 일에 대해 어떻게 알려졌는지 궁금했지만 알려고 노력하지 않았다. 고향과의 연이 이어지는 순간 지금의 행복은 깨진다는 불안함으로 도리어 아는 사람을 만날까봐 조심했다. 주변 사람들에게도 되도록 고향 이야기는 하지 않았다.

두 사람이 처음 경성에 처음 올라갔을 때는 사이또오, 한문으로는 재등 총독 시절이었다. 몇 해 전 총독으로 부임해 오던 길에 독립군에게 폭탄 세례를 받고 물러났다가 다시 돌아온 사람이라 했다. 재등 시절은 살기가 험악하지만은 않았다. 동아일보나 조선일보에는 북방에서의 전쟁 소식과 독립군 체포 소식이며 공산주의자들의 활동 소식이 매일 실렸다. 충무로와 종로통은 일본 본토 최고의 번화가인 은좌 거리보다 더 화려하다는 말을 할 정도로 상업이 흥했다. 상점마다 일본과 중국, 만주로부터 몰려드는 물자가 넘쳐 났고 술집은 온종일 흥청거렸다. 대동아 전쟁이 터져 물자에 대한 통제가 시작되고 조선어 신문들이 강제로 폐간되고, 이름까지 일본식으로 고치게 한 것은 그로부터 십 년쯤 뒤였다. 재등에 이어 들어온 야마나시 총독까지는 비교적 점잖은 통치가 이뤄졌다. 고관 집에서 일한 덕분에 귀동은 흰 수염에 머리를 빡빡 깎은 야마나시 총독을 면전에서 본 적도 있었다. 흰 수염을 기르고 머리를 빡빡 깎은 늙은이로, 엄해 보였지만 무섭지는 않았다 했다. 본토에 가족을 두고 온 일인 고관들은 아침은 소공동 조선호텔에 가서 먹었고 추운 겨울에도 다다미 위에서 잤다. 적어도 영옥 부부가 아는 일본인들은 술에 취해 흥청대거나 나태한 사람은 없었다. 부지런하고 철저한 인간들이었다. 그들과 함께 생활하는 동안 두 사람도 그들 식으로 살아가는 데 익숙해져 갔다.

· · · · · ·

첫 아이를 낳을 무렵, 귀동은 일본인 상점의 점원으로 취직했다. 일본 관리가 본토로 돌아가는 바람에 사동 일자리를 잃은 대신 그의 소개로 혼정 한복판에 있는 잡화점에서 일을 할 수 있게 된 것이었다. 주로 조선인들이 자리잡은 남대문시장과 동대문시장에서 물건을 떼 오거나 인천항을 통해 수입되는 일본과 중국 상품을 파는 큰 상점이었다. 조선상점들은 쌀이나 생선, 종이와 담배며 포목 같은 기본 재료를 팔았는데 일본인 만물상에는 참빗 같은 조선의 전통 머리빗부터 식기도구며 운동기구, 라디오와 카메라까지 온갖 공산품이 구비되어 규모도 크고 수입도 상당했다.

꼼꼼한 일본인 주인 아래 조선인 점원만 세 명이었다. 숫자 계산을 잘 하고 일본어와 한자에 능숙한 귀동은 얼마 안 가 주인의 신임을 얻어 총무일을 맡게 되었다. 가장 나이가 어렸음에도 남대문과 동대문시장에서 물건 떼어 오는 일이며 중국 상인들과 흥정하는 일까지 모두 그의 몫이 되었다. 그는 물건을 잘 못 사서 주인에게 손해를 입히거나 가격을 속여 돈을 챙기는 따위 일은 하지 않았기 때문에 주인 내외는 귀동을 친자식처럼 믿고 좋아했다.

자연히 귀동은 다른 조선인 점원들의 미움을 받을 수밖에 없었다. 졸지에 갓 스무 살 어린애에게 총무자리를 빼앗겨 그동안 중간상과의 뒷거래로 올리던 부수입을 잃게 된 이는 노골적으로 귀동을 미워했다. 주인 눈에 띄지 않게 은근히 그를 괴롭히고 몇 차례 곤경에 빠뜨리기까지 했다. 그래도 첫아이를 낳은 기쁨에 귀동은 잘 참아냈다. 많지 않은 월급이지만 처음으로 찾아온 안정된 생활이 그의 격한 성격을 잠재우는 듯 했다. 그러나 그의 참을성은 그리 오래 가지 않았다.

갓 돌이 지난 아이를 등에 업고 영옥이 다시 세탁부 일을 할 무렵이었다. 남대문 주변 충무로 일대가 상업의 중심지였다면, 총독부 주변 종로 입구 일대는 권력의 요람이었다. 식민지 조선을 지배하는 주요 관공서가 거의 다 모여 있었고 새로 세워진 수많은 공장들의 본사 사무실도 주로 그곳에 모여들었다. 그에 따라 술집도 많았다. 종로 입구 무교동은 당시 가장 번창하던 술도가였다. 두터운 시멘트로 복개가 되기 전, 사시사철 아낙네들이 빨래를 하고 여름철마다 아이들이 물놀이를 할 정도로 깨끗했던 청계천 가에 늘어선 술집이 밤마다 휘황하게 불을 밝히고 술꾼을 유혹했다. 어느 날은 상점의 조선인 점원들끼리 그곳의 한 술집에서 회식을 하게 되었는데 모두들 취한 모양이었다.

"조귀동이! 야, 이 간도 쓸개도 없는 놈아. 네가 조선인 맞냐? 매국노, 매국노 얘기 많이 들었지만 너처럼 왜놈에게 아첨하고 사는 놈은 처음이다."

귀동은 시비를 걸어오는 전직 총무를 빤히 노려보기만 했다. 나이가 열 살이나 많은 데다가 술에 취해 무슨 말을 못하려니 했다.

"왜 대꾸가 없어, 더러운 놈아! 일본이 대대손손 영원할 것 같냐? 나는 너 같은 놈들 꼴 보기 싫어서 상점 때려치우고 만주로 갈 거다. 만주 가서 독립군 만나 육혈포를 얻어 가지고 너 같이 간사한 쪽발이 하수인들을 다 쏴죽일 거다. 알아, 임마?"

고향의 일인과 마찬가지로, 그의 체구가 작아 만만해 보였던 모양이었다. 평소에 귀동은 자기가 중등학교만 다녔어도 독립군이 되어 있을 거라고 말하곤 했다. 아는 사람 중에 독립군 한 명만 있었다면 벌써 만주로 건너가 김좌진 부대에 들어가고도 남을 성격이었다. 그래서 전직 총무가 매국노라 욕해도 참을 수 있었다. 그런데 다음에 이어지는 말에는 견딜 수가 없었다.

"에이, 한심한 놈. 네 엄마는 너 같은 놈을 낳고서도 미역국을 먹었겠지? 니 에미가 불쌍하다, 불쌍해."

순간, 귀동은 단 한 마디 말도 없이 벌떡 일어나 술상을 홀렁 뒤집어엎고 전직 총무를 향해 주먹을 날렸다. 인정사정없이 발길로 그의 가슴을 내지르고 가슴을 타고 앉아 마구 주먹으로 얼굴을 갈겨댔다. 이미 술에 취해 있던 상대는 한순간 당했으나 본래 덩치가 있는 사람이라 귀동을 밀쳐내고 거꾸로 주먹질을 하기 시작했다. 어려서부터 싸움에 이력이 났지만 무기를 들어본 적이 없던 귀동이었는데 순간적으로 부러진 상다리를 집어 들어 전직 총무의 머리와 등짝을 내려쳤고, 전직 총무도 맞받아 밥그릇이며 술병을 집어던지면서 술집은 엉망이 되고 말았다. 밖으로 밀려나온 두 사람은 바로 옆에 물이 흐르던 청계천으로 내려가 주먹질을 계속했다. 한동안은 둘이 막상막하로 멱살을 잡고 뒹굴러댔지만, 시간이 가면서 귀동의 독기가 상대를 제압하기 시작했다. 귀동은 상대를 물 속에 처박아 놓고 무참히 짓밟아 버렸다. 점원은 입에 거품까지 뿜어내며 기절하고 말았다. 회룡골에서 일본인이 그랬듯이, 전직 총무은 이빨과 갈비대가 부러지고 콧등이 내려앉았다. 상다리에 맞은 머리도 찢어져 피투성이가 되어 있었다. 그에 비해 귀동은 몇 군데 멍과 찰과상 외에는 별 피해가 없었다. 일방적으로 폭행을 한 꼴이 되고 말았다.

전직 총무는 병원에 입원해 버렸고, 그 가족들은 위자료를 내놓지 않으면 당장 고소해 감옥에 처넣겠다고 펄펄 뛰었다. 치료비는 몰라도 그 이상 물어 낼 돈이라곤 없었다. 귀동은 감옥에 보내면 가겠노라고 버티며 사과조차 하지 않으려 들었다. 영옥이 그를 대신해 아이를 등에 업고 병원에 찾아가 사정했지만 피해자는 앙심을 풀지 않았다. 드넓은 경성 바닥에 그들을 도와줄 친척 하나 없었다. 주변 사람들은 차라리 귀동을 감옥에 보내 고생을 시켜야 다시는 주먹질을 하지 않으리라는 말까지 했다. 그래도 영옥은 아는 사람을 모두 찾아다니며 기를 쓰고 남편을 구하려 애썼다.

김두한의 주먹패들이 종로바닥을 주름잡던 시절이었다. 조선 주먹들이 일본 깡패들을 눌러, 식민지 백성들에게 조그만 위안이 되어 주고 있었다. 영옥은 김두한 패의 부두목 격인 김윤환이란 사람을 조금 알았다. 씨름과 유도로 단련된 거구로 종로바닥에서 그를 모르는 이가 없었다. 그의 애첩의 집에 빨래를 해주러 다니면서 몇 번 인사를 나눈 적이 있었다. 애첩을 통해 사정을 들은 김윤환은 당장 부하들을 매 맞은 점원이 누워 있는 병원으로 보냈다. 협박까지 할 필요도 없었다고 했다. 한 건수 잡았다는 듯 의기양양하던 점원은 김두환 패가 나타나자 바로 꼬리를 내렸다. 급한 치료비를 물어주고 귀동이 상점을 그만두는 조건으로 합의가 되었다.

일본 주인의 만류에도 불구하고 사표를 내고 나와 실업자가 된 귀동은 세 들어 있던 후암동 집의 문간방을 개조하여 가게처럼 꾸미고 물장사를 시작했다. 집집마다 장작을 들여놓아 밥을 하고 구들장을 데우던 시절이었다. 시내 중심은 수도시설이 되어 있었으나 남산 일대 고지대에는 아직 우물물을 길어다 먹는 곳이 많았다. 후암동도 마찬가지였다. 가파른 고갯길을 물지게를 져 나르는 고된 나날이 시작되었다. 그러나 물장수 삼 년에 남는 것은 물통 고리뿐이라는 당시 속어대로, 고생만 되고 남는 게 없었다. 수도 설비가 되기 전에 시내 저지대에서 물장사를 한 이들은 상당한 돈을 벌었다지만, 가파른 남산 길을 오르내리며 물을 팔기란 쉽지 않았다. 네모난 양철 물통 가득 물을 담아 지게 양편에 달고 하루 종일 땀에 범벅이 되었지만 그래봐야 몇 통 나를 수가 없어 돈이 되지를 않았다. 오죽하면 물장사에게 시집을 가도 목이 마르다는 말이 있을 정도였다. 남의 물은 길어다 줘도 자기는 마실 물조차 제대로 사 먹을 수 없는 밑바닥 삶이었다.

얼마 안 가 물장사를 그만두고 쌀장사를 벌였다. 귀동이 지방으로 돌아다니며 쌀을 사오면 영옥이 가게에 벌려놓고 팔았다. 경성역이 가까운 후암동 산동네에는 일본인도 많았지만 남의 집살이 하는 가난한 빈민과 여관에서 살림을 하는 떠돌이들도 많았던 까닭에 가마니 쌀을 먹는 이보다는 말이나 되 단위로 조금씩 사가는 이가 대부분이었다. 네모난 나무 됫박으로 열 개를 부으면 둥근 나무 말에 차고, 다시 열 말이면 한 가마가 되었다. 보통 미두전에서는 됫박질이 야박하기 짝이 없었다. 되나 말에 쌀을 담은 후 둥근 막대나 쇠자로 깔끔히 깎아내 한 톨의 쌀도 덜 주려 했다. 그러나 영옥은 쌀을 깎아내지 않았다. 그녀는 메마른 손에 꼬깃꼬깃 지폐를 말아 쥐고 쪼그려 앉아 단 한 톨의 쌀이라도 더 담아주기를 바라는 안타까운 눈길들을 외면할 수 없었다. 그래서 아예 나무 봉을 갖추지 않았다. 쌀을 가득 퍼담은 후 봉우리만 손으로 쓱 문질러 내면 다른 미두전보다 한 홉은 더 많이 퍼주는 셈이었다. 그녀의 가늘고 긴 손이 슬쩍 지나가고 됫박 위 부분보다 높게 쌀이 수북이 쌓인 것을 보면서 긴장되었던 손님의 표정은 환하게 변했다. 가난한 사람들은 그녀의 큰손을 잘 알았기 때문에 멀리서까지 쌀을 사러 왔다. 지금처럼 교통이 발달한 것도 아니고, 자본이 없는 귀동이 직접 발품을 팔아 평택이니 철원까지 기차를 타고 나가 등에 져 나르는 쌀을 그런 식으로 팔아버리니 벌이는 시원치 않았다. 영옥은 남편과 아이들에는 꽁보리에 콩

을 잔뜩 넣어 서대문 형무소의 관식처럼 깔깔한 밥을 주어야
만 했다. 그래도 후한 인심을 버리지 않았다.

쌀을 져 나르는 일에 지친 귀동이 새로 벌인 사업은 술장사
였다. 당시는 술의 종류가 그리 많지 않았고 귀했다. 물량이 없
어서 팔 수 없는 실정이었는데 특히 일본 곡주인 정종이 인기
였다. 귀동은 상점 일을 하면서 알게 된 일인들과의 우정을 유
지하고 있었는데 그 중 한 사람이 그에게 술을 수입하는 경로
를 알려주었고, 점원으로 일하던 곳의 일인 사장으로부터 삼백
원이라는 거금을 빌릴 수 있었다. 후암동의 좋은 집 한 채가
육백 원 하던 시절이니 상당한 돈이었다. 무슨 일을 하건 주저
함이나 망설임이 없는 귀동은 당장 미두상 간판을 뜯어버리고
정종 사업에 뛰어들었다.

귀동은 겁도 없이 일본에 대량으로 술을 주문하는 한편으로
무교동 술도가에 작은 가게를 얻어 서양식으로 수리했다. 실내
에는 탁자를 조금만 놓는 대신 주방장과 마주 서서 한 잔씩
마시고 나갈 수 있도록 긴 목로를 설치하고 골목으로 이어진
뒷문 쪽은 칸막이를 해서 술만 사서 돌아가는 이들을 맞았다.
이때도 김두환의 부하들이 보이지 않는 힘이 되어 주었다. 양
철판에 나무를 깎아 붙인 목로주점이라는 간판을 달던 날도
여러 명이 와서 축하를 해줌으로서 주위 일본인 주점들의 텃
세를 막아주었다. 영옥이 김윤환의 애첩을 몰랐다면 새파란 나
이의 촌놈이 무교동 한복판에 술집을 내는 일은 불가능했을
거였다.

목로주점은 온종일 술을 사려는 사람으로 복작거렸다. 목로
쪽으로는 술을 마실 사람들이 줄을 서서 들어와 선 채로 커다
란 잔에 정종을 한 잔 가득 받아 마시고는 곧장 나갔다. 골목

쪽으로는 주로 어린이와 아녀자들이 주전자나 빈 병을 들고 줄을 서서 어른들 드릴 술을 받아갔다. 유리병이 귀한 시절이라 맥주가 아닌 곡주들은 큰 통에 담아 둔 채 됫박으로 퍼서 팔던 시절이었는데 이문이 큰 데다가 워낙 잘 팔려 수입이 좋았다. 돈을 낙엽처럼 긁어모은다는 말이 실감났다. 저녁이 되면 돈통에 지폐가 들어가지 않아 주머니 이곳저곳에 찔러 넣어야 했다.

돈 관리는 영옥이 맡았다. 복잡한 요리를 하거나 기생을 고용하지 않았어도 들어온 돈만큼 나갈 구멍도 많았다. 그래도 돈통에서 지폐를 집어내는 손이 워낙 크고 시원했던 그녀는 종업원 월급뿐 아니라 순사들과 주먹패들에게 보호비를 주는 일이며 심지어 동냥하러 오는 거지들까지 서운하다거나 야박하다는 소리가 나지 않도록 잘 해결해 냈다. 영옥이 워낙 인심 좋게 대했기 때문에 거지들은 자기들끼리 통제를 하여 이삼일에 한번씩만 교대로 나타나 줄 정도였다.

거래처와 손님이 늘어나면서 인간관계는 갈수록 복잡해졌다. 도움을 주려는 이들도 있었지만 도움 받으려는 이는 더 많았고 속이려는 이들도 생겼다. 그녀는 술값만은 엄격히 현찰 거래를 하려 했으나 외상술을 주지 않을 수 없는 사정도 생겼다. 그렇게 잘해주는데도 종업원들은 기회만 있으면 돈을 빼돌리려 했고, 여자라 만만히 보고 바가지를 씌우려 드는 거래처도 있었다. 하지만 어떤 사람들도 그녀와 거래를 끊고 싶어 하지는 않았다. 때로 돈 문제로 그녀가 언성을 높이거나 화를 내도 들어주었고 원리원칙대로 따지고 들어도 싫어하지 않았다. 그녀를 아는 이들은 그녀가 결국은 인정에 따라 양보를 하게 되리라는 것, 어려움에 처한 자신들을 도와주리라는 것을 잘 알

았기 때문이었다. 윤영옥은 상대방의 비열함이나 게으름을 알
면서도 자기에게 의존하려는 이들을 외면하지 못했다. 사람들
은 그녀 앞에 찾아와 아무런 부탁의 말도 하지 않고, 단지 자
신의 비참한 생활고만 늘어놓아도 먼저 도움의 손길을 내어주
고, 정신적인 고민까지도 인내심을 갖고 들어주고 위로해준다
는 것을 쉽게 간파해냈다. 그녀의 지그시 뜬 그윽한 눈빛으로
알아냈다. 목로주점은 갈수록 번창했다.

　아내 덕분에 귀동은 술을 사기 위해 도매상에 오가고, 단골
손님을 접대한다는 핑계로 함께 술을 마셔주는 일 외에는 바
쁠 게 없었다. 목로주점은 불과 몇 해만에 그들을 종로통의 부
자대열로 올려놓았고, 동시에 이십대 중반의 젊은 미남을 종각
일대에 이름난 한량으로 만들어주었다. 귀동의 바람기는 이때
부터 시작되었다. 돈을 주체할 수 없던 그는 한 번 노는 데 팔
십 원이나 하는 기생들과 어울리기 시작했다. 본래 호탕하고
사람 사귀기 좋아하는 성격은 물 만난 물고기처럼 전성기를
맞았다. 거리에 나서기만 하면 술친구들이 꼬여들었고, 술값은
언제나 그가 냈다. 점원으로 일할 때도 그랬지만 목로주점이
잘 되면서 그에게 술을 사는 이는 아무도 없이, 오로지 그가
술을 샀다. 함께 먹은 술값뿐 아니라 친구들이 기생과 놀아나
는 돈까지 치러주었다. 귀동은 첩을 얻어 살림을 차리는 외에
할 수 있는 바람기는 다 피워댔다. 기생들뿐 아니라 전문학교
를 나와 글을 쓰니, 그림을 그린다는 신식여자들과 어울려 다
니는 걸 자랑으로 여겼다. 배운 여자들 사이에 자유연애 사상
이 퍼지던 시절이었다. 마음만 맞는다면 결혼을 하지 않더라도
누구하고라도 잠자리를 할 수 있다는 급진적인 여자들도 있었
다. 그렇게 예쁘고 똑똑한 여자들이 몸을 내줄 때 넘어가지 않

48

을 남자는 없을 것이었다. 귀동도 그런 여자들과 사귀게 되면서 사람이 달라져 버렸다. 사랑을 되찾아 보려고 애써 지은 다정한 미소와 조심스런 손길을 냉담하게 밀어냈고 울며 호소하면 화를 내며 나가 버렸다. 욕설을 퍼붓거나 밥상을 뒤집어엎는 일도 잦아졌다. 변해버린 남자에게 아내가 해줄 것은 아무 것도 없었다. 그 와중에도 크게 주먹질을 당하지는 않은 게 다행이었다.

신문에 이혼이 너무 많다는 비판 기사가 실리곤 했다. 남자들이 조금만 잘못해도 여자들이 먼저 이혼하려 든다고 개탄하는 기사였다. 남자의 바람이나 폭력보다는 자식 버리고 이혼하자고 나서는 여자들이 타박 받는 시절이었다. 일본유학생이라는 거짓말로 여러 여자에게 몸과 돈을 빼앗은 혼인빙자 간음도 흔했는데 남자들의 범죄 행위를 비난하기보다는 그에 속아 넘어간 여자들의 정조관념을 탓했다. 몰래 두 집 살림을 하다가 걸리거나 밖에서 낳은 아이를 데려오는 남자들 이야기는 즐거운 술안주에 불과했다. 남자는 허리끈 아래로는 사람이 아니다, 열 여자 마다하는 남자가 어디 있느냐면서 그런 걸 문제 삼는 여자를 오히려 힐난했다.

그러나 윤영옥이 버티고 살았던 것은 그런 인습 때문은 아니었다. 여자를 몸종처럼 취급하는 사회적인 관념 따위는 두렵지 않았다. 이미 인척간의 금혼 관습을 스스로 깨고 고향을 등진 처지였다.

영옥도 두 사람의 사랑이 금가지 않고 함께 죽음을 맞을 때까지 행복하게 살아야 한다는 강박관념에 시달린 때가 있었다. 첫 아들이 태어난 후 후암동 쌀장사 시절까지 짧았던 몇 해 동안은 그녀도 오래오래 행복하게 사랑 받으며 살아야 한다는 욕망을 가졌었다. 혹시라도 남편 신상에 무슨 일이 생기면 어쩌나 불안해하고 일본이 만주에서 벌이는 전쟁이 남으로 번져 가족이 흩어진다면 어쩌나 하는 불길한 상상으로 두근거리기도 했다. 그때는 그녀도 다른 신혼부부처럼 살고 싶었다. 비록 단칸방이나마 15원이나 하는 고급 머릿장을 들이고 화장대로 쓰는 작은 좌경에 반닫이며 윗닫이 옷장을 사들였다. 고등문화 견 금침이며 반짇고리 같은 신혼살림도 들여놓았다. 그녀의 소원은 언젠가 정식으로 혼인식을 올리는 것이었다. 마당에 병풍 치고 깔아 놓은 자리 위에 다홍색 보자기를 펴놓은 소반을 앞에 놓고 집안 식구들과 동네 사람들 보는 앞에서 백년해로를 맹세하며 큰절을 하는 게 소원이었다. 일본 왕실은 사촌 이내에서만 결혼을 한다고 했다. 이왕에 이렇게 된 일, 고향 부모님들이 흔쾌히 허락을 하고 다 함께 살면 얼마나 좋을까 하는 생각도 했다.

귀동이 끓어오르는 정욕을 주체하지 못하고 기방이란 기방은 다 싸돌아다니며 바람을 피우기 시작했을 때, 처음에는 절망감으로 죽고만 싶었다. 가게는 주인 없이 버려지다시피 했고, 남몰래 술과 눈물로 시간을 보냈다. 저런 바람둥이를 위해 화사한 신방을 꾸미고 예쁜 옷이며 화장품을 샀다는 사실이 수치스러웠다. 백년해로를 약속하는 예식 따위를 상상했었다는 것도 스스로 역겨웠다. 무엇보다도 양포리 부모님을 생각하면 죄스러움으로 목숨을 끊고 싶었다. 연애로 합쳐진 가정이 문제가 더 많더라는 당시의 속어가 그제서야 이해되기도 했다. 사랑을 버리는 것이 또 다른 사랑의 시작이라는 것을 깨닫지 못했다면 고통은 훨씬 오래 지속되었을 거였다.

큰아이의 생일날이었다. 분명 밤늦게라도 돌아오겠노라고 나간 귀동은 돌아오지 않고 아들끼리 작은 생일상을 치르게 한 후 잠을 이루지 못하고 새벽까지 혼자 뒤척거리기만 했다. 열심히 일하고, 아이를 키우는 모든 일들이 허망해 보이고 이렇게 살아 뭣할까 싶고 앞으로 어떻게 살아야 하나 끔찍했다. 아무리 돈 잘 벌고 아이들이 잘 큰다 해도 귀동의 사랑을 잃는다면 존재의 의미가 사라지는 기분이었다. 그런데 새벽녘 소슬한 추위로 잠이 깨었을 때였다. 문득 남편이 돌아오지 않음이 확실해지고, 그가 더 이상 자신을 사랑하지 않는다는 생각이 들자, 밤새 짓누르고 있던 고통들이 갑자기 사라지기 시작했다.

왜 자신이 귀동으로부터 사랑을 받으려 애태우는가 우스운 생각이 들었다. 귀동에게 선택을 받은 게 아니라 자신이 먼저 귀동을 택했고, 장항선 열차를 탄 것도 귀동의 재촉 때문이 아니라 스스로 도회지를 그리워했기 때문이라는 사실이, 경성에 와서도 보통 주부들처럼 남편에게 목매고 살기보다는 스스로 먼저 일거리를 찾아 생활을 이끌어 왔으며 목로주점 역시 진정한 주인은 자신이라는 사실이 떠오르자 주인을 잃은 개처럼 전전긍긍하던 자신이 우스꽝스럽게 여겨졌다. 자신은 사랑을 받기보다는 사랑을 줌으로서 여기까지 왔다는 것, 사랑하는 사람과 살 수 있는 것만도 행복이라는 생각이 들었다. 사랑을 받고자 하는 집착을 버리고 사랑하는 것으로 만족하자고 생각하자 허전한 가슴 한편으로부터 자유가 밀려들어오기 시작했다. 그날 대낮이 되어서야 술 냄새를 풍기며 집에 돌아온 귀동에게 아이들 앞에서는 아버지의 흐트러진 모습을 보여주지 말고 무슨 일이 있어도 아이들 보는 앞에서 부부싸움을 하지는 않는다는 조건으로 귀동에게 자유를 주겠노라고 제안했다.

지옥에서 이긴 사람보다 자기 마음에 이긴 사람이 더 강한 법이라는 말이 있었다. 사랑으로부터의 자유가 얼마나 즐거운 일인가 알게 되면서 그녀의 삶은 다시 활기를 찾아갔다. 귀동에 대한 집착을 버리고 나니 주점에 찾아오는 남자 손님들과도 자유롭게 이야기를 나눌 수 있었고, 이를 통해 세상 돌아가는 이야기를 들을 수 있게 되었다. 손님들이 대개 근처 사무실에서 일하는 신문기자나 교사, 글 쓰는 문인들이어서 그녀에게 많은 것을 가르쳐 주었다. 당시 지식인 사회에는 러시아혁명에 영향을 받아 사회주의를 동경하는 이들이 많았다. 목로주점에 드나드는 이들 중에도 그런 이가 여럿 있었는데 그들 중 몇몇은 나중에 6·25 전쟁을 전후해서 북한으로 넘어가기도 했다. 그렇지만 대개는 사회문제에 관심이 없는 이들로 무의미한 한담이며 연애 타령으로 세월을 보냈다. 그중에는 여주인 영옥을 짝사랑하여 한동안 주점에서 살다시피 하는 이들이 생겨났지만 결국은 그녀의 냉담함에 지쳐 물러났다. 그리고 얼마 후면 또 다른 철없는 사내들이 그녀에게 수작을 걸어왔다. 좋은 사람도 없는 건 아니었다. 불륜은 아니더라도 좋은 친구가 될 사람도 있었다. 그러나 영옥은 아침부터 한밤까지 계속되는 장사에 너무 바빴고, 자신의 연애 문제로 부부관계를 더 복잡하게 만들고 싶지는 않았다.

귀동은 재치 있고 영리했지만 목로주점에 드나드는 지식인들에게는 풍류를 아는 젊은 술집 주인에 불과했을 것이다. 경성제대니 동경제대 출신이 아니면 이야기에 끼지도 못하던 시절에 소학교밖에 나오지 못한 한량은 그들에게 술 사주는 역할밖에 할 수 없었을 거였다. 그래도 인간적으로 친해진 이들이 여럿 있었다.

소설가 이 선생도 그때 알게 된 사람이었다. 천성이 고지식하고 원칙적인 이 선생은 신문기자를 하다가 윗사람들과 싸운 후 그만두고 문예잡지사를 만들었지만 운영이 안 돼 극심한 가난에 시달리고 있었다. 주량이 대단한 사람임에도 다른 식민지 지식인들처럼 흐느적거리며 술에 취해 밤을 새우는 일없이 매일 조금씩이라도 글을 쓰며 사는 성실한 사람이었다. 그는 늘 퇴폐한 도시를 떠나 농촌에 내려가 농사를 지으며 농민 이야기를 글로 쓰겠다고 말했다. 영옥은 술집에 드나드는 다른 지식인들과 달리 가난과 노동을 이해하고 스스로 땀 흘려 일하고 싶어하는 그를 좋아했다. 귀동과 기생집에 가는 데만 맛들린 다른 친구들과 달리 이 선생은 귀동에게 자중하라고 야단을 쳤고, 영옥에게는 잠시 지나가는 헛바람이니 너무 상심하지 말라고 위로했다. 그래서 더욱 이 선생이 좋았다. 그녀는 이 선생 집에 쌀을 보내거나 아이들 옷을 사주며 부인과도 친해져 두 집안은 가장 가까운 이웃이 되었다.

이 선생의 아들 중에 특히 영옥의 귀여움을 산 것은 채훈이었다. 넙적한 얼굴에 큰 키까지 이 선생을 똑 닮은 채훈은 아버지만큼이나 예의바르고 영리했는데 별나게 그녀를 잘 따랐다. 어떤 일을 시키든 군말 없이 해내는 아이였다. 심부름이 아니더라도 영옥의 집에 찾아와 아이들과 놀아주기를 좋아했는데, 어린아이답지 않게 장난감이나 먹을 것에 욕심을 부리지 않고 양보하며 형 노릇을 했다. 그 애가 노는 것을 가만히 지켜보고 있으면 마음이 편해지고 흐뭇해졌다. 영옥이 선물을 살 때면 먼저 채훈이 필요한 옷이나 신발부터 고르고 다른 아이들을 그에 맞췄다.

금평리에 농토를 사게 된 것도 이 선생 때문이었다. 이 선생이 결국 잡지사 문을 닫고 경성시내에서 남쪽으로 백 리쯤 떨어진 금평리에 농사를 지으러 내려가면서 영옥도 그곳에 논을 사게 된 것이었다. 경의선 열차가 지나는 들녘으로 땅이 기름지고 물이 풍부해서 가을이면 황금빛 이삭으로 평원을 이룬다는 뜻의 금평리였다. 이 선생은 역전 마을에 자기 손으로 아담한 기와집을 지었다.

집이 완공되던 날, 집들이를 하러 귀동과 함께 그곳을 찾은 영옥은 한 눈에 금평리를 사랑하게 되었다. 관악산과 수리산 사이에 펼쳐진 들판이 오랫동안 막혀 있던 가슴을 뻥 뚫어 버리는 듯했다. 금평리 언덕에서 벼들이 물결치는 벌판을 바라보는 영옥의 마음속에 변화가 일었다. 도회지에서 하얀 얼굴에 분 바르고 살고자 했던 어린 시절의 헛된 욕망은 사라지고, 다시 어린 시절로 돌아가고 싶은 마음이었다. 전원으로 돌아가면 만날래야 만날 여자가 없으니 귀동의 바람기도 잠들 것 같았다. 다른 마음 한편으로는 이 선생 곁에 살고 싶었다. 아버지요 오빠 같던 이 선생이 떠나버린 종로는 적막했다. 영옥은 경성에 집을 사려고 모으던 돈을 털어 그곳에 농토를 사기로 결정했다.

서울역 뒤편 만리동이며 마포나루조차 배추나 심어 먹던 농촌이던 시절이라 금평리 땅값은 무척 쌌다. 돈이 모이는 대로 금평리 안 동네 논밭을 사들이기 시작했다. 시간만 나면 금평리 뒷산 언덕에 올라 들판을 내려다보았다. 들판 가득 출렁이는 황금빛 벼이삭들의 아름다움과 수리산에서 불어오는 맑은 바람이 너무나 좋았다. 도시에서 잃어버린 어떤 것이 그곳에 있었다. 태풍이 올 때면 숲에서 새들이 떠올라 이리저리 몰려다니고 나뭇가지들이 파도처럼 물결치며 비를 기다리는 장엄

한 광경을 볼 수 있는 곳, 겨울이 되어 마른 가지들과 빈 들판에 서리가 내리고 얼음알갱이를 품은 차가운 안개가 머무는 동편 하늘로 커다란 붉은 해가 떠오르는 광경을 볼 수 있는 그곳에 자신이 잃어버린 어떤 것이 있었다. 다정한 들과 숲은 그녀의 위안이었다.

사놓은 땅에는 이 선생이 농사를 지었다. 어려서 부모의 농사일을 돕기는 했어도 초보 농민인 이 선생은 비료를 너무 주거나 수확철을 놓쳐 번번이 농사를 망치면서도 기를 쓰고 일해, 가을이면 직접 타작한 햅쌀과 소작료를 챙겨 목로주점에 찾아왔다. 귀동이 절대로 안 받는다고 만류했지만 고지식한 이 선생은 끝까지 돈을 놓고 가려 했다. 할 수 없이 남들의 절반 정도만 받기로 했다. 영옥은 그 돈을 모아 더 넓은 땅을 사는 데 썼다.

한편 영옥은 고향과의 연락을 시도했다. 귀동으로부터 버림받은 외로움 때문이기도 했지만, 넓은 농토가 생기고 나니 가족들을 보고 싶은 생각이 간절해졌기 때문이었다. 직접 찾아갈 용기는 아직 없었다. 넓은 땅이 생겼으니 올라와 함께 농사를 짓자는 편지를 보냈다. 펜을 들고 한동안 망설인 끝에 귀동과 함께 살고 있으며 아이를 셋이나 낳았다는 얘기도 썼다. 그런데 편지를 두어 차례나 보내도 답장이 없었다. 이제는 자식으로 취급하지 않으려는가 서운함도 들었으나 아무래도 직접 찾아가 보는 게 좋을 것 같았다. 그러던 어느 날, 주점 입구에 웬 키만 커다란 깡마른 청년이 기웃대는 것이었다.

"여기가 조귀동씨 댁 맞는가유?"

충청도 어눌한 사투리를 듣는 순간, 계산대에 앉아 있던 영옥은 금새 눈이 빨개지며 뛰어 나갔다. 남동생 병수였다. 고향을 떠날 때 열 살 남짓하던 아이가 장정이 되어 찾아온 것이었다. 병수도 누이를 보자마자 울음을 터뜨렸다. 사람들이 보고 있는 가운데 오누이는 한참이나 울며 토닥거려야 했다.

병수는 집으로 이끌려 와서 누이와 매형 앞에서 말했다.

"누이하고 귀동이 형이 같이 도망쳤다는 걸 집에서도 몰랐던 건 아녜유. 둘이서 우마차를 얻어 타고 갔다는 이야기를 전해 들었거든유. 설마 그런 관계랴 하면서도 혹시 몰라 쉬쉬하고 말았지유. 둘 다 야무진 사람들이라 걱정은 하지 않았어유. 도리어 둘이 살림 차려 살고 있다는 소식이 마을 사람들을 통해 들어올까 은근히 걱정을 했지유. 육촌 간에 혼인을 했다면 집안 망신이니께유. 하지만 이젠 흥 보나마나 상관 없어유. 어차피 집안이 엉망이 되었으니께유."

"엉망이 되다니 무슨 소리냐?"

"이모네 하고 우리 식구 전부 만주로 떠난 게 벌써 여러 해 되었잖유."

"전부 만주로 떠났다고?"

귀동의 고함에 병수는 한숨을 쉬었다.

"그게 다 귀동 형 때문이유. 형이 두들겨 팬 일본놈이 보상금으로 형네 문전옥답까지 빼앗아 버리고 거지나 다름없이 살았어유. 만주에 가면 농토가 얼마든지 있다는 말에 우리 부모님과 함께 떠난 지가 벌써 언제인데유? 그런 소식도 몰랐다니 어째 그리 무심하대유?"

경성역 광장에 만주 가는 열차를 타기 위해 보따리를 들고 장사진을 치고 있는 사람들을 몇 번 보았지만, 자신의 가족이 그 속에 섞여 있을 줄은 몰랐다. 만주로 가는 가난한 이들은 하나같이 때가 꾀죄죄한 흰옷에 무쇠솥이며 이불을 짊어지고 있었다. 아낙들은 어린애를 들쳐 업고 옷보따리를 머리에 인 채 도저히 먹고 살 길 없는 조국을 버리고 미지의 세계로 향했다. 그곳 역시 일본이 점령한 땅이니 그곳에 간다고 해서 가난을 벗거나 일본인 억압을 피할 수 있는 건 아니지만 마음껏 농사를 지을 땅이 있고, 곡식은 물론 소와 돼지를 키울 먹이도 넘쳐난다는 소문이 그들을 만주로 이끌었다. 영옥은 자신과 귀동의 가족이 바로 그 초라한 무리에 들어있었다 생각하니 가슴 속 바다에 돌덩이가 가라앉는 기분이었다. 진작 연락을 했더라면 경성으로 불러들여 어떻게든 함께 먹고살았을 텐데, 어쩌면 평생 만나기도 힘든 먼 땅으로 떠나보냈다는 자책감으로 견딜 수 없었다. 영옥은 눈물을 감추지 못하고 울었다.

"병수 너는 어떻게 조선에 남았니?"

"일본 사람 집에 머슴으로 들어가 있어서 같이 갈 수가 없었시유. 어린 나이에 홀홀 단신으로 남아 구박받으며 살았지유."

"여태 장가도 못 가고?"

귀동의 말에 병수는 비시시 웃으며 고개를 끄덕였다. 귀동은 자기보다 키가 훨씬 큰처남의 어깨를 세차게 두드리며 말했다.

"이제 아무 걱정 마라. 앞날 창창한 사내놈이 무슨 머슴 생활이냐? 당장 올라와서 우리하고 살자. 내가 공부도 시켜주고 결혼도 시켜줄 테니 아무 걱정 말아."

"올 농사 마무리 해주고 가을에 세경을 받아야 할텐디유?"

귀동은 화통하게 웃음을 터뜨렸다.

"그깟 세경이 문제야? 다시 내려가면 붙잡을 테니 갈 필요도 없어. 내가 편지를 써주마. 그리고 네 차림이 이게 뭐냐? 잔칫상 차리기 전에 당장 시내 나가서 양복 해 입자. 화신백화점 양복이 제일 좋아. 한 벌도 말고 두 벌, 세 벌, 네가 원하는 대로 사주마."

귀동은 당장 병수를 끌고 다니며 양복에 멋진 중절모까지 맞춰 주고 이발도 시켜주었다. 그날 밤, 아는 사람들이 다 모여 커다란 잔치가 열렸다. 병수는 몇 번이나 눈물을 흘리다가 웃다가 했다. 귀동은 다음 날로 병수가 머슴 살던 집에 편지를 써 보내고, 연희전문 학생들이 운영하는 야학에 입학시켜 주었다. 그는 처남이 온 것을 너무 좋아하여 며칠 동안은 기방에도 출입하지 않았다.

병수가 올라오면서 집안은 차츰 정상을 찾아갔다. 우선 영옥이 심리적으로 안정되었다. 믿고 일을 시킬 수 있는 사람이 생겨 좋았다. 병수가 주점 경리 일을 보면서 짬짬이 아이들을 돌보는 여유도 가질 수 있었다. 동네 할머니에게 맡겨두었지만 거의 버려지다시피 했던 아이들은 엄마와 함께 있게 된 것을 그렇게 좋아할 수 없었다. 아버지의 성격을 닮지 않을까 걱정스럽던 아들은 귀공자처럼 착하고 곱게 자라주었다. 지나치게 소심해보여 험한 세상을 어떻게 살아갈까 걱정될 지경이었지만, 아들에게는 가난의 굴레가 없으니 무슨 걱정이랴 싶었다. 남의 손에 자라다시피한 딸들은 오히려 그래서 더 예의바르고 절제를 아는 아이들로 자랐다. 아이들이 잘 자라주는 모습을 확인하는 것보다 더 큰 기쁨은 없었다.

귀동의 바람기도 조금씩 잦아들었다. 이화전문을 나온 여류 화가를 짝사랑하여 한동안 괴로워하더니 바람을 피우기 위해 가져가는 돈의 액수는 점차 줄어들었고 대신 금평리 땅은 조금씩 늘어갔다. 귀동은 가끔 혼자서 기차를 타고 금평리에 내려갔다가 흡족한 얼굴이 되어 돌아오곤 했다. 고향에서 그토록 가지고 싶었던 논들, 수리시설까지 잘 되어 가뭄 때문에 싸울

일조차 없는 옥토가 그의 마음을 돌려놓았다. 점차 집에 일찍 들어오는 날이 늘고, 영옥에게도 전에 없이 징그럽게 애정을 표현하기도 했다. 만주와의 편지 왕래도 가능했던 시절이었다. 그는 만주의 가족들에게 안부 편지도 했다. 자신의 불효를 사죄하고, 병수와 함께 산다는 이야기며, 금평리의 땅 이야기도 하면서 돌아와 함께 살자고 했다.

한 달이나 걸려 시아버지의 답장도 왔다. 두 사람의 결혼에 대해서는 문제 삼지 않겠다. 언젠가 정식으로 혼인식을 올리자. 다만, 만주에 개척한 논이 많으니 그곳에 눌러 살겠다는 내용이었다. 봉투 속에는 영옥 아버지의 편지도 동봉되어 있었다. 두 사람의 결혼에 대해서는 언급하지 않은 대신, 손자들을 보고 싶다는 이야기가 쓰여 있었다. 영옥은 편지지가 다 젖도록 오랫동안 울었다.

일본이 만주 점령에 이어 중국 내륙까지 침략해 들어가면서 2차대전을 준비하고 있는 동안에도 목로주점은 그럭저럭 유지되었다. 예전 같지는 않지만 부부관계도 원만해졌고, 병수는 늦은 나이지만 야학 생활에 무척 열성이었다. 경성제대나 동경제대 출신들과 달리 연희전문 학생들은 거만하거나 현학적이지 않아 그 애를 만족스럽게 했다. 법으로 금지된 조선사를 몰래 배워 나름대로 토론까지 벌이기도 했다. 잘못하면 독립운동을 하겠노라고 상해나 만주로 떠나지 않을까 걱정될 지경이었다.

언제나 그랬듯이, 사건은 귀동으로부터 비롯되었다. 40년대로 접어들면서 전쟁이 확대되어 모든 경제가 군사체제로 변했다. 미곡 같은 주요 상품은 모두 배급제가 되었으며 학교는 물론 일상생활에서조차 조선어 사용은 일체 금지되었다. 조선인들은 창씨개명으로 이름까지 모두 일본어로 바꿔야만 했다. 한 때 민족지를 자처하던 동아니 조선이니 하는 신문들은 과거의 논조를 버리고 노골적으로 천황을 찬양하는 데 앞장섰다. 무교 동 술도가에서 최고 대우를 받던 이름난 문인들도 앞다투어 조선인 청년들에게 성스런 전쟁터로 나가라고 외쳐댔다. 여류 시인들은 조선 처녀들에게 일본 군대 위안부로 나갈 것을 독 려했다. 기름이 부족해져 거리를 누비던 늘씬하던 승용차들은 점차 사라지고 시커먼 연기를 뿜는 목탄차들이 눈에 띄게 늘 기 시작했다. 곡식을 전방으로 보내느라 주류 제조가 통제되면 서 술장사도 힘들어졌다. 영옥은 금평리에 내려가 농사를 지으 려 마음을 굳히고 있었지만 버틸 때까지 버텨보려고 목로주점 간판을 일어로 바꾸고 자신과 아이들 이름을 아끼꼬니 아사꼬 같은 일본어로 개명하며 세계를 뒤흔드는 전쟁을 비켜가려 애 썼다. 그러나 목로주점의 운명은 엉뚱한 쪽에서 결정되고 있었 다. 늘 그렇듯이 귀동의 폭력성 때문이었다. 평소에는 그토록 온당한 이야기만 하다가도 결정적인 순간에 폭력에 의존하는 습관은 가족의 삶을 또다시 뒤집어 버렸다.

　어느 날, 또다시 귀동이 양복에 피를 묻힌 채 뛰어들어 왔다. 전시체제로 술을 확보하기가 어려워지면서 술 도매상과 주점 들 간의 경쟁이 심해졌는데 목로주점이 납품 받기로 한 술을 일본상인이 가로채자 성질을 못 이기고 주먹질을 해댄 것이었 다. 예전에 조선인을 폭행했을 때는 김두한 패의 도움을 받을 수 있었으나 전시상태가 되면서 그들도 대부분 감옥에 끌려가 버리고 없었다. 게다가 이번에 두들긴 이는 총독부 관리의 친 동생이었다. 일본인이 워낙 약골이라 몇 대 갈기지도 않았는데 기절해 버렸노라 했다. 죽지 않고 살아난 게 다행이었다. 감옥

살이 외에는 해결의 길이 없었다. 귀동은 당장 만주 부모님께 가겠다며 옷을 갈아입었다. 황망히 옷을 갈아입히고 돈을 챙겨 떠나 보내는 수밖에 없었다. 만주도 일본의 식민지이기는 하지만 중범죄가 아닌 이상 그곳까지 잡으러 오지는 않으리라는 생각이었다. 그가 휭 하니 나가버리고 나니 너무 황당하고 기가 막혀 눈물도 나오지 않았다. 언제 순사들이 들이닥칠지 몰라 옷을 입은 채 뜬눈으로 밤을 새워야 했다.

상황은 좋지 않다. 귀동을 잡으러 온 순사들을 돈으로 달래 돌려보내고, 맞은 이를 찾아가 받지 않겠다는 돈을 억지로 떠맡겼으나 고소를 취하할 수는 없었다. 술집에 같이 있었다는 죄로, 주먹 한 번 휘두르지 않은 병수만 걷지도 못하도록 얻어맞고 나와 보름 넘게 누워 일어나지를 못했다. 병수가 누워 있는 사이 영옥은 주점간판을 내렸다. 사는 집도 정리해서 이삿짐은 금평리 이 선생 집으로 보냈다. 그리고 만주로 가는 열차에 올랐다. 금평리로 내려갈 수도 있었으나 그녀는 귀동이 있는 곳으로 가고 싶었다.

대륙으로 향하는 열차 차창 밖으로 멀어지는 경성을 바라보며 아이들이 손을 흔들고 신나게 떠들어댈 때 그녀도 마냥 웃었다. 미지의 세상으로 떠나지만 두렵지는 않았다. 말로만 듣던 드넓은 평야를 눈으로 보고 싶었고, 비록 한 때 소원하기는 했지만 사랑하는 남자를 다시 만나고, 부모와 형제들을 다시 만날 수 있다는 사실에 기뻐 아이들과 다름없이 웃고 즐거워했다. 그녀는 사랑을 받기보다는 사랑했다. 사랑 받기 위해 애쓰기보다는 자신이 사랑하기 위해 애썼다. 낯선 땅 만주로 가면서도 즐거웠던 것은 사랑하는 사람이 기다려서가 아니라, 사랑하는 사람을 찾아가기 때문에 기뻤다. 그녀에게 사랑은 받기

보다 주는 것이었다. 그래서 외로움과 분노와 질투를 이겨낼
수 있었다.

· · · · · ·

　광활한 만주벌판의 농사는 조선에서 손바닥만한 논을 두고
서로 소작을 하려고 싸우던 것과는 달랐다. 땅은 얼마든지 있
었다. 당시 만주는 형식적으로는 청나라 마지막 황제 부의가
북경에서 쫓겨 나와 세운 만주국이었으나 실제로는 일본의 식
민지였기 때문에 일본에게 세금만 내면 누구나 마음껏 미개지
를 개간해서 쓸 수 있었다. 현지 토박이 중국인들의 저항도 만
만치 않았으나 일본 헌병들이 무섭게 감시하고 있어 버틸 만
했다. 조선인의 만주 진출은 일본인들이 조선 땅에 들어와 대
대로 농사짓던 문전옥답을 빼앗아 간 것과는 달랐다. 만주 벌
판은 무한했고 대부분이 황무지로 버려져 있었다. 고국에서는
땅이 없어 농사를 지을 수 없던, 타고나기를 부지런하고 악착
스런 조선인들은 누에가 뽕잎을 먹어치우듯, 광활한 황무지에
가득한 풀들을 뽑아 버리고 누런 논밭으로 바꿔 나갔다. 중국
인들의 방해도, 영하 40도에 이르는 추위와 마적떼의 습격도
누에 떼처럼 벌판을 잠식해 들어가는 조선인들을 막을 수는
없었다. 동서남북 사방으로 오로지 지평선밖에 보이지 않는 끝
없는 토지에 꽉 차게 벼를 심으려는 조선인들의 의지를 꺾을
것은 아무 것도 없었다.
　중국 원주민들은 논농사를 지을 줄 모르고, 밭에 콩과 옥수
수만 키우고 있었다. 조선인들이 들어가면서 벌판에 수로를 파
고 논을 만들었다. 끝이 보이지 않는 논에서 농사를 짓기 위해

서는 조선에서처럼 손이 많이 가는 방법을 쓸 수는 없었다. 수확량을 늘리기 위해 이른 봄에 못자리에서 모를 키운 다음 줄맞춰 모를 심는 번거로운 농법은 필요 없었다. 논바닥도 완벽하게 고를 필요가 없었다. 어느 정도 물이 들어가 바닥이 물러졌다 싶으면 울퉁불퉁한 바닥에 그대로 볍씨를 뿌리고 다녔다. 바람이 불어 볍씨가 몰린 곳에는 무더기로 자라고, 어떤 곳은 벼가 하나도 자라지 않았으나 상관하지 않았다. 풀을 뽑아 주고 벌레를 잡느라 애쓰지도 않았다. 신기하게도, 자연 상태에서 그대로 자라게 내버려두어도 벌레가 극심하지 않았다. 벌레끼리도 천적이 있어 저희들끼리 잡아먹는 것이었다. 벼를 수확한 후에도 일일이 논을 갈아엎지 않고 이듬해에 그대로 물을 받아 볍씨를 뿌리기도 했다. 그야말로 천하태평 농법이었다. 그래도 초겨울이면 집집마다 저장고가 없어 버려둘 만큼 곡식이 넘쳤다.

쌀이며 콩이 남아돌기 때문에 짐승 키우기도 좋았다. 조선에서는 사람이 먹을 것도 없어 개 한 마리 키우기가 힘들었으나 그곳에서는 돼지건 소건 마음껏 배불리 먹일 수가 있었다. 가을에 땅을 파고 새끼 돼지들을 몰아넣은 후 나무와 흙으로 지붕을 해서 덮어주고 겨우내 콩을 삶아 넣어 주면 봄이 되어 제 몸을 주체할 수 없을 만큼 살찐 어미들이 꽥꽥대며 쏟아져 나왔다.

천성이 느린데다가 논농사를 모르는 중국인들에 비해 악착같고 부지런한 조선인들은 빠르게 자리를 잡아갔다. 이백 리쯤 떨어진 곳까지 조선독립군이 내려와 일본군과 전투를 벌였다는 소문도 들리고 중국마적들의 습격으로 먼 마을이 불탔다는 소식도 있었으나 영옥이 사는 곳은 일본군대의 감시가 엄중해 아무 일도 일어나지 않았다. 그렇다고 해서 부자가 된 건 아니었다. 쌀과 고기가 넘쳐났지만 돈이 되지는 않았다. 조선과 달리 농산물 값이 워낙 싸고, 팔 곳도 마땅치 않았기 때문이었다. 세금을 내고 남은 곡식이 창고마다 그득했지만 돈은 없었다. 마음껏 배불리 먹고사는 것으로 만족해야 했다. 전기와 수도도 없어 경성에 비해 사는 꼴도 말이 아니었다. 그나마 소학교가 있어 아이들을 학교에 보낼 수 있어 다행이었다.

2차 세계대전이 끝난 것은 영옥이 만주에 간 지 몇 해 되지 않은 여름이었다. 일본이 패망했다는 소식이 들리고 그렇게 위세 등등하던 헌병과 순사들이 그림자도 없이 사라져 버린 것을 확인했을 때, 조선인과 중국인들은 동네방네 뛰어다니며 만세를 불렀다. 중국인이건 조선인이건 가리지 않고 부둥켜안고 울었다. 시아버지는 큰 잔치를 열었다. 암소를 한 마리 잡아 인근의 조선인 농부들을 모두 불러들였다. 멀지 않은 곳에 살던 영옥의 친정 부모도 찾아와 밤늦도록 술을 마시고 노래들을 불렀다. 귀동은 광목을 내오게 하여 태극기를 그려 처마에 달아 놓았다. 영옥이나 다른 이들은 태극기가 어떻게 생겼는가 그날 처음 보았다. 귀동은 그 자리에서 조선으로 돌아가자고 주장했지만, 시아버지와 영옥의 아버지는 조선으로 돌아갈 생각이 없었다. 빈 땅이 무한정 널려있는 만주에서 계속 농사를 짓고 싶어 했다.

그런데 며칠 지나지 않아 뒤숭숭한 소문들이 들려오기 시작했다. 중국인들이 마적으로 변해 조선인 가옥들을 털고 있다는 소문이었다. 평범한 농부였던 이들이 일본 헌병들이 물러나자마자 도적떼로 변해 총칼과 낫을 들고 몰려다니며 조선인 농부들의 집을 습격하기 시작한 것이었다. 중국인들은 매일 한

집씩 차례로 조선인 농가를 공격했다. 그들은 흔해 빠진 쌀이나 짐승은 손도 대지 않고 옷과 그릇, 값나가는 가재도구며 패물들만 털어갔다. 가만히 당하고 있으면 폭력을 쓰지는 않았는데, 뺏기지 않으려고 덤비기라도 하면 집단으로 달려들어 매질을 했다. 어떤 마을에서는 저항하던 조선인이 총에 맞아 죽었다는 소문도 돌았다.

중국인들이 원하는 것은 한 가지, 조선인은 조선으로 돌아가라는 것이었다. 그래도 자기가 개간한 땅을 버리지 못해 버텨보겠다는 이들도 있었으나 조선인들은 동요했다. 더군다나 조선이 남북으로 갈려 서로 왕래할 수 없게 되었고 북쪽이 공산화되어 남쪽이 고향인 사람들은 갈 길조차 막혔다는 심각한 소식이 사람들을 서두르게 했다. 만주에 뿔뿔이 흩어져 살던 조선인들은 중국인들의 위협 속에 가재도구며 곡식 따위는 다 버리고 맨몸으로 쫓겨나 꾸역꾸역 기차역으로 모여들었다. 고향으로 돌아가는 장대한 행렬이 시작되었다.

귀동과 영옥의 부모들도 마음을 바꾸어 기차역으로 향했다. 조선을 떠나올 때는 이불이며 옷 보퉁이에 솥단지까지 있었으나 중국인들의 감시 때문에 아무 것도 가져갈 수 없었다. 맨손으로 입던 옷 그대로 약간의 돈만 챙겨 기차역으로 갔다. 조선으로 향하는 기차역은 온통 흰옷의 수라장이었다. 수천의 흰옷들이 좁은 승강장에 몰려 서로 기차를 타려고 아우성이었다.

"밀어라 밀어!"

군중들은 서로 자기 쪽 사람이 먼저 타도록 하기 위해 밀어댔다. 한쪽에서 밀어대면 다른 쪽에서 밀고 나왔다. 가운데 끼인 사람들만 짓눌려 비명을 질러댔다.

"이 자식들아, 밀지 말아! 사람 죽는다!"

그러다가 어느 한 사람이 쓰러지면 뒤에 있던 이들도 우르르 무너져 생지옥으로 변했다. 벌써 여러 명이 인파에 치어 죽었다는 소문이 돌았다. 그래도 사람들은 고향으로 가기 위해 필사적으로 매달렸다. 욕설을 퍼붓고 밀고 당기면서도 사람들의 표정에는 생기가 돌고 있었다.

"만세! 조선독립 만세!"

누군가 한 마디만 선창을 하면 그토록 아비규환을 이루던 승강장이 금방 만세 소리로 가득해졌다. 노인이고 아이고 양손을 번쩍 들어 만세를 부르고 또 불렀다. 한바탕 만세 물결이 지나가고 나면 또다시 누군가 선창을 했고, 사람들은 지치지도 않고 또다시 만세의 물결을 이루었다. 때로는 일부러 장난으로 만세를 시작했지만 그래도 다들 따라 외쳤다. 이제 그만 하라고 소리치면 누군가 일부러 다시 만세를 외쳤고, 장난인 줄 알면서도 모두들 따라 외쳤다. 만세 삼창은 마치 조선인들의 의무요, 거역할 수 없는 명령 같았다. 온종일 눈물을 흘리고서도 새로 외칠 때마다 사람들의 눈에 눈물이 고였다. 기차 안은 서 있을 자리도 없어 화물칸까지 흰옷들로 빼곡했다. 먹을 것도 없고 물조차 없었다. 그래도 모두들 희망과 기쁨에 들떠 있었다. 배가 고프고 목이 말랐지만, 남의 나라에 두고 온 집과 농토에 대한 아쉬움보다는 살아 고향으로 돌아갈 수 있다는 사실에 들떠 참아냈다.

압록강 철교를 건너 조선 땅으로 들어서니 그곳에도 온통 만세 소리와 태극기 물결이었다. 역마다 귀환민 환영이라는 현수막을 든 사람들이 몰려 나와 태극기를 흔들며 만세를 불렀다. 만주에서 돌아온 이들도 만세를 불렀지만 기어이 터진 울음 때문에 마치 울부짖는 소리처럼 들렸다. 어떤 이는 신의주

역사에 내려 땅바닥을 치며 통곡을 하기도 했다. 환영 나온 이들이 물과 먹을 것을 가지고 나와 허기를 면할 수 있었다. 그토록 쌀과 고기가 흔하던 만주와 달리 북쪽 땅에는 옥수수와 조로 만든 순 잡곡밥에 반찬도 변변치 않았다. 그것도 자신들이 굶주리며 가져온 것이었다. 북한에는 굴이 얼마나 많은지 석탄을 때는 증기기관차에서 뿜어내는 그을음에 사람들의 흰옷은 온통 새까매졌고 세수를 할 수 없는 얼굴도 눈만 반짝였다. 그래도 아무도 부끄러워하지 않았다. 기차는 모든 역마다 서서 사람을 내려주거나 쉬었다가 갔다. 함께 여행을 하던 이들이 기차에서 내리면 눈물까지 흘리며 작별 인사를 나누었고 들판에서 일하던 이들도 기차만 보면 허리를 펴고 일어나 손을 흔들고 만세를 불러주었다.

북쪽이 고향인 이들이 다 내리고, 남쪽 사람들만 태운 열차는 우여곡절 끝에 황해도 해주에서 멈추어 섰다. 본래 개성을 거쳐 부산까지 계속 내려가는 열차였으나 남북이 38선으로 갈리면서 해주가 북쪽의 마지막 역이 된 것이었다. 38선에는 인민군과 미군이 대치하고 있으면서 자기편으로 넘어오는 이들은 환영하여 먹을 것을 주었지만 반대편으로 넘어 가는 이들에게는 사격을 가했다. 경계가 그리 심하지는 않았으나 잘못하면 목숨을 잃을 수도 있었다. 기차에서 내린 이들은 사방으로 흩어져 38선 넘어 남쪽으로 가는 길을 찾아 나섰다.

귀동은 식구들을 해주역에서 기다리게 하고 온종일 돌아다니더니 뱃길을 알아왔다. 몰래 배를 타고 바다로 사십 리 길을 돌아 38선 아래쪽으로 가는 길이었다. 일행은 있는 돈을 다 털어 배 삯을 치르고 밤중에 해안에 나가 배를 탔다. 돈만 받아 먹고 출발한 자리로 돌아가는 사기꾼도 있다는 말에 잔뜩 긴

장해서 배 위에 엎드린 채 얼마나 시간이 지났을까, 황해 바다 물결에 출렁이던 배가 모래톱으로 올라서는 느낌이 들더니 눈부신 전등빛이 쏟아졌다. 미군과 한국군들이었다. 한밤중인데도 몰려 나와 기다리고 있던 남한 사람들도 박수를 치며 환영을 했다. 월남민을 실어 나르는 기차도 기다리고 있었다.

남쪽으로 넘어와도 역마다 귀환민 환영이라는 현수막과 만세소리, 음식들이 기다리고 있었다. 남한 사람들이 가져온 음식은 북한과 달리 밥에 쌀이 하얗게 섞였고, 고기 국물도 맛볼 수 있었다. 서울로 이름이 바뀐 경성의 모습은 떠날 때 그대로였다. 기차가 서울역에 멈춰선 동안 영옥은 아이들과 함께 남산을 올려다보며 손을 흔들어주었다. 그리운 조선으로 돌아왔지만 도시와는 영영 이별이었다.

영옥의 부모는 딸과 사위의 만류를 뿌리치고 병수까지 데리고 양포리로 내려가 버리고, 귀동 식구와 시부모만 금평리에서 내렸다. 논에서 일하던 이 선생이 소식을 듣고 밀짚 모자 차림으로 달려 나와 맞아주었다. 논흙에 무릎까지 빠지고 목덜미까지 토인처럼 새까맣게 그을린 이 선생의 몰골도 초라했지만 기차에서 내린 이들의 몰골은 더 말이 아니었다. 며칠 동안 씻지 못한 얼굴과 옷에 온통 석탄 그을음이 엉켜 붙어 거지 중에도 상거지 꼴이었다. 이 선생은 귀동 일행을 발견하자 정신없이 달려와 끌어안고 울음을 터뜨렸다. 그 큰 덩치에 어린아이처럼 엉엉 소리 내어 울었다. 영옥도 이 선생을 보니 다시 눈물이 북받쳐 목 놓아 울었다.

이 선생 집에는 만주로 떠나면서 경성 집을 정리해 보낸 이삿짐이 고스란히 보관되어 있었다. 양쪽 집 합쳐 열다섯이나 되는 대식구가 마당에 무쇠 솥을 걸어놓고 함께 밥을 해먹는 피난 생활이 시작되었다. 저녁마다 모닥불을 피워놓고 모여 앉아 어른들은 술과 노래로, 아이들은 저희들끼리 놀이를 하느라 소란했다. 이 선생은 지난 몇 년 동안의 소작료라며 적지 않은 돈도 내놓았다. 아이가 여섯이나 되는 사람이 돈을 모을 여유가 있을 리 없었다. 어디서 급히 얻어온 게 분명했다. 귀동은 안 받겠다고 하다가 일부만 받아 급한 대로 생활을 하는 한편으로 논을 조금 팔아 금평리 안 동네에 집을 하나 샀다. 문간방이며 사랑방까지 잘 지어진 아담한 기와집이었다. 귀동은 들어가기 전에 구들을 새로 놓고, 부엌을 고쳐 크고 작은 무쇠솥을 걸고, 종손집답게 안성유기 놋그릇도 넉넉하게 장만했다. 여주에서 올라온 옹기 항아리도 여러 개 사서 장을 담게 하고, 암소 한 마리에 마차도 샀다.

이듬해부터는 직접 농사를 짓기 시작했다. 농사일은 세월이 흘렀어도 힘들었다. 제초제나 농약이 없고, 비료도 사기 힘든 시절이었다. 만주처럼 태평하게 버려둘 수도 없었다. 여름 내내 날카로운 볏잎이 얼굴을 긁어대는 논에 들어가 피를 뽑고 벌레를 잡았다. 겨울에는 산에 올라가 낙엽을 긁어 모으고 소똥으로 부족해서 동네마다 돌아다니며 개똥을 모아 낙엽과 섞어 거름을 만들었다. 이 선생이 감당하지 못해 버려두다시피 했던 산기슭 밭도 모두 개간해 일구었다. 잡다한 밭일은 거의 모두 여자인 영옥 차지였지만 늘 해오던 노동에 익숙해져 있었다. 따지고 보면 들일은 밤이 되면 거두어야 하지만 경성 시절은 한밤중까지 끝나지 않던, 더욱 힘든 노동이었다.

몇 해 지나지 않아 조씨네는 금평리 몇 개 마을 중에 제일가는 부농의 하나가 되었다. 배포가 크고 사교성 좋은 귀동은 사람들을 모아 수리조합을 만들어 관개시설을 하는 데 앞장섰고,

덕분에 젊은 나이에 마을의 지도자로 인정받게 되었다. 그러나 영옥은 양포리에 내려가 해방 전과 마찬가지로 남의 땅에서 소작을 하며 고생하는 부모 생각에 늘 마음이 편치 않았다. 병수라도 올려 보내라고 편지를 보냈지만 딸은 출가외인이니 친정이 아무리 어렵게 살더라도 돌아보지 말라는 아버지의 답장만 왔다. 귀동은 장인의 자존심을 건드리지 않는 범위에서 처갓집을 도와주려 애썼다. 만주에서 돌아온 다음 해 가을에 올린 병수의 결혼식에는 부조금 말고도 친정식구들 전부에게 새 양복과 한복을 해주었다. 처제들 학비를 내주기도 하고 어려운 신혼살림을 하는 병수를 위해 쌀을 보내주기도 했다. 귀동은 경성에서 정이 든 데다 자기 때문에 일본 순사에 끌려가 골병이 들도록 매를 맞았던 병수를 특별히 아꼈다. 병수는 결혼 이듬해 아들을 낳고 이름을 상국이라 지었다. 성은 윤, 이름은 상국, 윤상국이었다.

· · · · · ·

해방직후 미군이 진주한 서울에서 내려오는 소식은 온통 혼란스러웠다. 일본에 빌붙어 살던 친일파들은 미군의 보호 속에 옛 권력을 놓지 않았고, 일제 말기 조선 청년과 처녀들을 전쟁터로 내몰았던 유명한 문인이며 지식인들이 애국자로 변신해 민족지도자 행세를 했다. 천황 숭배를 주도했던 동아, 조선일보도 민족신문이라 큰소리치며 재발간되었다. 거꾸로, 목숨을 걸어 독립운동을 했던 이들에 대한 암살사건이 계속 되었다. 이 선생은 힘든 농사일보다도 세상 돌아가는 꼴에 더 한숨을 쉬었다. 백범 김구가 암살되던 날, 귀동은 이 선생과 함께 밤새 울분을 토하며 술을 마셨다. 두 사람은 서울에 올라가 장례식에도 참석하고 왔다. 그리고 꼭 일년 후, 6·25가 터졌다.

처음 전쟁이 났다는 말에 금평리 사람들은 반신반의했다. 전에도 38선에서 총격이 자주 있었기 때문에 다소 심각한 교전이 일어난 정도로 생각했다. 그런데 피난민 대열이 끝없이 이어져 내려오고 사흘 만에 서울이 공산당에게 점령되어 한강 다리를 폭파했다는 소식을 들으면서 너도나도 피난길에 나섰다. 귀동 일가도 소가 끄는 마차에 이불과 쌀, 식기도구를 싣고 네 아이와 함께 무작정 남으로 향했다. 양포리나 회룡골로 가려고도 생각했으나 인민군의 남진은 너무 빨랐다. 북으로 향하는 국군의 행렬을 거슬러 오로지 남으로 향했다.

대전 시내를 지나던 길에 큰아들이 헌병대에 붙잡혀 곧장 군대에 끌려갔다. 소집영장은 그 자리에서 발급되었고, 신체검사도 없이 겉모습만 훑어보고는 무조건 입대였다. 북한군은 밀물처럼 밀려 내려오고 있었다. 항의하거나 머뭇댈 겨를도 없었다. 얼결에 아들을 잃고 남으로, 남으로 피난 대열을 따라가다 보니 전라도 남원을 거쳐 경상도 진주를 지나 남해 바다 삼천포까지 와 있었다. 더 이상 갈 곳이 없었다. 다행히 줄기차게 따라오던 북한군은 진주 근방에서 국군의 반격에 부딪혀 내려오지 못했다. 삼천포는 맑고 얕은 바다와 섬들이 그림처럼 아름다운 작은 읍이었다. 식량 배급이 제대로 되지 않았기 때문에 마차와 소까지, 가지고 온 재산을 하나씩 팔아 연명했다. 그럭저럭 견딜 만했다.

인천상륙작전으로 석달 만에 서울이 수복되면서 귀동 일가는 북진하는 군용트럭을 얻어 타거나 걷고 또 걸어 금평리로 돌아올 수 있었다. 인민군들이 숙소로 사용했었던 집은 엉망이었지만 크게 망가진 데는 없었다. 논밭도 사방에 포탄구덩이가 파이고, 작물은 수확철을 놓쳤거나 군홧발에 짓밟혀 엉망이었지만 그래도 조금은 건질 게 있었다. 영옥은 서둘러 수확을 하면서도 군에 끌려간 아들과 양포리 친정이 걱정되어 마음이 놓이지를 않았다.

그러던 어느 날 저녁, 홀연히 병수가 대문을 들어섰다. 무교동 목로주점에 처음 나타났던 때와 마찬가지로, 멀건이 큰 키에 선한 웃음을 띠고 마당에 들어서는 동생을 보자 영옥은 부엌 화덕에서 벌떡 일어나다가 현기증으로 주저앉을 뻔했다. 나중에 군에서 온 아들 편지를 받았을 때도 그보다 반갑지는 않았다.

친정에는 아무 변고도 없었다. 인민군은 부자만 죽인다는 말이 있었다. 남의 땅 소작으로 연명하던 친정은 피난짐을 싣고 갈 마차나 가져갈 식량도, 돈도 없어 그냥 집에 머물렀다고 했다. 설마 그 산골까지 인민군이 오겠느냐 생각도 했다. 그런데 어느 날 정말 인민군이 마을에 들어오더라는 것이었다.

"처음에는 그렇게 무섭지는 않았어유. 여기 저기 뻘건 깃발 꼽아 놓고, 사람들 모아놓고 우리보고 해방되었다느니 뭐니 교육을 하는 게 귀찮아서 그렇지, 못살게 굴지는 않더라구유. 지도 종로 시절에 연희전문 학생들에게 사상에 대해 조금 배웠기 때문에 낯설지도 않았구유. 근데 하루는 저녁에 사람을 모아놓고 인민재판이 열렸는데 이게 아니다 싶더라구유."

마을에서 제일 부자였던 이는 피난을 가버리고 너무 늙어 피난가지 못한 지주 한 사람이 인민재판에 걸려들었다. 직접 농사를 짓기 어려워 소작을 준 이였는데 가혹한 소작료를 받고 장리쌀로 인민을 괴롭혔다는 이유였다. 횃불이 밝혀진 동네

마당에 강제로 모인 사람들은 인민위원회 위원들이 선창하는 대로 악랄한 지주를 처단하자는 따위의 구호를 외쳤다. 장리쌀 이자를 챙기는 데 야박했고 이웃에 나눠줄 줄 모르는 구두쇠이기는 했지만 죽을 정도의 죄를 지었다고 생각한 이는 없었다. 적어도 아들딸 결혼식이며 자기 환갑잔치 때는 마을 사람들을 모두 불러 모아 며칠씩 잔치를 벌여준 사람이었다. 그래도 모두들 인민위원회 간부들이 시키는 대로 지금까지 늙은이가 행한 악행들을 성토해야 했다. 불쌍한 늙은이는 그동안 서로 소작을 하려고 잘 보이려던 동네사람들이 원수가 되어 자기를 죽이라고 욕하는 소리를 들으며 넋이 빠져 버렸다. 인민위원들은 늙은이를 뒷산으로 끌고 가서 총알이 아깝다며 죽창으로 찔러 죽였다.

"인민재판을 보고 나서야 인민군이 무서워지대유. 그래도 두 달 가까운 인민군 점령 기간 동안 죽은 이는 그 늙은이 한 사람 뿐이었어유. 인민군들은 우리처럼 가난한 소작인들은 자신들 편이라면서 참호를 파는 일만 시켰어유. 여자를 강간하거나 물건을 강제로 빼앗는 짓은 하지 않더라구유."

귀동은 연거푸 술잔을 건넸다.

"고생했구나. 우리는 전쟁 나고 여태 인민군 얼굴 한번 보지 못했다. 아무튼 처남, 올라온 길에 추수나 좀 도와주고 양식 챙겨 가. 아예 여기서 우리와 함께 살면 더 좋고."

병수는 한숨을 길게 뿜어냈다.

"매형, 가을 추수는 도와드리지 못하겠네유. 사실은 저 국군에 입대하려고 의정부 보충대로 가는 길이유. 입대하기 전에 마지막으로 누이하고 매형 얼굴이라도 보고 가려구 온 거예유."

마음 푹 놓고 마주 앉아 이야기를 듣던 영옥이 번쩍 큰 눈을 떴다.

"무슨 얘기야? 네 나이가 몇인데 이제서 군대를 가? 결혼해서 아이까지 낳았는데. 대체 누가 너보고 군대에 오라고 했어?"

병수는 맥이 빠져 말했다.

"강제 입대가 아니고 자진 입대하는 거유."

양포리에 인민군이 들어오고 한 달쯤 지났을 때 전황이 나빠졌는지 갑자기 마을 청년들을 의용군이라는 이름으로 끌고 가기 시작했다. 형식적으로는 자진 입대라지만 나서지 않았다가는 인민재판으로 죽을 판이라 할 수 없이 지원을 해야 했다. 처음에는 어린 청년들을 잡아가더니 병수같이 결혼한 이들까지 나오라고 했다. 도망칠 수도 있었지만 자기가 없어지면 부모님이 반동으로 몰려 고생할 것 같아 포기했다. 병수는 어깨에 조국해방이라 쓴 붉은 띠를 두르고 인민군가를 부르며 인민군 트럭을 타야만 했다.

병수 일행이 끌려간 곳은 낙동강 전선에서 얼마 떨어지지 않은, 경상도 산청 부근 험한 산동네였다. 국군과 인민군이 대구와 낙동강을 경계로 치열한 소모전을 벌이고 있었고, 인민군은 전선 후방에 임시 훈련소를 만들어 남한에서 차출한 병력을 공급했다. 깊은 산촌의 조그만 국민학교를 개조도 하지 않고 그대로 사용하는 엉터리 훈련소였다. 장비라고는 소총과 군복이 전부였다.

의용군에 대한 훈련은 간단했다. 기본적인 제식훈련도 없이 일주일간 공산주의 정신교육과 각개전투 훈련을 시킨 후 곧바로 사격연습에 들어갔다. 소련제 아카보 소총에 실탄 세 발을 주고 표적을 맞추게 하는 훈련이었다. 세 발을 모두 맞춘 사람은 바로 다음날로 사라졌다. 낙동강 전선으로 간 것이었다. 제대로 맞추지 못한 사람들은 인민의 밥을 축내고 인민의 고혈을 빼는 놈들이라는 심한 욕설을 들어야 했지만 사흘 후의 재사격 때까지 전선으로 끌려가는 일은 면할 수 있었다. 일본군의 전통을 그대로 이어받은 국군에는 매질과 기합이 혹독했지만 인민의 군대임을 자칭하는 인민군은 폭력은 사용하지 않았다. 인민군 교관들은 반동이니 간나새끼니 하는 욕을 입에 달고 살았어도 구타를 하거나 기합을 주지는 않았기 때문에 다음 사격까지 버틸 만했다.

사격장은 학교에서 마을을 지나 산 속에 있었다. 병수는 사격장 가는 길에 물을 얻어 마시며 주민들과 얘기를 나눌 수 있었다. 낙동강 전선을 돌파하지 못한 인민군이 유엔군에 밀리고 있다고 했다. 조금만 참으면 물러나리라는 소식이었다. 병수는 고향에서 함께 끌려온 신병들에게 아무리 욕을 먹어도 표적을 맞춰서는 안 된다고 다짐을 주었다. 양포리와 회룡골에서 끌려간 이들은 일부러 한 발도 표적을 맞추지 않았다. 인민군 군관이 별의별 욕을 다 퍼부었지만 못 들은 척 버텼다. 군관은 나중에는 표적지를 세 배나 크게 만들어 쏘라고 했지만 눈 딱 감고 허공에 대고 갈겼다. 하루하루 차출은 연장되었다.

군관의 의심으로 더 이상 오발 사격을 하기도 힘들어진 어느 날, 저녁을 먹고 어수선한 틈을 타서 병수를 포함한 네 명이 산으로 도망쳤다. 인민군들은 그들의 도주를 금방 알았을 테지만 쫓아올 병력이 있을 리 없었다. 그래도 안심할 수 없었다. 깜깜한 밤중에 얼굴이며 손이 온통 나무에 긁혀가면서 지리산 험한 산길을 구르다시피 달아나 숲 속에서 낙엽을 모아

이불처럼 뒤집어쓰고 밤을 지새웠다.

날이 밝아도 아무도 쫓아오지 않음을 확인하고 산길을 타고 걷기 시작했다. 산등성이에 넓게 펼쳐진 비알밭을 지나는데, 농부들이 보리타작을 하고 있었다. 배가 고파 견딜 수가 없었다. 망설임 끝에 내려가 인민군 탈영병이라고 말하니 농민들은 자기들이 먹으려고 싸온 보리밥을 주고 북서쪽으로 가는 길을 가르쳐주었다. 인민군복은 주머니가 여러 개인데다 넓고도 깊었다. 농부들은 막 타작한 보리를 주머니마다 가득 담아주며 무사히 돌아가라고 격려까지 해주었다. 길고 뾰족한 가시가 달린 보리 이삭을 주머니마다 가득 채우고 본격적으로 길을 떠났다.

전쟁이 나기 전에 공산당 빨치산이 들끓었다던 덕유산을 지나 대둔산을 가로지르는 험한 길이었다. 눈에 빤히 보이는 산등성이 하나를 넘는 데 하루가 꼬박 걸리기도 했다. 일행은 배가 고프면 마른 보리 한 줌을 집어 양손으로 비벼서 까먹으며 도로와 인가를 피해 끝없는 산행을 계속했다. 밤이 되면 낙엽 속으로 기어들어가 잤다. 제대로 껍질도 까지 않고 익히지도 않은 보리를 먹은 탓에 배가 아파 똥을 누면 소화되지 않은 보리쌀 알갱이들이 그대로 쏟아져 나왔다. 며칠을 정신없이 산악행군을 하는데 허벅지와 가슴이 너무 아파 견딜 수가 없었다. 군화 속으로는 자꾸만 땀 같은 게 끈적거리며 흘러들었다. 군화를 벗어보니 피였다. 병수뿐 아니라 다른 이들도 마찬가지였다. 옷을 벗어보니 가슴과 허벅지가 온통 피투성이가 되어 있었다. 군복을 뚫고 박힌 보리 가시에 긁힌 것이었다. 보리를 모두 털어버리고 떨어진 군화 밑창을 칡넝쿨로 묶어 가며 산행을 계속했다.

가끔 산 아래 신작로에 농민처럼 흰옷을 입은 남자들이 긴 대열을 이뤄 북으로 올라가는 광경이 목격되기도 했다. 숨어서 자세히 살펴보니 흰 두루마기 속마다 아카보 소총을 숨기고 있었다. 인민군이 북으로 철수를 하면서 미군 공습을 피하기 위해 민간인 복장을 한 것이었다. 그들에게 걸리면 즉결 처형될 게 분명했다. 일행은 더욱 큰길이나 마을 근처에 가지 못하고 산으로만 걸었다.

보리마저 떨어지니 허기가 져서 견딜 수가 없었다. 그토록 큰 산들이지만 먹을 수 있는 과일이 열리는 나무라곤 없었다. 그대로 가다가는 굶어 죽을 판이었다. 지칠대로 지친 일행은 죽을 각오를 하고 조그만 산골마을로 찾아 들어갔다. 그곳 마을회관에는 아직도 인민위원회 간판이 걸렸고, 인민해방이니 하는 현수막들이 날리고 있었다. 일행은 아직 인민군복을 입고 있었다. 가장 나이가 많은 병수가 앞장서서 인민위원회를 찾아 들어갔다. 대개 인민위원들이란 게 남의 집 머슴을 하거나 소작을 하던 사람들이라 단순했다. 병수는 자신들이 후퇴하는 인민군이라 말하고 인천상륙작전으로 서울이 유엔군에 넘어갔고 낙동강전선도 무너졌는데 여기서 뭐하고 있느냐고, 빨리 도망치라고 했다. 겁먹은 인민위원들은 황망히 간판과 현수막을 내려 불에 태워버리고는 먹을 것을 갖다 주었다. 떠날 때는 주먹밥까지 해주었다.

천신만고 끝에 고향에 돌아왔을 때는 막 인민군이 북상한 직후였다. 인민군이 물러간 자리에는 또 다른 공포가 찾아왔다. 이번에 마을에 들어온 이들은 인근에서 결성된 우익 청년단이었다. 그들은 마을 사람들을 불러 모아 인민위원회 위원으로 일하던 이와 부역했던 사람들을 지목하게 했다. 인민군은 불쌍한 지주 한 사람을 죽였지만 청년단은 부역자 여럿을 때려 죽이거나 병신으로 만들어 버렸다. 인민재판 같은 형식도 필요 없었고, 약탈이나 방화를 막는 이도 없었다. 그들은 죽은 부역자의 젊은 아내를 강간한 후 집까지 불태워 버렸다. 양포리에 전쟁이 터진 후 가장 처참한 살육의 밤이었다.

병수는 우익 청년단들이 무자비하게 사람을 참살하는 광경을 보고 겁을 먹지 않을 수 없었다. 자신을 비롯해 다섯 명의 인민군 입대자들은 강제로 끌려갔다가 탈영해 돌아왔다는 점이 인정되어 일단 살아나기는 했지만 언제 다시 상황이 바뀌어 참살을 당할지 알 수 없었다. 밤이 되면 우익 청년단이 들이닥쳐 자기를 죽이고 아내를 겁탈하는 상상으로 잠을 이룰 수 없었다. 이웃집 개가 짖기만 해도 벌떡 일어나 툇마루 밑에 숨어 숨을 죽이곤 했다. 도저히 불안해 견딜 수가 없었다. 방법은 스스로 국군에 충성심을 보이는 수밖에 없어 보였다. 병수는 입대할 연령이 넘었음에도 국군에 자진입대하기로 하고 누나 집에 온 것이었다. 귀동은 금평리에 머물고 있으면 누가 뭐랄 사람 없으니 전쟁이 끝날 때까지 아무 걱정 말고 함께 농사를 짓자고 달랬으나 병수의 사무친 공포심을 가시게 할 수는 없었다. 병수는 영옥 부부의 만류를 마다하고 결국 국군에 입대했다.

얼마 후에는 소설가 이 선생도 군에 입대했다. 피난길에서 그의 친구 문인들 몇이 국군 정훈단 장교로 편입되었는데 이 선생도 뒤늦게 자진해서 입대한 것이었다. 해군 중령으로 임명되어 군대에서 임시 사택도 마련해 주었다고 했다. 이 선생 가족은 금평리 집을 비워둔 채 사택으로 들어갔다.

병수는 간단한 훈련을 받고 최전선으로 배치되었다는 통보가 왔다. 아들로부터는 사단 본부 보급병으로 배치를 받아 직접 전투에 참가하지 않으니 걱정 말라는 편지가 왔다.

추수가 끝나고 겨울이 찾아왔을 때, 금평리는 다시 한번 뒤집어졌다. 국군과 미군이 압록강 국경까지 밀고 올라가자 공산화된 중국이 북한을 도우려고 참전해 전세가 역전된 것이었다. 또다시 군인들이 남으로, 남으로 밀려내려 왔다. 모진 추위로 세상이 얼어붙은 일월이었다. 피난을 떠날 엄두가 나질 않았다. 여자들은 집을 지키고 남자들은 뒷산에 구덩이를 파서 숨어 있기로 했다. 얼마 후 금평리에 낯선 군대가 들어왔다. 얼굴은 한국인과 다르지 않았지만 대개 덩치가 큰데다 두터운 솜옷을 입은 중국인들이었다. 주덕 장군이 지휘하는 중국공산당 팔로군이라 했다. 그들의 선두는 진천 부근까지 내려갔다가 얼마 지나지 않아 후퇴해 올라갔는데, 그 짧은 기간동안 금평리에서 가장 좋은 조씨네 집이 팔로군 본부로 사용되었다.

팔로군은 온통 이투성이 군대였다. 솜으로 누빈 두텁고 더러운 군복에 낮에도 이가 버글거리는 게 보일 정도였다. 그들은 양 어깨에 미숫가루나 볶은 콩이 든 긴 헝겊 주머니를 메고 다니며 물에 타 먹거나 깨물어 먹었다. 더운밥이 먹고 싶으면 미안한 얼굴로 미숫가루를 내밀며 바꿔먹자고 청했다. 키우던 암소를 잡아 먹고는 자기들끼리 통용하는 군표를 주기도 했다. 중공군이 계속 주둔했다면 몇 가마니 쌀을 바꿀 수 있는 군용화폐였다. 계급장도 없어 민간인이 보아서는 누가 상관이고 부하인지 알 수 없었고 기합을 주거나 때리는 광경도 볼 수 없었다. 여자들에게 수작을 걸거나 강간하는 일 따위는 일체 하지 않았다. 마당에 큰항아리를 갖다 놓고 목욕을 하려고 물을 데워달라는 게 민폐의 전부였다. 얼마 지나지 않아 미군이 다시 북상하면서 팔로군은 서둘러 물러갔다. 그들은 금평리에 거의 흔적을 남기지 않았다.

다시 밀고 올라온 미군의 폭격이 아니었다면 금평리에는 전쟁의 상처가 거의 남지 않았을 것이었다. 미군 폭격기들은 눈에 보이는 모든 건물과 인간의 움직임을 폭격 대상으로 삼았다. 피난민 대열이든 인민군이든 팔로군이든 자기들 눈 아래 움직이는 모든 사람을 적으로 간주하는 듯했다. 팔로군이 물러간 직후, 대체 무슨 목적으로 떨어뜨렸는지 알 수 없는 폭탄들이 금평리 일대를 엉망으로 만들었다. 영옥의 집은 무사했으나 바로 이웃 온양댁 초가집에 폭탄이 떨어져 일가가 몰살되었다. 양쪽 귀에 대고 바람을 불어넣는 것 같은 엄청난 굉음과 진동이 울린 후 뛰어 나가보니 초가집이 불타는 가운데 피투성이가 된 온양댁이 깔깔대고 웃으며 돌아다니고 있었다. 머리에 파편을 맞아 미쳐버린 것이었다. 온양댁의 흰옷은 이내 붉은 피로 젖어들었고, 얼마 못 가 논두렁에 쓰러져 경련을 하더니 숨이 끊어졌다.

미군 폭격기는 이 선생의 집도 날려 버렸다. 이 선생이 입대하는 바람에 식구들이 사택에 들어가기를 다행이었다. 남아 있었다면 일가족이 몰살되었을 것이었다. 기차역 근방 좋은 터에 이 선생이 직접 설계하고 인부를 써 지은 기와집은 흔적도 없이 사라져 버리고 타다 만 나무와 기와가 뒤엉킨 커다란 포탄 구덩이만 남았다. 집을 잃은 이 선생은 전쟁이 끝난 후에도 금평리에 돌아오지 못한 채 도시에서 가난하게 살다가 4·19학생의거가 일어나던 해에 뇌출혈로 죽었다. 그이의 장례식에 참석하고 돌아온 귀동은 미군 폭격으로 집이 무너지지만 않았다면 이 선생이 금평리에서 마음 편히 살았을 것이고, 그랬다면 도시의 각박함에 시달려 마음의 병으로 쓰러지지는 않았을 거라고 한탄했다.

팔로군이 물러난 후부터 길고 긴 교착상태가 시작되었다. 옛 38선 부근에서 남과 북이 밀고 밀리는 끝없는 소모전이 계속되었다. 젊은 군인들은 포탄으로 황폐해진 고지에서 끝없이 죽어 넘어갔다. 그러나 가끔씩 누구 아들이 죽었다는 사망통지서를 받는 외에, 후방의 삶은 평상을 되찾아갔다. 전쟁이 일년 넘게 계속되고 있을 때 병수를 면회하러 가게 된 것은 귀동의 뜻이었다. 병수는 최전방 전투에 투입된 상태라서 면회가 거의 불가능한 상태였음에도, 언제 죽을지 모르니 꼭 가봐야 한다면서 부대원들에게 나눠줄 수 있도록 찹쌀 인절미 한 말에 삶은 계란이며, 소고기 조림과 과일을 잔뜩 준비해서 길을 떠났다. 강원도 철원, 마의 삼각지라 부르던 치열한 교전지였다. 대중교통이 거의 마비된 상태라서 두 사람은 군용트럭과 우마차를 얻어 타며 겨우 부대에 도착할 수 있었다. 전투중이라서 면회가 안 된다고 거절당했지만 귀동은 장교들에게 아낌없이 돈을 뿌려 기어이 면회를 허락 받아냈다.

"누나! 매형!"

병수는 다음날 점심때가 되어서야 그들이 기다리는 군용천막에 나타났다. 전혀 사람 같지 않은 몰골이었다. 끝없는 전투로 잠을 자지 못한데다가 몇 달째 참호 속에서 뒹굴어 군복이 흙과 땀으로 꼬깃꼬깃했다. 무엇보다도 필요한 건 음식이었다. 얼마나 굶주렸는지 그 큰 키에 전봇대처럼 비썩 말라 눈자위가 퀭하니 죽어 있었다. 병수는 울지도, 말을 하지도 않았다. 천막 안에 들어온 순간부터, 그 애의 이글거리는 시선은 오로지 떡과 고기에 꽂혀 있었다.

"배고프지? 어서 먹어라."

영옥의 말이 떨어지기도 전에 병수는 서너 개나 되는 참쌀 인절미를 덥석 집어 입에 구겨 넣었다. 그리고는 눈자위가 하얗게 되도록 입을 벌린 채 걸신들린 사람처럼 우걱대기 시작했다. 영옥 내외는 너무 애처로워 차마 바로 볼 수가 없어 고개를 돌렸다. 병수가 이상한 소리를 낸다고 느끼고 눈길을 주었을 때는 이미 그 애가 바닥에 넘어져 있을 때였다. 병수는 목을 틀어잡고 바닥에 쓰러져 버둥대고 있었다. 이미 눈동자가 하얗게 뒤집혀 있었다. 떡이 목에 걸려 숨통을 틀어막은 것이었다. 귀동이 달려들어 등을 두드리고 영옥이 손가락을 목에 찔러 넣었으나 아무 소용이 없었다. 불과 이 분이나 걸렸을까, 살려고 안간힘을 쓰며 버둥대던 몸이 거짓말처럼 축 늘어져 버렸다. 군인들이 천막 안으로 뛰어 들어와 그 애의 가슴을 두드려 소생시키려 했으나 이미 끝난 일이었다. 믿을 수가 없었다. 그 애가 자기 눈앞에서 자기가 만들어 준 떡을 먹고 죽었다는 걸 믿을 수가 없었다.

사망 수속이 이뤄지는 동안, 영옥은 있는 눈물을 다 쏟아내 버리고, 얼이 빠져 천막 구석에 주저앉아 있기만 했다. 멀리서 포탄 터지는 소리와 총 소리가 들려왔으나 영옥의 귀에는 오로지 병수의 마지막 부름, 누나 소리만이 울렸다. 병수는 사고사가 아니라 전사자로 기록되어 국립묘지에 이름을 올릴 수 있게 되었으나 그런 건 아무런 위로가 되지 않았다.

· · · · · ·

삼년 간의 전쟁이 끝나고 얼마 지나지 않아 병수가 남겨놓은 유일한 씨앗인 상국이 금평리에 와서 살게 된 것은 병수 아내가 집을 나가버렸기 때문이었다. 읍내에 천막을 치고 악극을 벌이던 유랑극단 배우와 사랑에 빠져 아이를 버리고 달아난 것이었다. 부산 어딘가에 살림을 차렸다는 소식이 들려왔지만 잡으러 갈 사람도, 굳이 찾을 필요도 없었다. 귀동은 서둘러 양포리에 내려가 어린 상국을 데려왔다. 자존심 센 장인도 그 애 양육 문제만큼은 사위를 이겨낼 수 없었다.

귀동은 병수를 죽게 한 책임이 자기에게 있다는 죄책감을 갖고 있었다. 그는 상국에게 자신을 아버지라 부르게 했다. 가족들뿐 아니라 동네 사람들에게도 자기의 친아들과 다름없으니 함부로 대하지 말도록 단단히 주의를 주었다. 상국이 아직 열 살이 안 되었을 때였다. 그 애는 타고나기를 온순하고 부지런했다. 귀동이 시키는 대로 영옥 부부를 부모로 알고 잘 따랐다. 공부를 썩 잘하지는 못했지만 무엇이든 키우고 보살피는 일을 좋아해 학교만 끝나면 곧장 집으로 와서 소와 염소를 끌고 나가 풀을 뜯기고 영옥이 일하는 밭에 나와 농사일을 거들었다. 그 애는 윤씨 집안의 피를 이어받아 키가 멀쑥하고 선량한 인상에 부드러운 시선과 미소가 보기 좋은 소년으로 잘 자라 주었다.

귀동이 정치운동을 시작한 것은 이승만의 토지개혁 때문이었다. 아직 전쟁이 한창일 때 이승만 정부는 지주들의 토지를 강제로 매수해 120만 소작인에게 유상으로 분배하겠다고 발표했다. 모든 농가는 자신이 자영할 수 있는 약간의 농토만 소유하고 나머지는 헐값에 매각해야만 했다. 그래도 다른 이들은 관리들을 매수하거나 농토를 살 여유가 없는 농민의 명의를 빌리는 등 여러 가지 편법을 동원해 법망을 빠져나갔지만 고

지식한 귀동은 황금보다 귀한 땅덩이들을 고스란히 빼앗기고 말았다. 식구만으로는 농사를 짓지 못해 문간방에 머슴을 한두 명씩 두고도 봄가을로 많은 삯일꾼을 부리던 큰살림은 순식간에 쪼그라들었다. 집만 휑하니 클 뿐, 스무 마지기 논농사 지어봤자 아이들 대학은커녕 중학교도 보내기 힘들었다. 토지매각 대금이란 것도 현금이 아니라 증서로 나누어 주었는데, 서울 중앙청까지 찾아가 조금씩 받아와야 했다. 어떤 날은 아침부터 하루 종일 기다렸다가 허탕을 치고 돌아오기도 했다. 그나마 나중에는 화폐개혁이 되어 돈이 휴지조각이 되는 바람에 사실상 거의 아무 보상 없이 거저 땅을 빼앗긴 셈이었다.

귀동은 이즈음부터 정치운동을 시작했다. 장면이니 조병옥 같은 야당 인사들을 따라다니며 이승만 반대운동을 시작했다. 이 선생이 아직 살아있을 때였다. 이 선생은 일부러 금평리에 내려와 사랑방에서 하룻밤 묵으며 정치 같은 것은 하지 말라고 만류했지만 귀동의 고집은 꺾이지 않았다. 가장이란 사람이 가난해진 살림에 농사마저 방치하고 매일이다시피 돌아다니니 살림은 말이 아니었다. 시어머니에게 살림을 맡기고 온종일 논과 밭에서 허리와 어깨가 부러진 듯 아프도록 일을 해도 먹고 살기가 힘들었다. 영옥은 병수의 아들을 돌볼 수 있게 되어 마음이 놓였으나 토지개혁 후로는 사는 게 전 같지 않아 상국에게 제대로 해줄 수가 없었다. 곁에 두고 함께 일하러 다니는 게 고작이었다. 어디 아픈가 보살펴 주고, 내 자식들보다 그 애가 한 수저라도 더 밥을 먹을 수 있도록 해주려 노력했지만 비썩 말라 호리호리한 모습을 보면 늘 마음이 아팠다.

이승만은 결국 4·19 혁명으로 물러나 하와이로 망명했다. 그리고 이듬해, 귀동은 야당 대표로 면의원에 당선되었다. 정식

학력은 일제 소학교 졸업이 전부였지만 똑똑하고 연설을 잘한 때문이었다. 없는 살림에 또 한바탕 잔치가 벌어졌다. 그러나 곧이어 터진 박정희의 5·16 군사쿠데타로 귀동은 면의원 회의 한번 제대로 못한 채 쫓겨나고 말았다. 귀동은 그때부터는 군사독재 반대운동을 한다며 험난한 민주화 운동에 나섰다.

귀동이 정치를 하면서 얻은 것도 있었다. 안양천변 하천부지였다. 지적도에만 번지가 기록되어 있을 뿐, 오랜 침식으로 땅이 씻겨나가 하천의 일부처럼 평평해진 뻘밭이었다. 누가 농사를 지으려 해도 해마다 범람한 물이 작물을 쓸어가 버렸기 때문에 오랫동안 방치된 채 버드나무만 무성히 자라나 있었다. 야당 지구당 간부로 민원 처리를 위해 군청을 내 집처럼 드나들던 귀동은 우연히 이 땅의 존재를 알게 되었고, 거의 공짜나 다름없는 헐값에 불하받을 수 있었다. 토지개혁으로 빼앗긴 땅보다는 적었지만 다시 부농으로 일어서기에는 충분한 넓이였다.

불모지의 개간은 영옥과 상국의 몫이었다. 상국은 지게를 질 수 있는 나이가 될 때부터 학교보다 들에서 더 많은 시간을 보냈다. 영옥은 그 애를 대학까지 가르쳐 윤씨 집안을 일으키도록 하고 싶었으나 상국은 공부보다 고모와 함께 일하는 걸 더 좋아했다. 그 애는 일찌감치 대학 진학을 포기하고 새 땅의 개간에 청년을 바쳤다. 상국이 없었다면 도저히 여자 혼자 감당할 수 없는 땅이기도 했다. 하천부지는 황금평야 가운데서도 가장 토질이 좋은 곳이었다. 상류에서 떠내려 온 부엽토가 적당히 모래와 뒤섞여 숲 속의 흙처럼 기름졌다. 잡목들을 뽑아내고 둑을 쌓으면 훌륭한 논이 될 것이었다. 품삯 주고 사람을 쓸 여유는 없었다. 상국과 함께 매일 새벽들에 나가 허리가 뼈

근하도록 일하고 별빛을 받으며 돌아왔다. 귀동은 정치활동으로 늘 집을 비웠고 큰아들은 대학에 다니고 있었기 때문에 둑쌓는 일이며 논 고르는 일까지 거의 모든 일을 두 사람의 힘으로 해내야만 했다. 겨우내 산에서 낙엽을 긁어 모으고 돼지와 소똥을 뿌려 퇴비를 만들었다. 봄부터 시작된 나무 베기와 뿌리 뽑기가 한겨울까지 이어졌다. 나중에는 인부를 사서 둑도 쌓았는데, 이듬해 장마에 다 쓸려가 버렸다. 그래도 나무와 풀을 없앤 자리에 가을배추를 심어 적지 않은 돈을 벌 수 있었다. 다시 사람을 사서 제법 든든한 둑을 쌓아 일부는 논으로도 쓸 수 있게 되었다. 추수를 마친 초겨울에 마늘을 파종했다가 이듬해 봄에 수확을 하고, 그 자리에 다시 벼를 심었다. 처음부터 밭으로 조성한 곳에는 연이어 가을배추와 김장용 대파를 심어 상당한 돈을 벌었다. 항상 장마와 태풍이 불안하기는 했지만 몇 년이나 계속된 행운이 불모의 땅을 기름진 옥토로 만들었다. 나중에는 군청에 청원하여 침식 피해가 가장 심한 구부러진 부분에 돌 축대를 쌓을 수 있었다. 이제는 웬만한 홍수에도 견딜 수 있는 훌륭한 농토가 되었다. 영옥은 그곳을 새로 방죽을 쌓았다는 뜻으로 새방천이라 이름 붙였다. 새방천은 영옥의 것만이 아니라 상국의 것이기도 했다.

공과 대학을 졸업한 아들이 공장을 세웠다가 망하고, 귀동이 야당 지구당 위원장에 수리조합 부조합장까지 맡는 바람에 교제비로 쓴다며 바늘로 다슬기 속살을 뽑아먹듯 돈을 빼갔지만, 상국과 영옥은 줄기차게 일만 했다. 귀동의 사랑방에는 두 부자가 읽는 일본어 〈문예춘추〉며 〈신동아 잡지〉 같은 것들이 한쪽 벽 가득했고, 나중에는 〈사상계〉도 빠짐없이 구독했다. 그러나 영옥과 상국은 책 한 권 읽을 여가도 없이 오로지 일만 해야 했다. 상국과 영옥은 해가 떨어지기 전에 집에 들어온 적이 없었다. 봄에 거름을 뿌리고 밭갈이와 파종, 여름철 내내 풀 뽑고 농약 주기, 가을 수확과 겨울의 가마니 짜기니 온상재배까지 일년 내내 쉴 틈이 없었다.

당시만 해도 안양천은 늦은 오후가 되면 먹이를 찾아 수면으로 떠오르는 민물고기들의 입질로 뽀얀 물거품이 깔리도록 깨끗한 하천이었다. 무더운 여름날이면 안양천에 몸을 담가 열을 식히기도 하고, 밤늦게 일을 마치고 집에 돌아가면 우물물을 퍼 올려 등목을 했다. 겨울에는 눈밭을 돌아다니며 덫을 놓아 토끼를 잡기도 하고, 꿩을 잡아 만두를 해먹었다. 마당의 커다란 감나무에서 딴 땡감을 묻어두었다가 겨우내 꺼내먹기도 했다. 추석과 설에는 마을 단위로 소를 잡아 나누고 큰 잔치를 벌였는데, 언제나 조씨네 집에서 치렀다. 사랑방에는 다시 식객이 끓었다. 귀동을 찾아와 며칠씩 묵어가는 정치한다는 이들이며, 큰아들의 서울 친구들이 끊이지 않았다. 문간방에도 다시 머슴들이 살게 되었다. 전쟁이 끝난 지 십 년이 지나도록 집과 가족을 잃고 떠도는 걸인이 많았다. 영옥은 그중에 부지런하고 착해 보이는 이들을 골라 문간방을 내주고 일을 할 수 있게 해주었다. 여름 한철을 나면 가을 추수 때 넉넉히 세경을 주어 내보냈다. 한 사람을 오래 붙들고 있기보다는 도시로 들어가 방 한 칸이라도 얻을 수 있을 정도의 돈을 벌게 되면 떠나도록 했다. 머슴으로 쓰지 않더라도 동냥 온 거지를 박대한 적이 없었다. 아무리 더럽고 남루한 옷을 입었더라도 일단 대문 안에 들어오게 하여 사랑방 마루에 앉아 밥을 먹게 했다. 종로의 목로주점 시절에도 그랬듯이, 미안해진 거지들은 자기들끼리 순서를 정하여 며칠에 한 번씩만 동냥을 왔다.

힘들고 바쁜 세월이었지만 큰 고민은 없었다. 영옥은 금평리 안동네 기와집을 팔고 새방천 한 가운데 새 집을 지었다. 큰 차까지 드나들 수 있도록 넓은 마당에 연탄이며 쌀이며 마음껏 쌓아놓을 수 있는 큰 창고를 가진 넓은 슬래브 단층집이었다. 귀동이 야당 생활을 하다보니 지서의 순경이며, 정보과 형사들이 새 집까지 뻔질나게 드나들었지만 예의에 어긋나게 굴지는 않았다. 큰아들은 계속해서 공장을 차리고 싶어 했지만 본인이 소심한데다가 재산을 영옥이 엄격히 관리했기 때문에 얼마 지나지 않아 꿈을 버리고 함께 농사를 짓게 되었다. 상국은 몸에 기름기라고는 전혀 없이 바짝 말라 근육만 울퉁불퉁해 지도록 열심히 일하면서도 쾌활하고 인정이 많았다. 동네에서 상이 나거나 집을 지을 때면 맨 먼저 불려 가는 게 상국이었다. 사람들은 생김새로 보나 성격으로 보나 상국이야말로 윤영옥의 아들 같다고 말했다. 영옥도 상국이야말로 진짜 자기 아들인 것 같은 착각에 빠질 때가 많았다.

군대 간 상국이 월남으로 파병되게 되었다는 소식을 들었을 때, 영옥은 친아들이 대전에서 국군에 강제 입대할 때보다도 더 놀라고 두려웠다. 월남에 가면 죽는다는 얘기가 돌던 시절이었다. 그녀는 상국이 배를 타는 부산까지 내려가 배웅을 했다. 면회가 금지되어 서로 먼발치에서 바라보며 손을 흔들 수밖에 없었다. 그 애가 보는 앞에서는 울지 않았지만 돌아오는 길에 줄곧 울었다. 월남에 가면 죽어 돌아온다고 했다. 실제로 한 줌 재가 되어 실려 오거나 팔다리가 잘린 불구로 돌아와 미쳐버린 병사들의 이야기가 널리 퍼져 있었다. 병수에 이어 상국까지 잃을지 모른다 생각하니 떨리는 가슴을 진정시킬 수가 없었다.

상국이 월남으로 떠난 후, 이상하게도 불길한 일들이 생기기 시작했다. 먼저 송아지가 죽어 나왔다. 잘 생긴 수놈이었다. 벌써 여러 마리 건강한 송아지를 출산한 암소였는데, 이상하게 죽은 새끼를 낳은 것이었다. 흔치 않은 일이었다. 한동안 영옥네 문간방에 살며 농사일을 도와준 적이 있는 걸인 여자가 경부선 철길에서 기차에 치어 죽은 일도 생겼다. 기관사 말로는 건널목도 아닌 곳에서 갑자기 뛰어들었다고 했다. 피난길에 미군 비행기의 기관총에 가족을 잃은 후 약간 정신이 나간 여자였다. 영옥의 집에서 일할 때도 삶의 의지를 보이지 않다가 걸인으로 돌아가더니 결국 자살한 것이었다. 허리가 동강나고 두 발도 갈라져 흩어져 있었다고 했다. 영옥은 너무 끔찍해 가보지도 않았지만 사람들이 전해주는 토막 난 시신의 모습이 한동안 상상을 떠나지 않아 철길 건너기가 두려웠다.

　반년인가 지나 상국이 전쟁터에서 부상당해 야전병원에 누워 있다는 소식을 듣고 나서는 죽은 여자의 시신과 상국의 모습이 겹쳐 잠을 이룰 수 없었다. 영옥은 모처럼 한복을 차려입고, 입술에 루즈까지 바르고 서울의 이 선생의 아내를 찾아갔다. 고등학교를 나와 미군 부대에 취직했던 이 선생 아들 채훈이 월남으로 건너가 군납 사업을 한다는 소식을 들었기 때문이었다. 귀동이 주먹질로 말썽을 일으킬 때 빼고는 남을 도와줄 줄만 알았지 아쉬운 소리나 부탁이라고는 해본 적이 없는 그녀였다. 화장은 어색하고 얼굴은 까맣게 그을려 한복조차 촌스러웠으나 개의치 않았다. 이 선생이 살아 있을 때 툭하면 영옥과 비교하여 자기 아내를 탓하는 바람에 보이지 않는 질투를 당하던 상대였지만 수치스럽지 않았다. 오로지 상국을 살려야 한다는 절박함뿐이었다. 이 선생 부인은 예상보다 크게 환

대를 해주었다. 지긋지긋하도록 고지식한 사람이었어도 그 빈
자리가 너무 컸던 듯 했다. 남편을 생각나게 하는 오랜 친구를
만나니 그리 반가워 할 수가 없었다. 부인은 그날로 월남에 국
제전화를 걸어 채훈에게 사정을 말해주었다.

그러나 불길한 전조들은 상국을 대상으로 나타난 것이 아니
었다. 불행을 당한 이는 귀동이었다. 상국이 야전병원에 입원
해 있을 때 귀동이 죽은 것이다. 늦게 들이닥친 태풍으로 온
들판이 물에 잠긴 날이었다. 다른 저녁과 마찬가지로 수리조합
회의를 하러 간다던 귀동이 딱딱한 시체가 되어 수리조합 배
수펌프장 옆 논둑에 누워 그녀를 기다리고 있었다. 수리조합장
과 주먹싸움을 하다가 펌프장에 실족해 죽은 것이었다. 부조합
장인 귀동은 조합장과 마찰이 심했다. 죽기 직전에는 농민들
로부터 걷은 수세를 조합장이 공무원들과 경찰관 접대비로 유
용한 사실을 두고 며칠 째 언쟁을 벌이던 중이었다. 술집에서
술에 취해 말싸움을 벌이던 두 사람은 안양천이 범람한다는
소식에 펌프장에 나갔는데, 거기서도 서로 주먹질을 하다가
귀동이 어른 키의 두 배나 되는 펌프장 급류에 빠져 올라오지
못한 것이었다. 끝내 자신의 성질 때문에 목숨을 잃고 만 것이
었다.

조합장은 과실치사죄로 구속되었다가 이심 재판에서 집행유
예로 풀려났다. 귀동이 먼저 폭력을 시작했고, 귀동 스스로 발
을 헛디뎌 물에 빠졌다는 점이 인정되었기 때문이었다. 지나치
게 관대하고 석연치 않은 판결이었으나 죽은 자는 말이 없었
다. 그런데 이듬해 여름, 공교롭게도 조합장이 똑같은 장소에
서 물에 빠진 귀신이 되어 발견되었다. 상국이 제대하고 돌아
온 지 얼마 지나지 않았을 때였다. 연달아 일어난 익사 사건으

로 펌프장은 두꺼운 시멘트 뚜껑으로 덮였다가 몇 해 지나지 않아 금평리 일대가 공장 지역으로 변하면서 안양천 물은 더 이상 농업용수로 쓸 수 없도록 더러워지자 아예 폐쇄되었다.

채훈의 도움으로 무사히 월남에서 돌아온 상국이 제일 먼저 찾아간 곳은 귀동의 무덤이었다. 그 애는 온종일 무덤 앞에서 술을 마셨다. 때때로 울기도 하고, 혼자 알 수 없는 말을 떠들기도 했다. 영옥은 처음에는 상국이 그토록 귀동을 좋아했구나 생각했다. 그러나 며칠이 지나고 한 달이 지나도록 계속 술만 마시는 모습을 보면서, 상국의 내면에 고모부의 죽음만이 아닌 또 다른 고통과 상처가 있다는 것을 직감할 수 있었다.

상국은 온순하고 부드럽던 예전의 그 애가 아니었다. 주체할 수 없을 만큼 불안정하고 폭력적으로 변해 있었다. 군대 가기 전에 그토록 부지런했던 아이가 매일 술에 찌들어 김삿갓 북한 방랑기를 하는 정오까지 죽은 듯이 잤다. 어떤 그믐날 밤에는 사람 하나 없는 안양천 물 속을 귀신들린 사람처럼 돌아다녀 옷이 물에 흠뻑 젖어 오기도 했다. 비 오는 날 술에 취해 잠이 들었다가 천둥소리를 듣고는 갑자기 벌떡 일어나 수류탄 투척을 외치며 마당으로 뛰어나가기도 하고 이유 없이 머리칼이 쭈뼛쭈뼛 선다고 제 머리를 쥐어뜯기도 했다. 읍내 술집에서 술을 마시는 날은 꼭 싸움질을 했다. 누가 시비를 걸어서가 아니라, 상국이 먼저 시비를 걸었다. 농사일을 하다가도 낮에 새참으로 마신 술에 취해, 해도 지기 전에 술집을 찾아 나갔다. 제대하면 새방천 밭에 이중 온상을 짓고 꽃을 키워 서울에 팔기로 약속했었는데, 이제 그런 말은 꺼내기도 두려운 상대가 되었다.

종교를 갖지 않았다면 그 애의 삶은 엉망이 되고 말았을 거였다. 술에 찌들어 살던 상국은 갑자기 읍내에 사는 한 처녀를 따라다니기 시작했다. 여자는 그에게 예수를 믿어야 교제를 하겠다 했고, 그때부터 교회에 나가더니 결혼한 후에는 여자보다 더 독실한 신도가 되었다. 나중에 며느리가 된 그 처녀는 당시 상국의 정신 상태에 대해 말해주었다. 그녀의 눈에 상국은 거의 미친 사람이었다. 어느 날 새벽 예배에 가는데 누군가 따라와서 겁이 나서 도망쳤다. 그 뒤로 매일 그녀의 집과 교회 앞을 지키고 서 있었다. 나쁜 사람 같지는 않았다. 다방에서 만나기로 했다. 그런데 상국은 술 냄새를 풍기며 자리에 마주 앉자마자 월남에서 싸운 이야기를 꺼냈다. 베트콩을 잡아서 목을 잘라 장대에 꽂아 놓았다는 이야기며 베트콩도 아군을 잡으면 갈가리 찢어 야자나무에 매달아 놓았다는 등, 무서워서 듣기도 끔찍한 이야기를 처음 만난 아가씨 앞에서 한 시간이나 계속하는 것이었다. 그녀는 너무 무서워 인사도 못하고 도망쳐 나왔다. 그러나 상국은 이후로도 줄기차게 새벽 예배에 따라오고 집까지 찾아왔다. 항상 술에 취해 있었다. 그는 말했다. 당신은 월남 꽁까이를 닮았다고, 자기는 꼭 월남 처녀와 결혼해야 한다고 했다. 그녀의 아버지가 화를 내고 야단을 쳐도 소용없었다. 동네에 소문이 나 고개를 들고 다니기도 힘들 지경이 되고 말았다. 여자의 마음이 남자와 다르다는 게 다행이었다. 알지도 못하는 여자에게 첫눈에 사랑을 느껴 일을 벌려놓고는 이내 싫증을 내는 남자들과 달리, 처음에는 아무 연애 감정이 없다가도 자꾸 만나면서 사랑에 빠지고 세월이 지나면서 그 사랑이 더 깊어지는 보통 여자들 마음을 그 처녀가 가졌다는 게 다행이었다. 상국이 끈덕지게 매달리는 과정에서 자신의 영향으로 예수를 믿고 술, 담배를 끊는 것을 보면서 처녀의 마음속에도 상국에 대한 연민이 싹트기 시작했다. 이 사람은 지금 정상이 아니구나, 전쟁으로 마음이 병들었구나, 그렇지만 천성은 더없이 착한 사람이구나 하는 생각이 들었다. 그녀는 부모의 반대를 무릅쓰고 결혼을 약속했다. 그때 영옥도 그녀의 부모를 찾아가 상국이 자신의 친자식과 다름없으며 결혼하면 다른 자식과 똑같이 재산을 분배해줄 거라고 말해 도와주었다. 그리고 약속대로 토지개혁에서 제외되어 남아있던 금평리 안 동네 논 네 필지를 몽땅 팔아 서울에 이층집을 사주었다.

상국의 불안은 결혼 후에야 안정이 되어 갔다. 술도 완전히 끊고 싸움도 하지 않았다. 태도도 전처럼 온화해졌다. 영옥은 그가 종교를 갖게 된 것을 진정 신의 은총으로 믿었다. 신학교에 들어가 목사가 되겠다고 했을 때도 군말 없이 찬성했다. 그 애를 대학까지 가르치려던 꿈이 그제서야 이뤄지는구나 했다. 목사처럼 항상 미소로서 다른 이들의 마음을 어루만지는 일이야말로 그에게 가장 어울리는 직업 같기도 했다. 신학공부를 한다며 생활비에 쪼들릴 때 그녀는 다른 자식들 모르게 조금씩 생활비를 대주었고, 금평리 집에 오기만 하면 들고 가기도 무거울 만치 쌀과 채소를 챙겨 싸 보냈다. 상국이 졸업해 목사가 되면 큰아들과 싸워서라도 유산을 재분배해 교회를 지어줄 생각이었다.

그런데 상국은 4년이나 열심히 다니던 신학교를 마지막 학기에 포기해 버리고, 그 좋은 집을 팔아 경상도 땅으로 내려가 버렸다. 정말 이해가 되지 않는 행동이었다. 학교 성적도 좋고 천성적으로 대인관계가 좋아 모두들 훌륭한 목사가 되리라 칭찬했는데, 하루아침에 학교를 때려치우고 집까지 팔아 버리다니 도저히 이해할 수가 없었다. 납득할만한 이유도 없었다. 그저 자기는 평신도로서 살아가고 싶다고만 했다. 목사 안수를 받고 나서 평신도가 되어도 상관없는 것 아니냐고 아무리 설득해도 소용없었다. 고모 말이라면 언제나 군말 없이 복종하던 아이가 그토록 고집을 피운 것은 그때가 처음이자 마지막이었다. 영옥으로서는 아무리 이해해주려 해도 할 수 없는, 배신이었다. 한동안은 너무 화가 나서 연락까지 끊고 살았다.

하지만, 집을 팔아 지은 교회를 다른 목사에게 넘기고 거지 꼴로 산다는 말을 듣고는 가보지 않을 수가 없었다. 봉화라는 곳이 그렇게 먼 줄은 몰랐다. 온종일 몇 번씩 버스를 갈아타고 저녁 무렵에서야 도착한 그 애가 사는 곳은 집이 아니었다. 교회 옆 공터에 나무와 비닐, 천막으로 얼기설기 지은 무허가 오두막이었다. 우물과 전기가 없다면 창고와 다름없었다. 처음 들어설 때 영옥은 너무 어두워 아무것도 알아 볼 수 없었다. 자신은 아무리 가난하게 살았다 해도 이처럼 음침하고 더러운 곳에 살아본 적은 없었다. 방안에 살림이라고는 어디서 주워 온지도 알 수 없는 낡은 궤짝과 때 묻은 솜이불이며, 작업복들이 전부였다.

그런데 놀랍게도 그의 가족은 너무나 밝고 명랑했다. 하루끼니를 걱정해야 하는 조카며느리도, 불행하게도 뱃속에서부터 불구로 태어난 어린 두 손자들도, 조금의 그늘도 없는 밝은 얼굴로 소리내어 웃고 즐거워하는 것이었다. 상국은 군대 가기 전보다 더 말라 홀쭉한 몸에 일주일에 세 번씩 막노동을 하느라 머리카락까지 노래져 있었다. 나머지 사흘은 전도를 하고 일요일은 교회에 나가는 게 일상이라 했다. 일주일에 사흘 노동으로 생활이 될 턱이 없었다. 그래도 상국 부부는 돈에 관한 이야기는 한 마디도 않고 즐겁게 이야기를 나누었다.

영옥은 하룻밤 그곳에 자고 올라오면서 그 동안 쌓였던 서운함이 봄볕에 눈 녹듯 녹아 버렸음을 알았다. 늘 새로운 돈벌이, 보다 나은 생활을 쫓아 쉬지 않고 살아온 자신이 갖지 못한 어떤 것이 그곳에 있었다. 그들은 통장에도, 주머니에도 단돈 몇 천 원도 남아 있지 않은데, 돈 이야기 대신 즐겁게 떠들고 찬송가를 부르며 저녁 시간을 보냈다. 불구의 아이들도 그렇게 밝게 웃을 수가 없었다. 그들은 남들이 가진 것을 거의 아무 것도 소유하지 못했지만, 대신 특별한 어떤 것을 가지고 있었다. 남들이 가지지 못한 어떤 것이 있었다.

영옥은 철 따라 봉화에 생활비와 식량을 보냈다. 딸들이며 며느리, 사위들은 영옥의 잘못된 온정주의가 끝까지 상국을 망친다고 야단이었지만 신경쓰지 않았다. 목사도, 전도사도 아닌 평신도로서 일생을 바쳐 전도하는 상국을 위해 줄 수 있는 모든 것을 주고 싶었다. 그 애가 신학교를 그만 둔 것도 무언가 나름대로 이유가 있으려니 했다. 언젠가 왜 그랬는지 이야기를 해주겠거니 기다렸다. 아니, 끝내 듣지 못해도 상관없었다. 그녀는 상국을 믿었다. 그 애가 남다른 무언가를 가졌다고 확신했다. 다른 자식들처럼 돈을 잘 굴려 부자가 되지도, 공부를 잘해 명예를 얻지도 못했지만 그 애를 어느 자식보다도 사랑하고 존중했다.

상국이 봉화 산골에 처박혀 사는 동안에도 세상은 빠르게 변했다. 어린 상국을 데리고 다슬기를 잡던 안양천은 70년대가 되면서 근처에 접근할 수도 없을 정도로 악취가 나는 새까만 폐수로 변했다. 그 맑던 공기는 공장의 매연으로 탁해졌고, 가을이면 황금 이삭으로 물결치던 벌판은 공장과 상가들로 가득히 들어차 버렸다. 흰 산양에게 뜯겨 고소한 젖을 짜던 향기로운 풀밭은 미국에서 건너 온 시커먼 잡풀들로 무성해졌다.

큰아들은 공장을 지으려는 대기업에 새방천 땅을 비싼 값에 팔아 안양 시내 한복판에 점포가 수십 개나 딸린 상가를 두 채나 살 수 있었다. 졸지에 부자가 되어 버린 큰아들 내외는 눈덩이처럼 불어나는 돈을 관리하느라 새로운 근심에 빠져들었다. 아들은 안전하게 재산을 지키는 한편으로 더 많은 돈을 모으기 위해 뒤늦게 세법이며 부동산 법률을 공부하고 투기가 될만한 땅을 사러 전국을 돌아다녔다. 평생 먹고살기에 부족함이 없는 상가를 상속받은 손자들은 열심히 공부할 필요를 느끼지 않았다. 아들은 손자들을 대학에 보내기 위해 집 한 채를 사고도 남을 돈을 들여 개인 교습을 시켜야 했다. 그래도 손자들은 좋은 대학을 나온 예쁜 며느리들을 아내로 맞이해 행복하게 잘 살았다. 그들에게는 부족한 게 없었고 삶의 고통도 없었다.

이제는 아무도 영옥과 귀동이 맨손으로 올라와 일본인들 속옷을 빨아주고 그들의 아이들에게 밥을 떠 넣어주며 돈을 모으던 시절을 기억해주지 않았다. 목로주점에서 돈을 낙엽처럼 긁어모으던 이야기며, 상국과 함께 새방천을 개간하던 시절의 보람에 관심을 갖지 않았다. 아들이나 손자들은 그런 얘기만 나오면 또 시작이라고 손을 내저으며 피했다. 며느리들은 자기들에게 다시 농사를 지으라거나 남편이 바람을 피우면 단 하루도 살지 않고 이혼소송을 걸어 재산을 분할하겠노라 큰소리를 쳤다. 자기들은 시어머니처럼 살지는 않을 거라고 당당히 말했다.

이제는 누구도 영옥이 귀동을 선택한 동기 따위에 관심을 주지 않았다. 자신이 사랑한 것은 귀동의 학벌이나 재산이 아니라 그가 가진 매력이었다는 것, 그에게 사랑받기 보다는 사랑함으로서 행복했다는 이야기 따위에 귀 기울이지 않았다. 영옥은 외로웠다. 새방천을 떠난 이후의 삶은 외롭고 무의미한 세월이었다.

• • • • • •

상국의 아내로부터 상국이 위독하다는 전화를 받은 것은 1992년 장마가 시작된 칠월이었다. 태풍까지 겹쳐 온 나라가 빗물에 잠겨있던 날이었다. 충주 들판을 지나 남쪽으로 향할 때 또 한 떼의 먹구름이 장대한 소백산맥을 넘어오고 있었다. 습기 찬 거센 바람이 푸른 벼들이 가득한 들판을 휩쓸며 돌아다니고 가로수가 춤을 추었다. 이내 천둥소리와 함께 사방이 어두워지면서 굵은 빗방울이 허공 가득 쏟아지기 시작했다. 바람을 따라 흰 빗줄기들이 이리저리 비질하듯 대지를 두드리며 뽀얀 물보라를 일으키고 2차선 아스팔트 바닥은 이내 양동이로 퍼부은 듯 빗물로 넘쳐 났다. 들판의 벼들은 맥없이 쓰러져 눕고 미친년 머리카락처럼 가지를 흔들며 버티던 가로수들이 기어이 여기 저기 맥없이 쓰러졌다. 수십 년은 자랐을 나무들이 뿌리 채 뽑혀 허연 옆구리를 드러낸 채 드러누워 길을 막았다. 3번 국도는 충주 들판을 지나기 전에 막히고 말았다. 아들은 갓길에 차를 세웠다.

"꼭 미군 폭격기들이 지나간 자리 같구나."

바로 머리 위 하늘에서 파란 섬광이 번득이고 천둥소리가 귀를 때리며 비릿한 냄새를 풍길 때 영옥이 말했다. 마을 위에 무차별로 떨어져 작렬하며 불길을 뿜어내던 직격탄 굉음이 생생히 떠올랐다. 폭음에 이어 귓속에 남아 울리는 이명은 방금 폭탄을 맞아 무너져 내린 초가에서 머리에 피를 흘리며 미쳐서 뛰쳐나온 온양댁의 깔깔대는 웃음소리 같았다. 가족들이 무너진 초가 안에 짓눌린 채 불타고 있는 동안, 온양댁은 소름 끼치는 웃음을 터뜨리며 온 들판을 돌아다녔다. 나비처럼 양손을 너울너울 휘저으며 돌아다녔다.

"네 아버지가 죽던 날도 이렇게 비가 퍼부었지."

귀동이 죽던 날도, 장례식에도 폭우가 계속되었다. 묘지에 잔디를 씌울 수 없을 만큼 많은 비가 내렸다. 장마비를 맞으며 심어진 잔디는 가을이 오기 전에 온 무덤을 파랗게 덮었다.

"원, 하늘에 구멍이 났나, 이렇게 무지막지한 비는 처음 보는군."

간헐적으로 와이퍼가 움직였지만 바깥세상은 온통 빗물에 가려 희부옇기만 했다. 쉴새없이 터지는 천둥소리 사이로 차창과 지붕에 기관총을 쏘아대는 듯한 빗소리가 몰려다녔다. 그 와중에도 대형트럭들은 비상등을 켠 채 쓰러진 나무들을 피해 천천히 지나갔다. 며느리가 음료수를 따라 뒷좌석으로 건네며 말했다.

"왜요, 아버님이 돌아가신 이듬해 태풍은 이보다 더했어요. 상국이 서방님이 제대한 해였잖아요. 생각나세요, 어머니?"

윤영옥은 주름진 손으로 음료수 잔을 받아 손에 든 채 고개만 끄덕였다. 왜 생각나지 않겠니, 내 정신은 아직 말짱하다고 말해주고 싶었다. 팔십 년을 살아온, 물고기 비늘을 떼어 붙인 듯 거칠고 메마른 손등으로 튀어나온 핏줄과 뼈가 서글펐다. 주체할 수 없는 기억의 물결이 밀려왔다. 며느리 말대로 그 해 홍수는 대단했다. 유독 안양천 일대에 퍼부은 집중호우로 불과 두 시간 만에 붉은 황톳물이 들판을 덮쳤다. 낡은 집 여러 채가 무너져 떠내려가 버리고 마을 사람 몇은 하류에서 퉁퉁 불은 시체로 발견되었다. 새방천에 지은 슬라브 집이 많은 사람들의 목숨을 건져 주었다. 월남에서 돌아온 후 상국은 일할 때면 군복을 입었다. 간신히 몸만 빠져 나온 사람들이 영옥의 집 옥상에 모여 망연자실 넘쳐흐르는 누런 물결을 바라보고만 있을 때에도, 그 애는 어떻게든 쌀 한 톨이라도 건져 보려고 월남에서 가져온 낡은 미제 군복을 입고 가슴까지 차오르는 더러운 흙탕물을 헤치고 다녔다. 술에 찌들어 살던 그 애도 그때만은 손발이 온통 긁혀 부스럼투성이가 되도록 일했다. 위험하니 그냥 나오라고 아무리 소리쳐 말려도 온갖 부유물이 떠다니는 더러운 물 속에서 나올 줄을 몰랐다. 그러나 상국의 노력에도 불구하고 창고에 쌓아두었던 연탄 천오백 장이 물에 녹아 버렸고 저장했던 곡식도 기름과 오물이 뒤섞인 흙탕물에 불어 못쓰게 되었다. 큰아들이 기르던 돼지들도 모두 물에 빠져 죽거나 하류로 떠내려갔다. 장독들이 깨지고 넘어지면서 된장, 고추장까지 씻겨나가 이듬해까지 남의 장을 먹고살아야 했다. 옷장이며 가구도 모두 물에 불거나 부서져 태워버렸다. 살아 있는 사람 옷은 태우는 게 아니라고 했는데도 큰아들은 흙물이 배인 옷들을 모두 태워 없앴다. 땀 흘려 쌓았던 천변 뚝방은 흉하게 잘려 나가 사라져 버렸고, 잘 자란 벼가 흰 꽃물결을 피우던 논은 상류에서 밀려 내려온 비닐과 쓰레기에 허리가 넘게 묻혀버려 손도 댈 수 없는 황무지로 변해 버렸다. 밭에 지어놓은 비닐하우스도 모두 휘어지고 흙에 묻혀 해체하는 데만도 몇 주일이 걸렸다. 겨우내 복구 작업으로 밭은 살려냈으나 비닐과 나무막대로 뒤덮인 논에는 더 이상 벼를 꽂을

수가 없게 되었다. 덕분에 큰아들은 영옥의 반대도 없이 새방
천을 팔 수 있게 되었다. 영옥은 두 해 거듭된 태풍으로 남편
과 새방천을 잃었다. 그리고 며느리는 식모를 두고 사는 부유
한 안방마님이 되었다. 영옥에게나 며느리에게나 그해 태풍은
잊을 수 없는 일이었다.

긴급 출동한 크레인 트럭들이 쓰러진 가로수를 치우는 동안
비바람이 조금 잦아들었다. 여전히 굵은 비가 쏟아지기는 했으
나 하늘은 한결 밝아져 있었다. 먹구름과 빗줄기에 가렸던 들
판이 모습을 드러냈다. 어떤 논의 벼들은 쓰러지고, 어떤 벼들
은 그대로 버티고 서서 비를 견뎌내고 있었다. 멈춰 섰던 차들
이 하나씩 출발하기 시작했다. 아들도 비상등을 켜고 차를 출
발시켰다. 며느리가 앞 유리에 낀 습기를 닦아내며 말했다.

"멀기도 하지. 서방님은 하필 그런 산골에 들어가 사는지 몰
라요. 그 좋은 집 팔아먹고 오십 나이에 이슬 피할 거처도 없
이 떠돌아 다니다니 말이 돼요? 서울 집만 갖고 있었어도 지
금 남부럽지 않게 잘 살 수 있잖아요? 그 나이에 형제 도움으
로 살아가다니……."

상국에게 사주었던 이층집 일대는 번화가로 변해 있었다. 상
국의 집터에도 큰 상가가 들어섰다. 며느리 말대로 그 집만 지
키고 있었어도 부자로 살고 있을 거였다.

"이 사람아, 우리가 뭘 얼마나 보태주었다고 그런 소리를
해?"

아버지와 달리 소심하고 조용한 성격이면서도 형제자매를
위하는 마음은 똑같은 아들이었다. 어렵게 사는 누이의 조카들
을 위해 번번이 사업자금을 대주었고, 어머니를 통해 상국에게
생활비를 주도록 했다. 상국이 사는 전셋집도 아들이 얻어준

100

것이었다. 그 애는 아버지의 뜻대로 상국을 친동생과 똑같이 대했다. 며느리는 그 점에 불만이 많았다.

"돈이 문제가 아니에요. 서방님이 평생을 바쳐 따라다닌 예수가 도대체 서방님에게 뭘 해주었느냔 말예요. 두 아들이 모두 그렇게 됐지, 본인도 저렇게 평생을 병에 시달리잖아요."

상국의 두 아들은 날 때부터 불구였다. 큰아이는 정신지체에 육손이였고 작은아이는 날 때부터 한쪽 팔과 다리가 기형이었다. 게다가 둘 다 병명을 알 수 없는 피부병을 앓았기 때문에 정상적인 사회생활을 할 수가 없었다. 더 이상한 건 상국이었다. 군대에 가기 전까지만 해도 그토록 튼튼하고 일 잘하던 아이였는데, 결혼하고 십 년쯤 지나면서 끊임없이 질병에 시달리기 시작했다. 조금만 일을 해도 쉬 피곤해하고 뭐든지 잘 소화시키던 위장까지 잘못되었는지 늘 배가 아프다고 했다. 온몸에 부스러기 같은 반점이 생겨 피고름으로 내의가 마를 날이 없고, 시도 때도 없이 심한 두통과 현기증으로 고통스러워했다. 며느리 쪽 가계에 무슨 문제가 있지 않을까 의심을 해본 적도 있지만, 자식들만이 아니라 상국의 몸이 이상해진 원인까지 여자에게 돌릴 수는 없었다. 그쪽에서는 오히려 이쪽을 의심했다. 그렇지만 조씨나 윤씨 집안 어느 족보에도 타고난 불구자는 없었다. 나중에는 그 애가 월남에서 어떤 불치병에 걸려 온게 아닐까 의구심을 품게 되었다. 월남전에 다녀온 군인 중에 상국과 비슷한 병을 앓는 이들이 많다는 말을 들으면서 모두들 그런 의문을 품었다. 내놓고 말하지는 못했지만 월남의 창녀들에게 몹쓸 성병을 옮아온 게 아닌가 했다. 어떤 의사는 월남의 밀림에서 얻은 풍토병일 거라고 했지만, 누구도 그 애의 병명을 정확하게 알아내지 못했다.

본인으로부터 확인할 수도 없었다. 월남 이야기만 나오면 흥분해서 사람 죽인 무용담을 떠들어대는 다른 참전군인들과 달리 상국은 그곳에서 있던 일에 대해 굳게 입을 다물었다. 그 애는 월남이 덥다거나 비가 많이 온다는 정도 외에는 어떤 질문에도 못 들은 척 외면했다. 한번은 조카며느리를 앉혀 놓고 그 애가 성병에 걸린 건 아닌지 물어보았지만 그렇지는 않다는 대답을 들을 수 있었을 뿐이었다. 영옥은 며느리의 말을 믿기로 했다. 이웃과 친지들은 그 애가 월남에서 고약한 성병에 걸렸으며 그래서 신학교도 중퇴했을 거라고 수근댔지만 영옥은 상국이 결코 그런 애가 아니라는 믿음을 버리지 않았다.

"저렇게 몸이 아파서 목사인들 제대로 할 수 있었겠니? 어쩐지 이번에는 불길한 예감이 든다. 웬만하면 전화를 않던 애가 급히 와달라고 하는 걸 보니 여간 불안하지가 않아. 어서 가자. 나는 자꾸 기분이 언짢구나."

어쩌면 벌써 숨이 끊어졌는지도 모른다는 조바심이 들면서 영옥의 눈에 눈물이 돌았다. 아들이 위험스레 빗길을 헤쳐가면서 실내 거울을 통해 어머니의 안색을 살폈다. 함께 육십 년을 살아온 사이다. 따지고 보면 남편보다도 큰아들과 더 오래 산 셈이다. 아들은 흘끔 지나는 눈길로도 어머니의 심정을 알아맞혔다.

"왜 또 그러세요? 상국이가 한두 번 입원한 것도 아니잖아요? 그 나이가 되도록 자식 걱정을 달고 사니 늙지 않을 수가 있어요? 다른 노인네들보다 열 살은 더 늙어 보여요. 제발 나쁜 생각하지 말고 편히 좀 사세요."

"이만큼 살았으면 됐지, 더 살아 뭐하게?"

나는 너희들처럼 오래 살려고 버둥대지 않는다는 말이 입에서 맴돌다 말았다. 아들은 날 때부터 부잣집 맏아들로 태어나 평생을 그렇게 살았다. 면에서 가장 먼저 자가용을 샀고, 경운기와 텔레비전도 제일 먼저 샀다. 공부를 좀더 열심히 했다면 명예까지도 얻었을 것이었다. 뱃심 좋게 공장을 계속했다면 대기업가가 되어 있을지도 몰랐다. 며느리도 손자들도 마찬가지다. 그들은 굶주림과의 싸움을 알지 못하고 그 싸움에서 이겼을 때의 기쁨도 모른다. 그래서 변화와 모험을 두려워한다. 부유하고 안락한 삶이 있기 때문에 영원히 이대로만 살고 싶어한다. 그것이 그 애의 인생이다. 죄도 아니고 잘못도 아니다. 단지 아들의 인생과 자신의 인생이 다를 뿐이다……. 그녀는 담배를 피워 물었다. 어렸을 때 할머니의 똥 냄새를 참으려고 몰래 피웠던 담배를 다시 피우게 된 것은 귀동이 죽고 나서부터였다. 귀동을 땅에 묻고 돌아오던 밤에 눈물은 더 이상 나오지 않고 그냥 담배가 피우고 싶었다. 아들도 피우지 않는 담배가 그렇게 시작되었다. 영옥은 좌석에 붙은 거울을 들여다보았다. 아들의 말이 틀리지는 않았다. 어디라고 한 군데 집어낼 수도 없이, 얼굴 전체가 늙어 버렸다. 자세히 거울을 들여다보기가 끔찍했다. 젊어서도 화장을 해본 적이 거의 없지만, 이제는 어떤 화장으로도 가릴 수 없을 만큼 주름지고 메말라 버렸다. 얼굴뿐 아니라 목덜미도 칠면조처럼 늘어져 버렸다. 그윽했던 갈색 눈동자마저 푸르스름하게 변했다. 그윽한 눈빛을 풍기던 부드러웠던 눈매에 주름과 지방이 쌓여 늙은 닭의 벼슬처럼 늘어져 버렸다. 그녀는 슬며시 시선을 먼 곳으로 옮겼다.

승용차는 수안보 온천을 지나 산길로 접어들면서 마냥 느려졌다. 월악산 줄기 작은 고개를 넘을 때 영옥이 길가에 스쳐간 간판을 돌아보며 물었다.

"아범아, 여기에도 이화전문이 있니?"

월악산 연봉 아래, 오랜 세월에 앙상하게 드러난 화강암 등성이와 굽이쳐 자라난 조선 소나무들 위로 흰 구름이 안개처럼 내려앉은 사이로 건물의 모서리가 언뜻거리다 사라졌다.

"이화여대 수련장이 있지요. 몇 번씩이나 여길 지나고도 모르셨어요?"

여러 번 지났으면서도 대개 잠들어 있어서 몰랐다.

"네 아버지 마지막 애인이 이화전문 나온 신식 여성이었지. 그림 그리는 여자였다. 되지도 않는 이상한 그림을 비싸게 주고 사오곤 했지. 만주로 떠날 때 다 떼어서 아궁이에 태워 버렸다."

아들은 어머니가 안 하던 소리를 한다고 생각했다. 젊어서 아버지의 바람기 때문에 무던히도 속을 썩였지만, 그때 당시나 이후에도 자식들 앞에서 아버지가 바람피운 이야기를 한 적은 없었다. 며느리가 담배 연기에 손을 내저으며 웃었다.

"어머니도 질투를 하셨나 봐요? 새방천에 살 때는 생전 싸우지 않으셨잖아요?"

새방천 시절의 부부 관계는 분명, 경성행 호남선 열차를 타고 서로의 어깨에 의존해 꾸벅꾸벅 졸면서 느끼던 무한한 욕망, 신비로운 감정과는 다른 것이었다. 각자 왜놈들이 시키는 대로 청소하고, 빨래하고, 왜놈 아이들 밑을 씻겨 주다가 밤늦게 춥고 어두운 사글세방에 돌아와 서둘러 맨살을 끌어안을 때의 애타는 갈망과는 또 다른 것이었다. 어쩌면 십대 때의 고향시절과 큰아이를 낳아 기르던 이십대 경성시대, 만주에서 돌아와 다시 농사를 짓기 시작한 새방천에서의 나머지 세월을 각기 다른 인물로서 살았던 게 아닐까 하는 상상을 해보기도 했다. 그 시절마다 각기 다른 이름을 붙여 부르고, 결혼식도 새로 했다면 더 좋았을지도 모른다는 생각을 한 적도 있었다. 그때마다 욕정 때문에, 혹은 보통 이야기하는 사랑 때문에, 나중에는 남들이 정이라 부르는 이유로 살기도 했을 것이다. 아들이 말했다.

"우리 부모님은 내가 어렸을 때도 그랬어. 일정 때 목로주점을 하면서 아버지가 바람을 그렇게 피웠다지만 큰 부부싸움이 난 적은 없어. 나는 사람들이 술을 사기 위해 우리가게 앞에 줄을 서서 기다리는 모습을 보며 신기한 기억밖에 안 나. 술이 무슨 맛이 있다고 저렇게 사갈까 궁금했었지."

아들은 엄마가 어떻게 고통을 이겨냈는지 알지 못한다. 남편이 아무리 바람을 피워도 자식들뿐 아니라 누구에게도 하소연을 하거나 울고불고 싸운 적이 없기 때문이다. 그러나 붙잡아둘 수 없는 사랑을 포기하여 스스로 자유로워질 때까지, 그녀도 다른 여자와 다름없는 절차를 겪었다. 다만 말을 하지 않았을 뿐이다. 아니, 그런 말을 할 상대가 없었을 뿐인지도 모른다. 모든 사람들은 그녀에게 받기만을 원했다. 그녀에게 먼저 도움을 주고, 그녀의 이야기를 들어주려는 이는 없었다. 모두들 너그러운 그녀로부터 동정을 받고, 이해를 구하고, 그리고 도움을 받고 싶어했다. 그녀의 고통을 이해하고 도와준 이가 있다면 상국뿐이라는 생각이 들었다. 농사에 힘들어하는 고모를 위해 스스로 진학을 포기하고 지게와 삽을 들고 나선 상국만이, 자신의 마음을 이해하리라 생각했다. 이 집안에서 가난의 고통과 아픔, 이별의 외로움을 아는 사람은 상국밖에 없다고 생각이 들었다. 타인의 아픔을 치유하고 상처를 어루만져주는 전도사인 그 애에게 자신의 이야기를 해주고 싶었다. 그 애의 병든 몸을 끌어안고, 죽음으로 귀가 어두워지기 전에 자신이 살아온 이야기를 들려주고 싶었다. 다른 한편으로는 상국의 이야기가 듣고 싶었다. 시간이 얼마나 남아있을지 몰라도, 그 애가 믿는 신이 조금이라도 아량을 가졌다면, 그 애의 마음속에 담아 두었던 비밀들을 쏟아 놓을 시간을 남겨 달라 빌고 싶었다. 도대체 월남의 정글에서 무슨 일이 있었는지, 왜 갑자기 신학교를 그만 두었는지, 지금껏 고모에게조차 하지 못했던 이야기를 듣게 해달라고, 그래서 맺힌 한이 없이 이승을 떠날 수 있게 해달라고 빌고 싶었다. 평생 그 착한 아이를 괴롭혀온 가혹한 신에게 마지막 부탁을 하고 싶었다.

승용차가 이화령을 넘어 주흘산을 등지고 경상도 땅에 들어서면서부터는 영옥은 조바심으로 줄담배를 피우며 빨리 가기를 독촉했다. 그러나 일행이 영주의 종합병원에 도착했을 때 상국은 이미 죽어 있었다. 병실에는 그 아내만이 남편의 시신 위에 엎어져 흐느끼고 있었다. 의사는 그의 몸이 뼛속까지 썩어 도저히 살려낼 길이 없었노라고 했다. 병명도 끝내 밝히지 못했다.

상국의 부음이 전해지자 전국에서 많은 사람들이 찾아왔다. 모두들 상국으로부터 전도를 받은, 너무 가난해 자살을 기도했거나 부부불화와 술로 젊음을 망쳤던, 그러나 상국의 보살핌으로 다시 살아나 행복하게 살아가는 이들이었다. 장례식에는 어떻게 소식을 들었는지 채훈도 찾아왔다. 삼십 년 만인지, 그보다 더 오래 되었는지 기억도 나지 않는 세월을 보지 못했던 아이였다. 사업을 하느라고 평생을 외국에서 떠돌다가 병에 걸려 돌아왔노라고 했다. 심한 당뇨로 발가락을 잘라내 목발을 짚고 있었다. 평생에 가장 큰 부탁을 기꺼이 들어준 아이였다.

잃은 아들 대신 또 다른 아들이 돌아온 것처럼 반가웠다. 가족들은 늙은 어머니가 자식의 장례에 참가하는 법이 아니라며 영옥을 집으로 돌려보내려 했으나 그녀는 채훈과 함께 끝까지 남아 상국이 땅에 묻히는 모습을 지켜보았다.

장례를 치르고 돌아온 지 며칠 지나지 않은 어느 날, 윤영옥의 방문은 아침 늦도록 열리지 않았다. 80년을 살도록 햇살이 비칠 때는 낮잠조차 자본 적이 없는 그녀가 그날은 해가 창문을 하얗게 비칠 때까지 기척을 보이지 않았다. 며느리가 이상한 기분에 방문을 열고 들어갔을 때 그녀의 얼굴은 백지처럼 새하얗게 변해 있었다. 코밑에 손가락을 대본 며느리는 비명을 지르며 방에서 튀어 나왔다. 그러나 아들이 뛰어 들어갔을 때 그녀의 얼굴에는 다시 핏기가 돌고 있었고 약한 숨결이 느껴졌다. 얼마 후에는 눈도 떴으나 말은 하지 않았다. 소식을 들은 딸과 사위들, 손자들이 모여들 때까지 몇 시간째 무표정하게 바라보며 침묵을 지키던 그녀는 방안에 자신의 후손이 가득한 것을 보고서야 비로소 두 눈을 감았다. 얼굴도 다시 창백하게 변했다.

사람들은 그녀가 사람들이 임종을 지켜볼 수 있도록 해주기 위해 살아있었을 거라고 말했다. 마지막 죽는 순간까지도 사람들의 마음을 편하게 해주기 위해 저승에 갔던 영혼이 잠시 돌아왔을 거라고 말했다. 그녀는 수리산 자락, 멀리 금평리가 내려다보이는 산기슭, 귀동의 무덤 곁에 나란히 묻혔다.

2부 윤상국

어린 시절의 추억은 늘 금평리에서 시작되었다. 양포리 시절은 아버지가 죽은 후 떠돌이 풍각쟁이와 눈이 맞아 달아난 엄마에 대한 동네 사람들의 수근거림과 배고픔뿐이었다. 가을 들판에 온통 누런 벼이삭이 물결쳐도 할아버지가 수확해 건넌방에 쌓아놓을 수 있는 낟가리는 불과 서너 가마니밖에 되지 않았다. 안방에 수숫대를 엮어 만든 발에 채워 넣은 고구마와 뒤란 황토밭을 파고 묻어 놓은 무우며, 처마 밑에 말려 걸어놓은 무우청이 겨울 양식의 전부였다. 할아버지는 엄격했고 할머니는 한숨으로 살았다.

고모부를 따라 금평리에 들어간 날부터 행복한 기억이 시작되었다. 그곳에는 먹을 것도, 입을 것도, 사랑도 늘 풍족했다. 고모는 새벽부터 한밤까지 밭에 나가 일했기 때문에 부엌살림은 시어머니인 이모할머니가 맡고 있었다. 고모는 음식을 썩 잘하는 편이 아닌데다 반찬 만드는 일을 즐겨하지 않았으나 이모할머니는 아무리 가난한 시절이라도 매 끼니 따뜻한 국과 몇 가지 반찬을 갖추어 밥상을 차렸다. 고생하는 며느리를 위해 새참 때마다 비빔국수며 콩국수를 해 날랐다. 음식 만드는 일 자체를 좋아한 이모할머니는 철 따라 수정과와 식혜를 담그거나 여름이면 미숫가루를 빻아두었다가 시원한 샘물에 타 주었다. 그녀는 고모를 며느리라거나 누구 엄마라 부르기보다 그냥 영옥아, 영옥아 부르기를 좋아했다. 어려서부터 이모와 조카로 지낸 버릇이었다. 식구들끼리만 있을 때는 시아버지까지도 고모를 이름으로 불렀다.

고모부는 겨울이면 그를 데리고 수리산 아래 산본리 벌판으로 사냥을 하러 갔다. 일제 때 만주에서 사냥을 배웠다는 고모부는 명사수였다. 온종일 눈밭을 헤치고 돌아다니면 참새의 목을 꿴 새끼줄이 양어깨에 축 늘어질 정도였다. 공기총으로는 잡기 어려운 꿩을 외알 납탄 한 방에 잡는 수도 있었다. 종일 눈밭을 돌아다니느라 바지며 손발이 흠뻑 젖어도 즐겁기만 했다. 여자처럼 예쁘장하고도 근엄한 고모부가 저녁에 사랑방에 앉아 조용히 책을 읽는 모습을 지켜보는 일도 좋았다. 고모부는 책장 가득한 책 중에서 그가 읽을만한 사진이 들어있는 잡지들을 꺼내 읽으라고 건넸지만 그는 책을 읽기보다는 호롱불 아래 생각에 잠긴 고모부의 얼굴을 올려다보는 일이 더 즐거웠다.

여름철 농한기가 되면 고모를 따라 다슬기를 잡으러 갔다. 수리산에서 시작되어 산본리와 금평리를 가로질러 안양천으로 들어가는 맑은 하천에는 다슬기가 널려 있었다. 고모가 치마를 걷어올리고 길고 하얀 종아리를 드러낸 채 맑은 물 속을 걸어 다니는 모습을 보면서 상국은 이 사람이 진짜 내 엄마구나 하는 환상에 빠지곤 했다. 고모의 희고 긴 다리와 넓은 발, 마르고도 긴 손은 실제로 상국과 너무 닮아 있었다. 고모의 친자식들은 조씨의 피를 받아 아담한 체구였지만 윤씨 피를 받은 상국은 정말 그녀의 아들처럼 닮았다.

상국은 진실로, 고모가 자신의 친엄마이기를 간절히 바랬다. 동네 친구들이 안양으로, 서울로 고등학교에 들어갈 때도 그는 진학에 별다른 의지를 갖지 않았다. 고모 곁에서, 고모와 함께 일하며 사랑을 받고 싶었다. 그래도 고모부의 강권으로 고등학교는 다녔으나 큰형을 대학에 보내기 위해 고모가 얼마나 고생하는가를 너무 잘 알고 있었기 때문에 스스로 진학을 포기했다. 그는 고모를 고생시키고 싶지 않았고, 새방천을 떠나고 싶지도 않았다. 여자 친구를 사귀려 애쓰기보다는 고모와 함께 새방천 들녘에서 새참으로 가지고 나온 열무김치에 보리밥 비벼 먹고, 풋고추를 안주 삼아 막걸리 마시며 즐거운 웃음을 터뜨리고 싶었다. 한여름 밤 쑥대를 모아 모깃불을 피워놓고 마루에 누워 고모와 고모부의 두런거리는 말소리를 들으며 잠을 청하는 행복감을 버리고 싶지 않았다. 고모의 맑은 음성을 꿈속까지 이끌어 가고 싶었다. 군대 가기 전까지도, 턱밑에 수염이 까맣게 자라날 때까지도, 그는 고모 품속에서 어리광을 피우는 어린애처럼 행복했다.

· · · · · ·

어린 시절의 행복은 해병대 입대와 월남파병으로 끝이 났다. 일등병 계급장을 달아 부대생활에 막 적응을 해나갈 무렵 월남전 파병 차출이 있었다. 4주일간의 특수훈련을 마치고 열차를 타고 부산으로 향했다. 부산항 제3부두에 정박한 거대한 수송선 마스코트에는 성조기가 걸려 있었다. 한국군을 태우고 월남으로 갈 미군 함정이었다. 꽃샘추위가 매서운 찬바람 속에 아침 열 시부터 집합해 오후 세 시가 되어서야 승선을 할 수 있었다. 그 동안 사병들은 인원 파악과 승선 준비를 하느라 배웅 나온 이들과 접촉할 수 없었다. 가족들은 차단선 바깥에서 손을 흔들거나 자기 자식의 이름을 외쳐댔다. 여군들이 떠나는 사병들을 위해 물과 음식을 날라다 주고 잔심부름까지 해주었다. 줄지어 선 여고생들이 태극기를 흔들고 군악대가 애국가를 연주하는 가운데 승선이 시작되자 부두에 모여든 가족들은 울음바다가 되었다. 나중에는 돈을 벌기 위해 서로 파병을 자원했지만, 그때는 월남에 가면 죽어 돌아온다는 파병 초기였다. 가족들이 파병 훈련소에 면회를 와서 사복을 갈아입혀 탈영을 시키는 일도 잦았다. 통제를 하지 않으면 엉망이 될 상황이었다. 끝내 아들의 손도 잡아보지 못한 채 맨바닥에 주저앉아 통곡하는 어머니도 있었고, 애인의 이름이 적힌 종이를 흔들며 울부짖는 여자도 있었다. 운 좋게 아들을 붙잡은 아버지는 부끄러운 줄도 모르고 눈물 콧물을 흘리며 잡은 손을 놓을 줄을 몰랐다.

사촌누이와 함께 먼 부산까지 내려온 고모는 고추장 봉지를 들고 있었는데 몇 시간을 차단선 밖에서 기다리다가 끝내 전달하지 못했다. 사병들은 배에 올라타고서야 갑판에 늘어서서 선창의 가족들과 고함을 쳐서 인사를 나눌 수 있었다. 고모는 고추장 봉지에 긴 끈을 묶고 다른 쪽에 사과를 묶더니 배 위로 힘껏 던졌다. 사과를 붙잡아 끈을 당기니 고추장이 따라 올라왔다.

"상국아! 꼭 살아 돌아와야 한다, 상국아!"

고모는 살아오라는 말만 되풀이하며 자꾸 손을 흔들었다. 잘 갔다 오겠다는 대답은 출발을 알리는 뱃고동 소리에 묻혀 버렸다. 배가 움직이기 시작했다. 해병대 병사들은 얼룩무늬 군복 안에 노란 셔츠를 입고 있었다. 병사들은 파병 훈련소에서 연습한 대로 웃옷 단추를 풀고 양손으로 군복을 열었다 닫았다 하며 노래를 부르기 시작했다. 유행가에 음탕한 가사를 붙여 만든 사가였다. 상국도 눈물을 글썽이며 노래를 불렀다. 다른 부대 병사들이 부두를 향해 일제히 색종이를 날렸다. 오색 색종이 물결이 바람에 날리며 부두와 바닷물에 떨어졌다. 수송선이 물거품을 남기고 부두를 떠나도 고모는 선창에 서서 계속 손을 흔들고 있었다. 고모의 모습이 아득히 사라져갈 때까지, 상국도 난간을 붙잡고 손을 흔들었다.

수송선 선실에는 5층으로 된 군용침대가 빼곡하게 들어차 있었다. 파병훈련소에서 갓 나와 햇볕에 그을리고 바싹 마른 동양인들 사이로 크고 허연 얼굴의 백인 장교들이 돌아다니며 통제를 했다. 해병대인 청룡부대와 기갑부대인 맹호부대, 보병인 백마부대 외에도 육군 군수 지원단과 해군 백구부대도 있었다.

인원 점검과 침상 배치가 끝나자 곧 저녁 식사 시간이었다. 선상 식사는 미군이 먹는 양식이었다. 모두들 굶주려 있었다. 꽁보리밥에 콩나물과 된장국만 먹다가 기름진 양식을 보자 정신들이 나가버린 것 같았다. 병사들은 걸신 들린 사람들처럼 계속 먹어댔다. 미군 취사대는 빵과 선택할 수 있도록 쌀밥도 해놓았지만 터무니없이 부족한 양이었다. 흰쌀밥 구경을 못했던 병사들은 식판 수북이 몇 그릇 분량의 밥을 퍼 담아 갔고,

밥은 순식간에 동나 버렸다. 밥이 떨어졌다고 아우성치자 미군들은 깜짝 놀라 새로 밥을 지어야 했다. 한국 장교들이 욕설을 퍼부으며 통제를 했지만 느끼한 반찬은 버리고 맛있는 것만 골라 서너 번씩 다시 타먹는 병사가 너무 많아 늦게 줄을 선 사병들은 끝내 식당 안에 들어가 보지도 못하고 배식이 끝나 버렸다. 커피 구경도 못했던 사병이 대부분이었다. 후식으로 나온 커피에 설탕을 몇 수저씩 넣어 설탕이 순식간에 동이 나 버렸다. 설탕을 달라고 아우성치자 미군 장교가 나와 누가 도둑질 해갔느냐고 성질을 내며 아예 큰 양동이 가득 설탕을 담아 놓았다. 그래도 몇 분 지나지 않아 바닥이 나버렸다.

그러나 이튿날부터는 식당에 오는 사병이 눈에 띄게 줄었다. 배 멀미가 시작된 것이었다. 해병대는 평소에 상륙 훈련을 받기 때문에 그럭저럭 버텨냈으나 육군은 첫날 먹은 양식이 소화도 되기 전에 모두 토해내고 말았다. 지독한 멀미였다. 장교들을 빼고는 시계를 가진 이조차 거의 없던 가난한 시절이라 몇 시인지 어디까지 왔는지도 전혀 모른 채 토하고, 또 토했다. 날씨는 점점 더워져 사병들은 두터운 내복을 벗어버리고 러닝셔츠 바람으로 더위에 헐떡이기 시작했다. 쓰레기통은 병사들이 벗어버린 내복으로 넘쳐 났다.

5박 6일을 항해한 배가 마침내 다낭에 도착했다는 방송이 들리고, 갑판으로 뛰어나갔을 때는 한바탕 열대성 폭우가 지나가고 바다와 해안에 물안개가 낮게 깔린 오전이었다. 배는 봉긋한 푸른 섬과 깨끗한 모래톱으로 이뤄진 송차 반도 앞을 지나고 있었다. 황홀하도록 아름다운 해안이었다. 배 멀미에 지쳐 있던 병사들은 일제히 함성을 질렀다.

파병 훈련소에서 월남은 사람 사는 곳이 아니라고 배웠다.

월남 아이들은 열네 살만 넘으면 베트콩에 입대한다고 했다. 노인과 여자들도 모두 빨갱이여서 낮에는 우리 편인 것처럼 먹을 것을 얻어가지만 밤이 되면 아카보 소총을 들고 진지를 습격한다고 했다. 한국군이 잘 다니는 길목마다 지뢰와 부비트랩을 묻어 놓고 한국군을 잡으면 사지를 갈가리 찢어 철조망에 걸어 놓는다고 했다. 길거리에서 예쁜 여자가 파는 음료수에는 다 독이 들어있다고 했다.

그런데 눈앞에 펼쳐진 것은 꿈처럼 아름다운 풍경이었다. 전쟁과 죽음뿐이라던 땅이 이토록 아름다운 줄은 몰랐다. 너무나 눈부신 바다였다. 맑고 파란 바닷물은 엘비스 프레슬리가 나오는 영화에서 본 하와이 같았다. 부드러운 해안선과 햇빛을 받아 반짝이는 모래, 커다란 잎을 펼치고 비스듬히 서 있는 야자수…… 이렇게 아름다운 땅에서 전쟁이 일어나고 있다는 게 상상이 되지 않았다. 상국은 문득, 자신이 이 땅을 사랑하게 되리라는 예감에 사로잡혔다. 이 아름다운 땅과 이곳에 사는 이들을 사랑하게 되리라는 예감이었다. 그는 훈련소에서 지급 받은 월남어 교본 수첩을 꺼냈다. 안녕하세요, 고마워요 하는 단어들을 외는 동안 배는 천천히 항구로 접어들었다. 수송선이 다낭 항구에 정박하자 미군 유디티가 탄 고속정들이 나타나 주위를 돌며 수류탄을 투척하기 시작했다. 바다 밑으로 잠수해 들어와 배를 폭파시키는 베트콩을 막기 위함이라 했다. 큰북을 두드리듯 물 속에서 수류탄 터지는 둔탁한 폭음과 진동에 병사들의 얼굴에서 웃음기가 사라져 갔다. 완전군장을 하고 실탄이 나눠지면서 팽팽한 긴장이 감돌았다. 두려움과 함께 호기심과 기대감이 일었다. 아직은 아무도 전쟁의 슬픔과 전쟁의 고통에 대해 알지 못했다. 훈련을 통해 배운 신나는 전투와 무용담을 꿈꾸고 있었다. 사나이라면 한번은 전쟁터에 나가야 한다는 교관들의 격려를 되새기고 있었다.

부두에는 새하얀 아오자이를 입은 월남 여고생들이 기다리고 있었다. 짙은 눈썹과 까만 눈동자, 인형처럼 날씬한 몸매의 처녀들이었다. 하나같이 납작한 코만 아니라면 한국 여자들과 비교할 수 없는 미인들이었다. 여고생들은 꾀꼬리가 지저귀는 듯 귀여운 월남말로 인사를 하며 군인들의 목에 꽃목걸이를 걸어주었다.

"신짜우, 깜언."

상국이 자신의 목에 꽃목걸이를 걸어준 여고생에게 월남말로 인사를 하자 여학생은 깜짝 놀라 눈을 반짝이며 웃어 주었다. 까만 눈동자가 그렇게 예쁠 수가 없었다.

부두에는 씨레이션 박스가 산더미처럼 쌓여 있었다. 사령관이 직접 나와 병사들에게 일일이 악수를 하며 잘 싸우라고 격려를 한 후 점심 식사로 씨레이션이 나누어졌다. 라면 박스 넓이에 납작한 박스 안에는 난생 처음 보는 통조림이 가득했다. 고기와 과일, 과자와 커피, 담배까지 골고루 들어 있었다. 병사들은 씨레이션 더미에 몰려들어 닥치는 대로 까먹고 주머니마다 통조림을 집어넣기 시작했다. 부두는 순식간에 빈 깡통과 박스로 어지러워졌다.

"야, 이 거지 같은 새끼들아! 미군들이 보는데 부끄럽지도 않냐? 제자리로 가지 못해?"

장교들이 욕설을 퍼부어대며 지휘봉을 휘둘렀으나 어려서부터 굶주림에 시달려온 병사들의 광적인 식욕을 막을 수는 없었다.

환영행사와 신고식을 마친 병사들 앞에는 군용트럭들이 줄

지어 기다리고 있었다. 중무장한 경계병들이 사주 경계를 하는 가운데 병사들은 언제든지 쏠 수 있도록 실탄을 장전한 무거운 M1 소총을 들고 트럭에 쪼그려 앉아 바깥쪽을 향해 총을 겨누었다. 부두 입구 쪽에는 근무기간을 마치고 귀국하는 병사들이 대기하고 있었다. 흑인처럼 새까맣게 그을린 얼굴에 눈만 반짝이는 귀국병들은 신병들을 향해 느긋하게 손을 흔들며 웃었다. 그들의 반짝이는 눈에는 살기가 느껴졌다. 신병들의 얼굴에도 다시 긴장이 감돌기 시작했다. 지긋지긋하던 배 멀미는 대지를 밟자마자 거짓말처럼 사라졌지만, 대신 전쟁의 두려움이 모두를 침묵하게 했다.

여단본부 입구에는 백 명의 베트콩을 놓치는 한이 있어도 한 명의 민간인을 보호하라고 씌여진 커다란 입간판이 세워져 있었다. 신병들은 그곳에서 다시 인원 점검과 신고식을 하고 대대별로 재배치되었다. 대대에서 다시 신고식을 거친 후 최종적으로 운명이 갈렸다. 운 좋은 사병들은 대대본부에 차출되고 나머지는 전투중대로 배속되었다. 상국도 다른 네 명의 신병과 함께 전투중대로 배치되었다.

중대까지는 헬기를 타야 했다. 대대본부를 중심으로 2~3킬로씩 간격을 두고 중대가 배치되어 있었는데 흙길이 있었으나 한낮에도 베트콩들이 출몰하기 때문에 대규모 이동이 아닌 이상 차량이나 도보 이동은 위험했다. 안전한 곳은 밀림 곳곳에 널린 중대단위 주둔지들 뿐, 그 외의 모든 지역이 적진이었다. 헬기가 떠오르니 진녹색 밀림과 물이 찰랑거리는 넓은 논들, 황토색 하천과 호수로 이뤄진 낯선 풍경이 펼쳐졌다. 온통 물의 나라였다. 하천과 호수가 너무 많았다. 정글 사이로 붉은 강물이 실타래 풀어놓은 듯 굽이굽이 흐르고, 곳곳에 호수들이 널려 있었다. 벌판에 펼쳐진 논도 온통 물을 담고 있었다. 수확을 하여 바닥을 드러낸 논과 새로 올라온 벼가 자라는 푸른 논이 뒤섞인 벌판 곳곳에 초가집 마을이며 누런 삿갓 모자를 쓴 농부들의 모습이 내려다 보였다. 벌판 사이 밀림을 지나는데, 어느 나라 군대인지 알 수 없는 무장한 군인들이 뛰어다니며 전투를 벌이는 모습도 보였다. 신호탄이 발사되고 화염이 피어오르는 가운데 총성이 들려왔다. 난생 처음 보는 전투 장면이었다. 처음 타본 헬기며 실전 광경에 다섯 신병은 잔뜩 겁을 먹고 있었으나 헬기에 부착된 기관총을 잡고 떨어질 듯 위태로이 걸터앉은 미군은 지루해서 미치겠다는 표정으로 껌을 질겅질겅 씹고 있다가 가끔씩 이유도 없이 지상을 향해 기관총을 갈겨대곤 씩 웃어 보였다. 신병들은 겁에 질려 억지로 웃음을 지어 보여야 했다.

중대는 해발 50미터도 안 되는 낮은 언덕에 자리 잡았으나 사방이 탁 트인 평야라서 멀리까지 내려다 볼 수 있는 고지였다. 축구장만한 타원형 부대 한가운데에 중대본부가 있고 빙 둘러 소대장실과 내무반이 만들어졌는데 모든 시설은 흙에 묻혀 있었다. 사람 키보다 깊이 땅을 파서 야자수 기둥을 세우고 지붕에는 철조망용 쇠기둥을 가지런히 눕혀 놓은 다음 방수비닐을 덮고 박격포 포탄이 날아와도 버틸 수 있도록 두텁게 흙을 덮었다. 부대 경계선을 따라 두세 명이 서서 기관총을 쏠 수 있는 참호들이 만들어졌는데 그 위에도 두터운 방호 지붕이 덮여 있었다. 이들 참호와 2~30명 단위로 잠을 잘 수 있게 만들어진 내무반 벙커를 연결하는 가슴 깊이의 교통호가 거미줄처럼 퍼져 있었다. 내무반 벙커 주변과 중간 저지선인 타원형 교통호 곳곳에는 중포와 박격포들이 설치되었고 몇 미터

간격으로 벽에 구멍을 파고 비상용 탄알이며 수류탄을 재어
놓았다. 이런 중대 규모 방어체제가 한국군의 최소 주둔지였는
데 이를 방석이라고 불렀다.

　방석 주변 숲은 기름을 뿌려 태우거나 제초제를 뿌려 개활
지를 만들고 그 외곽에 세 개의 원형 철조망을 삼각형으로 쌓
고 지뢰와 크레모아, 부비트랩을 설치해 놓았다. 산불이 지나
간 자리처럼 까맣게 썩어 가는 나무줄기가 을씨년스러운 개활
지에는 거대한 야자나무 뿌리까지 말라 죽이는 맹독성 제초제
에도 불구하고 곳곳에 새로운 풀들이 자라나고 있었다.

　방석 주변 밀림에 대한 수색과 정찰, 매복이 병사들의 일과
였다. 병사들은 교대로 부대 주변을 수색해 근접해온 베트콩과
교전을 벌였다. 발자국이나 나뭇가지 부러진 상태로 보아 베트
콩이 출몰하는 것으로 의심되는 지역에는 야간 매복을 섰다.
가끔 중대나 대대 전체가 움직이는 대규모 작전이 있기도 했
으나 부대 주변의 베트콩을 소탕함으로서 자신을 보호하는 일
자체가 전투였다.

　자대에 배치된 며칠 간, 다섯 신참들은 작전에 투입되지 않
았다. 야간 매복을 하고 돌아오는 고참들의 밥을 준비하거나
내무반 한쪽에 만들어진 변소 청소 같은 일만 했다. 나중에는
케이레이션이라 해서 김치와 마늘짱아치, 파래와 멸치조림 같
은 한국 반찬이 든 한국산 통조림이 배급되었으나 상국이 파
월된 초기에는 미군과 똑같이 씨레이션만 지급되었다. 고기 통
조림은 입맛에 맞지 않아 먹기가 힘들었다. 느끼한 육류에 익
숙하지 않은 데다가, 고깃덩이를 보면 사람 살덩이처럼 보인다
며 못 먹는 사병도 있었다. 그래서 씨레이션은 수색이나 매복
나갈 때 도시락처럼 들고 나가고, 부대 안에서는 단체로 쌀밥

을 해서 소대 단위로 배식을 했다. 에이레이션 큰 깡통에 든 소고기나 닭다리 같은 것들을 쏟아 넣고 수색 나가서 밭에서 따온 매운 고추와 야채를 넣어 개죽 같은 찌개를 끓였다. 밥은 끈기가 전혀 없이 부슬거리는 월남 쌀이었지만 매운 찌개 덕에 그런대로 먹을 만했다. 사병들은 반합 뚜껑 수북이 밥을 담아 놓고 앉아 찌개 한 가지를 반찬 삼아 먹었다.

물자는 풍부했다. 사병들은 여섯 개비 단위로 포장된 담배를 꺼내기 위해 씨레이션 상자를 통째로 폐기처분하기도 했다. 고기 통조림을 그냥 버리면 베트콩이 주워 식량으로 쓴다고 해서 뚜껑만 따서 손도 대지 않고 썩혀 버렸다. 총알과 포탄도 넘쳐나서 전투가 벌어지면 적의 숫자와 상관없이 무한정 쏘아 소비해버렸다. 후방에서는 트럭이나 지프가 고장이 나면 고치기보다는 곧장 폐차시키고 새것으로 받아낼 수 있다고 했다. 모두가 미제였다. 월급도, 밥도, 무기도, 장비도 모두 미군이 지급했다.

참을 수 없는 것은 더위였다. 가만히 앉아 있기만 해도 땀이 줄줄 흘러내렸다. 부대 입구 위병소 옆에는 커다란 포탄구덩이가 있었는데 빗물이 고여 작은 연못이 되어 있었다. 신참들은 고참들이 수색 나간 시간에 그 속에 들어가 몸을 적실 수도 있었다. 뜨뜻한 흙탕물이었지만 그렇게 시원할 수가 없었다. 부대 안에는 우물이 없어서 부대 앞 안전마을에 있는 공동우물에 하루에도 몇 번씩 물을 길러 가야 했다. 우물가에 가면 경계병들이 사주 경계를 하는 동안 군복을 입은 채로 차가운 물을 뒤집어 쓸 수 있었다. 그곳에서 상국은 처음으로 월남 민간인들을 만날 수 있었다. 아이들은 군인만 나타나면 몰려와 먹을 것을 달라고 매달렸지만 어른들은 대개 무심하게 지나쳤다. 그들은 한국군을 반가워하지 않았고 애써 비굴한 표정을 짓지도 않았다. 상국은 고참들이 시키는 대로 씨레이션 통조림을 주고 한국 도끼보다 작고 가벼운 월남 도끼를 사서 탄띠에 찼다. 그리고 시간이 날 때마다 월남어 교본을 외웠다. 월남어를 잘하면 1년의 근무기간이 끝난 후에도 귀국하지 않고 제대할 때까지 남아 후방 근무를 할 수 있다는 말도 있었다. 다낭 앞 바다의 황홀함 때문에 월남어를 배웠다. 월남이 좋았기 때문에, 월남 사람들이 좋았기 때문에 그들의 말을 배우고 그들과 이야기를 나누고 싶었다. 며칠 만에 스스로 터득한 월남어로 처음 대화를 나눈 월남 노인은 그에게 차양 넓은 삿갓 모자를 그냥 주었다.

"박 하사! 오늘은 몇이나 잡았어?"

신참들은 저녁에 수색을 마치고 돌아오는 병사들과 비번인 병사들 사이에 오가는 가벼운 농담을 통해서 전투 상황을 짐작할 수 있었다. 특히 킬러 분대장이라 부르는 박 하사가 나갔다 오는 날은 이야깃거리가 많았다.

"없어. 베트콩은 없고 맨 늙은이하고 애들뿐이야. 여자라고 폭삭 늙은 게 하나 걸렸는데 얼굴이고 젖통이고 쪼글쪼글한 게 영 먹을 맛이 안 나더라고."

"그래도 했어?"

"했지. 네 손으로 해주는 것보다는 낫잖아."

상국만큼이나 키가 큰 데다 서글서글하니 잘생긴 박 하사는 손가락으로 허공을 쑤셔 보이며 쾌감으로 몸을 부르르 떠는 시늉을 했다. 기다리던 이들은 소리 내어 웃어댔다. 상국은 그들의 대화가 농담인지, 진담인지 알지 못했다. 그날, 고참들은 앞으로 전투에 나가 월남 여자를 강간하면 반드시 죽이라는 충고를 했다. 살려두면 창피한 줄도 모르고 부대 앞으로 사람들을 데리고 와서 데모를 한다고 했다. 민간인 여자를 강간하고 사살한 광경이 고발되는 바람에 한국군 일개 분대가 사형선고를 받은 적도 있다는 사실도 가르쳐 주었다. 붙잡은 여자 중에 임산부가 있어 강간도 하지 않고 살려주었는데 하필 월남군인의 아내였던 그 여자가 신고를 하는 바람에 분대원 전원이 군법회의에 넘겨졌다는 이야기였다. 월남 정부의 항의 때문에 어쩔 수 없이 사형 선고만 하고 한국으로 송환한 뒤에 곧 풀어주었지만, 하여간 골치 아프니 강간한 여자는 반드시 죽이라고 했다.

요란한 기관총 소리에 비상이 걸린 것은 구름이 잔뜩 끼어 칠흑같이 어두운 한밤이었다. 사병들은 잠자다 말고 팬티 바람으로 총을 들고 뛰쳐나갔지만 총성은 곧 멈추었다. 철조망 주변에서 뭔가 움직이는 기색이 있어 사격을 했는데 반응이 없다는 것이었다. 대대본부에서 무슨 일이냐고 전통이 날아와 중대장이 오발 사고라고 해명했다. 밀림에서 가끔 호랑이가 나타나는 일이 있다고 했다. 총을 쏜 사병은 소대장에게 욕을 얻어먹고, 사병들은 호랑이라도 잡았나 보다고 웃으며 다시 잠자리에 들었다.

다음날 상국이 일어나 보니 분위기가 이상했다. 새벽부터 헬기가 날아오고 대대에서 장교들이 몰려 와 있었다. 반바지만 걸치고 온 몸에 진흙을 발라 위장을 한 후 야간에 침투하는 베트콩을 세르파라고 불렀다. 혹시 어젯밤에 세르파라도 하나 잡은 게 아닌가 하고 이른 새벽에 철조망을 점검하던 소대장이 철조망에 걸린 군복 덩어리를 발견한 것이었다. 군복 상하의를 묶은 속에 무언가를 담아 걸어 놓았는데 검게 굳은 피로 범벅이 되어 있었다. 그 속에는 벌거벗긴 채 토막토막 잘린 시체가 한 구 들어있었다. 얼굴 생김새와 군복에 달린 명찰로 한국군임이 드러났다. 얼마 전에 수색 나갔다가 교전 중에 실종된 이웃 중대원임이 확인되었다. 상국은 병사들 어깨 너머로 고깃덩이가 된 시신을 흘끔 넘겨다보고 나서 아침밥을 먹을 수가 없었다.

대대에 비상이 걸리고, 복수를 위한 대대적인 수색전이 벌어졌다. 신병들은 여기서도 열외되어 텅 빈 중대에 대기하고 있어야 했다. 간간이 밀림에서 들려오는 폭음과 총소리만이 긴장을 유지시켰다. 이른 오후, 수색 나갔던 고참들이 돌아오더니 고참 병장의 고함이 들려왔다.

"신병들은 단독 군장을 하고 초소 앞으로 집합해라!"

다섯 명의 신병들이 총을 메고 뛰어나가자 병장이 밀림 속으로 앞장섰다. 초소에서 조금 떨어진 밀림이었다. 분대원들이 사방의 밀림을 향해 총을 겨누고 있는 가운데 커다란 야자나무 앞에 박 하사가 기다리고 있었다.

"일렬횡대! 지금부터 실전 훈련을 한다."

박 하사가 말하며 몸을 비켰다. 야자나무 기둥에 묶인 벌거벗은 알몸이 드러났다. 여자였다. 조그만 체구에 새까만 머리칼이 젖가슴까지 늘어진 월남 처녀가 포탄줄로 손목과 허리가 묶여 있었다. 조각처럼 잘 다듬어진 몸매에 봉긋한 젖가슴을 가진, 새까만 머릿결만큼이나 길고 가지런한 속눈썹이 그윽한, 열여덟도 안 되어 보이는 앳된 처녀였다. 다낭 부두에서 꽃목걸이를 걸어주던 여고생들과 비슷한 나이로 보였다.

"지금부터 베트콩을 처형한다. 앞에 총! 착검을 한다, 실시!"

신참들이 어리둥절해하자 뒤를 지키고 있던 고참들로부터

욕설이 터져 나왔다.

"벗은 여자 처음 보나? 맛 좀 보여줘? 빨리 착검해, 이 자식들아!"

소총에 대검을 꽂는 손이 후들거렸다.

"윤상국이! 너부터 나무에 묶인 적을 찌른다, 실시!"

상국은 다섯 명 중 맨 앞에 서 있었다. 손과 다리가 후들거리기 시작했다. 여자는 이미 죽을 준비가 되어 있는 듯했다. 울거나 애원하지도 않았으며 눈길을 피하지도 않았다. 끌려오느라 지친 눈길로 빤히 상국을 바라보았다.

"내 말 안 들리나? 총검 앞으로! 일보 전진! 앞으로 가란 말이다!"

박 하사의 고함이 귀를 찔렀다.

"야, 뭐해? 빨리 해치우고 들어가야 돼! 언제 놈들이 나올지 모른단 말야!"

경계를 서던 고참들의 욕설이 이어졌다. 대검 꽂은 총을 들고 한 발짝씩 다가가는데 아득한 현기증이 일었다. 금평리 뒷산에서 고모부를 따라 사냥을 다니던 겨울 날, 고모부가 소나무 끝에 앉아 있는 산비둘기를 가리키며 맞춰 쏘아보라고 공기총을 건네 온 적이 있었다. 돌멩이를 올려놓고 맞추는 연습을 한 적도 있던 상국은 거리낌 없이 총구를 겨누었다. 그런데 무심히 앉아 사방을 두리번대는 산비둘기의 날개에 사선이 합쳐진 순간, 숨이 탁 막혔다. 도저히 방아쇠를 당길 수 없었다. 차마 살아 움직이는 생명을 죽일 수가 없었다. 상국은 눈을 감고 총구를 솔가지 쪽으로 꺾어 쏘았다. 납탄이 날아가 솔잎들을 흔들고, 놀란 비둘기는 가지를 차고 날아 올라 숲 속으로 사라져 버렸다. 상국은 총구를 떨구었다.

126

"도저히 못하겠습니다."

눈물이 핑 돌았다. 철모를 때리는 둔한 충격과 함께 딱딱한 것이 귀밑에 와 닿았다. 박 하사의 총구였다.

"이 겁쟁이 자식! 명령 불복종이야? 즉결처분되고 싶어? 군기가 쏙 빠져 갖고! 너같이 비겁한 놈들은 이 자리에서 사살해도 돼. 총 올리지 못해?"

기어이 눈물이 터져 나왔다.

"못 하겠습니다. 눈이라도 가려주십시오. 어떻게 날 빤히 보는 여자를 죽입니까?"

눈물이 시야를 가리고, 다리가 후들거려 주저앉을 것만 같았다. 박 하사가 어처구니없어 하는데 안 상병이 다가왔다. 곧 병장으로 진급하는 고참 상병이었다.

"윤상국이, 아침에 못 봤어? 베트콩에게 잡히면 우리도 마찬가지야. 머리껍질을 벗기고 내장을 꺼내서 늘어놓는다고. 적을 죽이지 못하면 네가 죽어. 어서 총을 들어. 여기 머뭇대다가 베트콩 나타나면 우린 다 죽어."

상국은 눈물에 범벅이 되어 총구를 앞세워 여자에게 다가갔다. 여자는 계속해서 그의 얼굴을 직시하고 있었지만 그는 눈물에 가려 똑바로 바라볼 수가 없었다. 애원의 눈빛인지 저주의 눈빛인지 알 수가 없었다. 고개를 돌리고 눈을 질끈 감은 채 총검을 뻗었다. 물컹 하는 느낌이 손목을 따라 전해오고 외마디 비명이 귀를 찔렀다. 감았던 눈을 떠보니 배를 향했던 총검이 자기도 모르게 밑으로 쳐져 허벅지에 박혀 있었다. 밝은색 피가 수돗물처럼 울컥울컥 솟아나고 있었다. 역겨운 피비린내가 올라왔다. 여자가 길게 비명을 늘어뜨리며 흐느껴 울기 시작했다. 다리를 후들거리며 되돌아 나오는데 다른 동기가 여자의 배를 찔렀다. 또 다른 동기가 여자의 젖가슴을 찌르자 여자의 비명은 잦아들었다.

"잘 했다, 아가들아. 기념품은 챙겨가야겠지?"

박 하사는 신병들이 보는 앞에서 피범벅이 되어 축 늘어진 여자에게 다가가 대검으로 귀를 오려냈다. 베트콩을 사살하면 사진을 찍어 보고를 해야 했다. 여의치 않으면 귀나 코 같은 시신의 일부와 노획한 무기를 가지고 가도 전과로 인정이 되었다. 박 하사는 수류탄 두 발을 귀가 잘린 여자의 사타구니에 끼워 넣었다. 그리고 멀찌감치 떨어져 나무에 몸을 감추고 유탄발사기를 쏘았다. 유탄발사기에서 발사되는 고폭탄은 가까운 거리에서는 폭발하지 않는 경우가 많아서 밀림용으로 특별 제작된 산탄을 썼다. 터지는 순간 수십 개의 쇠구슬이 날아가기 때문에 사람의 몸에 맞으면 걸레를 만들어 버렸다. 요란한 폭음과 함께 야자수 나무가 흔들리고, 장승처럼 쭉 뻗은 나무 끝에 매달렸던 코코넛 열매들이 후드득 떨어져 내렸다. 여자는 형체도 알아볼 수 없이 갈가리 찢어져 흩어져 버렸다. 박 하사는 여자로부터 빼앗은 소총과 피 묻은 귀를 들고 분대원의 귀대를 재촉했다.

상국은 부대에 돌아왔으나 구역질과 어지러움으로 견딜 수가 없었다. 밥을 먹을 수도 없었다. 고참들은 키다리 울보라고 별명을 지어주며 놀려댔다. 내무반 구석에 처박혀 있던 그는 고참들이 한눈을 파는 틈을 타서 중대본부로 들어갔다. 중대장과 선임하사가 맥주 상자를 앞에 놓고 무슨 이야기를 하는지 즐겁게 웃고 떠들고 있었다.

"중대장님! 저는 사람 죽이지 못하겠습니다. 귀국시켜 주십시오! 한국으로 돌려보내 주십시오."

중대장은 웃음기를 거두지 않은 채 선임하사를 바라보았다.

"뭐 이런 놈이 다 있어? 신병 교육을 어떻게 시킨 거야?"

선임하사의 얼굴이 벌게지며 맥주를 내려놓았다. 중대장이
웃음기를 거두고 다가와 군화발로 정강이를 걷어찼다.

"니들만 힘든지 알아? 우리 장교들도 얼마나 죽어나가는 줄
알아? 우리 동기 중에 월남에 와서 살아남은 건 나 하나 뿐이
야! 다 죽었어. 빨갱이들이 다 죽였단 말야! 얼마나 비참하게
죽었는지 알아?"

따귀가 날아왔다. 선임하사가 뜯어 말렸다. 6·25 때부터 전
투에 참가한 선임하사는 신참 사병의 공포와 갈등을 이해하고
있었다. 선임하사는 정식으로 군법회의에 넘기겠다는 중대장을
설득해서 자대 영창에서 하룻밤 기합 받는 것으로 처벌을 대
신하게 했다. 내무반 바깥 교통호 사이에 철조망을 둘러 만든
간이 감옥으로 베트콩 포로들을 가둬놓는 곳이었다. 상국은 팬
티만 입고 그 속에 들어가 하룻밤을 지새야 했다. 밤이 되어도
식지 않는 열기 속에 월남모기들이 몰려들었다. 군복도 뚫고
쏘아대는 말라리아 모기였다. 사병들은 평소에도 강제로 말라
리아 예방약을 먹어야 했고 매복에 나갈 때는 온 몸에 모기
퇴치약을 바른 후 군복을 입고 철모 위로 목까지 망을 뒤집어
써야 했다. 그런데 약도 바르지 않은 맨 몸으로 노출되어 있으
니 발바닥부터 머리 속까지가 온통 부풀어 오르기 시작했다.
아무리 몸을 뒤틀고 뛰어 보아도 소용없었다. 손바닥으로 팔뚝
을 쓸어내리면 살에 달라붙어 피를 빨고 있던 모기 두세 마리
가 한꺼번에 잡혔다.

"윤상국이 좀 어떻노? 월남 모기 지독하제?"

한밤중에 조용히 나타나 말을 건 이는 선임하사였다. 그는

철조망 사이로 뭔가를 내밀었다. 바르는 모기약이었다.

"상국이 니도 전투에 참가해보면 고참들이 왜 그러는가 이해가 될 기다. 니 고향에 어머니 계시제? 무사히 살아 돌아가려면 고참들이 하라는 대로 해야 한다. 여기 며칠 갇혀 있다가는 모기에 피 다 빨려 말라죽는다. 내일 중대장님한테 죄송하다 해라. 내가 미리 잘 말해줄게. 알긋나?"

긁어 벌겋게 달아오른 피부에 양키들에게서 나는 듯한 노랑내 나는 모기약을 바르는데 또다시 눈물이 쏟아져 내렸다.

"저는 사람 못 죽입니다. 정말 못하겠어요."

"아이다. 다 할 수 있다. 하게 될 거다. 그러지 않으면 네가 죽는다. 군인에는 두 종류가 있다. 운 없는 놈과 운 좋은 놈이다. 남들은 후방에서 씨레이션이나 팔아 오입질하느라 정신없는데 줄을 잘못 서는 바람에 최전선에 떨어져 베트콩과 싸우는 우리는 운 없는 군인들이다. 운 없는 군인이 할 일이 뭔지 아나? 오직 하나 뿐인기라. 어떻게든 살아서 돌아가는 일인기라. 잘난 체 하고 용감한 척 할 필요도 없다. 무슨 수를 써서라도 살아서 고향에 돌아가 어머니에게 큰절을 해야 않겠나? 알 긋나?"

어머니라는 말에 눈물이 쏟아졌다. 그는 울먹이며 고개를 끄덕였다. 다음 날 상국은 중대장에게 불려가 다짐을 받고 풀려날 수 있었다. 그러나 하룻밤 동안 모기에 노출된 사이에 열병에 걸리고 말았다. 고열과 설사로 후송되어 이주일 넘게 야전병원 생활을 해야 했다. 병원에서 고모에게 쓴 첫 편지에는 이런 저런 이야기는 쓰지 않았다. 그저 무사히 살아 돌아가겠다는 말만 썼다.

보름 만에 돌아온 부대는 처음처럼 낯설지는 않았다. 차라리

팔 다리가 잘리고 머리가 찌그러진 부상자와 양키들만 우글대던 병원보다 살 것 같았다. 선임하사는 그를 박 하사의 킬러 수색조에 편성시켜 주었다.

· · · · · ·

밀림은 온통 장애물 투성이였다. 허리까지 감기는 가시덤불이며 칼처럼 날카로운 갈대들, 사람 키보다 훨씬 큰 선인장들과 날카로운 가시가 달린 대나무 숲으로 뒤덮여 있어 조금만 방심하면 매서운 가시가 군복을 뚫고 살을 파고들어왔다. 노출된 손과 얼굴은 피딱지가 떨어질 날이 없이 상처를 입었다. 대낮에도 모기들이 바글거렸고 어린애 팔뚝만한 뱀들이 머리 위에 드리워져 있기도 했다. 첨병들은 끝이 무겁게 만들어진 납작하고 긴 월남도끼로 나뭇가지를 쳐내거나 박격포 포판으로 가시나무를 내리찍고 짓이겨 길을 만들기도 했다. 사방에 베트콩이 설치한 부비트랩과 지뢰가 깔려 있어 한 발 한 발이 죽음의 길이나 마찬가지였다. 언제 어디서 베트콩 저격수의 총알이 날아올지 몰랐다.

병사들은 헝겊으로 만든 데다 바람구멍이 뚫린 정글화를 신고 탄띠에는 두세 개의 수통과 대검, 압박붕대, 아드로핀 주사약, 포승줄을 걸었다. 왼쪽 허벅지에는 방독면을 다리매기로 차고, 무거운 방탄복 위에 세열 수류탄 서너 개와 총알이 가득 든 탄띠 두 개를 엑스 자로 메고 야전 손전등을 달았다. 배낭에는 러닝 팬티와 씨레이션 중에 맛있는 것들만 골라 넣고, 가루 무좀약 한 통과 양담배, 모포와 개인천막에 판초우의를 돌돌 말아 달았다. 또 배낭 뒤에 야전곡괭이와 조명탄, 연막탄,

신호탄 같은 것들을 대여섯 개씩 묶어 달았다. 하이바 위에 알 철모를 씌워 위장포로 덮고 철모 띠에는 바르는 모기약 병을 꽂고 풀잎으로 위장했다. 이렇게 완전군장을 하면 가만히 서 있어도 온몸이 땀범벅이 되어 불쾌감과 짜증으로 골이 지끈거렸다. 게다가 무거운 M1 소총을 들고 구부려 쏴 자세로 상체를 기울인 채 밀림을 헤치노라면 5분도 안 돼 탈진해 눕고 싶은 생각뿐이었다. 누군가 말만 시켜도 총을 난사할 듯 극도로 신경이 곤두섰다. 한 발짝 옮기기도 힘든 밀림을 완전군장으로 수색하는 일 자체가 지옥이었다.

반면에 베트콩은 주로 반바지에 샌들을 신고 기동력 있게 밀림을 누비고 다니며 사격을 가해왔기 때문에 베트콩이 나타나면 야포 지원을 요청하는 게 빨랐다. 어디선가 총알이 날아오면 곧장 무전으로 포격을 요청했고 몇 분도 되지 않아 그 지역은 불바다가 되어 버렸다. 숲이 날아가 버리고, 나무와 흙이 엉망으로 뒤집혀진 곳에는 형체를 알아보기 힘든 살덩이들이 널려 있었다. 베트콩과 직접 얼굴을 맞대고 총격을 벌이는 일을 경험하기란 쉽지 않았다.

며칠째 베트콩 그림자도 보이지 않는 수색이 계속되고 있었다. 그날은 중대 전체가 부대에서 꽤 멀리까지 나가 있었다. 중대 맨 앞 척후대와 후미까지 1킬로가 넘는 긴 일렬종대였다. 척후병과 첨병 분대장, 소대장들은 중대를 향도하랴, 첨병 분대를 교대시키랴, 무전을 치느라 바빴다. 대대본부에서는 진출 속도가 느리다고 재촉이었지만 아무리 서둘러도 한 시간에 겨우 수백 미터밖에 갈 수 없었다.

폐허가 된 마을을 지나니 밀림 사이에 버려진 넓은 논이 나왔다. 주민들이 소개되어 농사를 짓지 못한 논에는 잡초만 무성했다. 미모사 숲이었다. 한국의 미모사는 작은 아카시아 잎처럼 생겨 손을 대면 살짝 접혔다가 스르르 풀리는 예쁜 풀이지만, 월남의 그것은 무릎 높이의 큰 키에 옆으로 가지들이 무성해 작은 나무 같았다. 미모사는 병사들이 몇 미터씩 떨어져 일렬종대로 논에 들어서자 사람이 스칠 때마다 잎을 접고 누웠다가 스르르 잎을 펼치며 일어나기를 되풀이하며 장관을 이루었다.

미모사 들판이 끝나자 소정글이 시작되었다. 사람 키 높이의 빽빽한 가시 잡목과 칼날 같이 날카로운 갈대밭으로 덮인, 가장 헤쳐 나가기 힘든 구간이었다. 가까운 거리에 야자나무 숲이 있어 나무 위에 숨어 저격을 해올 경우 피할 곳도 없는 위험한 지역이었다. 소정글 지대가 시작되면서 상국의 분대가 척후대로 나섰다. 분대장 박 하사가 첨병을 서고, 안 상병 뒤로 신참들이 따랐다. 귀국을 얼마 앞둔 고참들은 맨 뒤편에서 주위를 경계하며 따라왔다.

투입된 지 며칠 안 돼 신병과 다름없던 상국은 안 상병 바로 뒤를 따르고 있었다. 날카로운 가시덤불이라 상의를 벗을 수도 없었다. 고참 중에는 가시에 긁히지 않으려고 가죽 장갑에 마개를 뺀 방독면까지 쓴 사람도 있었다. 땀에 절은 군복 위에는 소금가루가 허옇게 말라붙었고 양어깨는 뼈에 금이라도 간 듯 아팠다. 등이며 허벅지에서는 물에 빠졌다가 나온 듯 땀이 흘러 걸어가며 오줌을 싼다 해도 전혀 구별할 수 없을 정도였다. 군화 속까지 땀이 질퍽대어 끈을 바짝 조였는데도 바닥이 미끌거렸다. 수통 두 개에 물을 채워 왔는데도 벌써 다 마셔버려 목이 타서 현기증이 나서 쓰러질 것 같았다. 한증막처럼 후끈한 공기가 폐 속까지 들어와 숨도 쉬기 힘들었다. 살아 있는 욕구라고는 오로지 시원한 물을 마시고 싶은 갈증뿐이었다. 갈증은 점점 심해져 그를 환각 상태로 몰아갔다. 수면제를 먹은 듯 온몸에 힘이 빠지고 정신은 몽롱해졌다. 금평리의 추억들이, 차갑고 맑은 물과 얼음과 눈, 뺨과 귀를 칼로 자르는 듯한 모진 겨울바람이 어른거렸다. 그때 뒤에서 수통 마개 따는 소리가 들려왔다. 파월 동기가 막 수통을 열어 물을 마시려 하고 있었다.

"나도 조금만 줘라."

파월 동기는 물을 마시기 위해 고개를 뒤로 젖힌 자세로 그를 쏘아보았다.

"물을 달라고? 차라리 내 피를 빨아 마셔라."

그는 한 방울의 물도 흘리지 않고 깔끔하게 한 모금을 마시고 수통 마개를 막아 허리에 찼다. 그리고는 상국의 애타는 시선을 외면한 채 빨리 가라고 등을 떠밀었다. 그때, 앞서 걷던 안 상병이 뒤를 돌아보았다.

"윤상국이, 목마르나?"

안 상병은 수통을 세 개나 차고 있었다. 그는 한 개를 뽑아 뒤로 건네며 말했다.

"얼마 안 가면 마을이 나오니까 수통을 가득 채워둬라. 소독 알약 넣는 것 잊지 말고."

갈증으로 입술이 달라붙어 고맙다는 말도 하지 못했다. 걸음을 멈추고 정신없이 물을 마셨다. 뜨듯한 물이 설탕물처럼 달았다.

'쾅!'

단발의 폭음이 터지는 순간에도 그는 물을 삼키느라 고개를 한껏 젖히고 있었다. 폭음과 함께 후끈한 열기가 느껴지는 순간, 동기가 뒤에서 힘껏 목을 당겼다. 그는 뒤로 벌렁 주저앉으며 물을 토해냈다. 매캐한 화약 냄새와 함께 울컥 구역질이 올라왔다. 피비린내였다.

"사주경계! 사주경계!"

"어디서 쏘는 거야? 어디야?"

고참들이 소리를 치고, 숲을 향해 기관총이 난사되었다. 적이 보이지도 않는데 마구 갈겨댔다. 귀청을 찢는 총성을 뚫고 박 하사가 외쳤다.

"사격 중지! 부비트랩이다. 사격중지!"

납작 엎드렸던 분대원들이 고개를 들기 시작했다. 박 하사가 고함을 지르며 맨 먼저 몸을 일으켰고, 뒤따라오던 이들도 일어났다. 그런데 박 하사와 상국 사이에 일어나야 할 안 상병이 보이지를 않았다. 다들 몸을 일으키는데 안 상병만 보이지 않았다. 그가 서 있어야 할 자리만 비어 있었다.

"당했다!"

"누구야? 누가 당한 거야?"

고참들의 고함소리가 아득했다. 안 상병이 서있던 자리에는 군복과 함께 너덜너덜 조각난 시뻘건 살덩이들이 널려 있었다. 알아볼 수 없게 피투성이가 된 머리통이 방탄복을 입어 무사한 상체에 덜렁거리고 있는 가운데 한쪽 다리와 팔이 으스러진 채 분리되어 흩어져 있었다. 베트콩이 설치해놓은 부비트랩에 걸린 것이었다. 대인지뢰는 발목이 절단당하는 정도로 끝나는데 아군이 먹다 버린 씨레이션 깡통에 폭약을 넣어 만든 부비트랩은 화력이 대단했다. 맨 앞의 박 하사는 주의 깊게 안전한 곳만 밟으며 걸어갔는데 안 상병은 상국에게 이야기를 하느라고 부주의하게도 아직 밟지 않은 풀숲에 발을 들여놓았던 것이다.

"백두산, 백두산! 당소 여대생, 여대생! 감 잡아라! 긴급 보고다! 오버!"

소대장이 풀숲을 헤치고 달려와 무전기를 잡았다.

"여대생! 여대생! 귀소 감도 양호! 무슨 폭발이냐? 상황 날려라, 오버!"

중대장의 다급한 음성이 무전기를 타고 흘러나왔다.

"백두산! 백두산! 당소 여대생! 부비트랩 걸렸다. 아군 한 명 사망! 오버!"

"여대생! 여대생! 귀소, 아군 한 명 사망! 감 잡았다. 육하원칙으로 보고하라! 오버!"

한동안 무전이 오간 후 시신을 후송하고 수색을 계속하라는 지시가 떨어졌다. 분대원들은 판초우의를 펼쳐놓고 엉망이 된 몸뚱이와 흩어진 살덩이들을 맨손으로 주워 담았다. 파편으로 형체를 알아볼 수 없게 된 얼굴이 붙은 상체 일부와 나무에 걸린 따뜻한 내장까지 찾았으나 살아 있는 사람의 절반 무게도 되지 않았다. 피가 뚝뚝 흐르는 판초우의는 뒤로 전달되고, 수색은 계속되었다.

"사주 경계 확실히 하고 앞으로 전진한다! 아군 한 명 죽었으니 우리도 적 한 놈을 잡는다. 소대, 전진 앞으로!"

소대장의 음성은 흥분으로 떨리고 있었다. 사병들 역시 두려움을 느끼는 감각이 일시적으로 마비되어 버린 듯 했다. 사고가 나기 전까지는 고참일수록 뒤로 빠지려 했으나 시신을 보낸 후에는 서로 앞장을 섰다.

변화는 상국에게도 일어났다. 물을 몇 모금 마시지도 못하고 토해냈는데도 거짓말처럼 갈증이 사라져 버린 것을 느꼈다. 갑자기 겁이 없어지고, 분노와 복수심만이 밀려왔다. 그는 총을 움켜쥐고 거침없이 앞으로 걸어갔다.

소대원들 앞에 나타난 것은 야자수 그늘 아래 자리 잡은 작은 마을이었다. 녹두콩이 섞인 찰밥이란 뜻의 쏘이더우라 불리는, 낮에는 월남군이, 밤에는 월맹군 세상이 되는 믿을 수 없는 마을로 분류된 곳이었다. 상국의 중대 바로 앞에 있는 마을은 안전마을로 지정되어 자매결연까지 맺고 있었다. 한국군들은 수색 나갔다 올 때마다 씨레이션을 나눠주거나 주민 전체를 위해 잔치를 벌여주기도 했다. 마을 사람 중에도 사십대 농부 하나가 유별나게 부대원들과 친해서 부대 안에 데려와 술을 마시기도 하고 그 집에 초대를 받아 가기도 했었다. 자기 딸이 월남군 간호병이라 해서 더욱 믿었다. 그런데 어느 날 밤 베트콩이 기습해와서 총격전이 벌어졌는데 다음날 아침에 나가보니 그 사람이 아카보 소총을 든 채 부대 앞에 죽어 있었다. 뿐만 아니라 그의 주머니에서는 부대 내부의 참호며 중대본부, 자주포 위치 같은 것들이 상세히 그려진 지도도 나왔다. 안전마을도 이런 상황이었기 때문에 쏘이더우로 분류된 곳의 주민은 전부 베트콩이라 간주해도 좋았다. 소대원들은 허공에 대고 총을 갈기며 마을사람들을 모두 집밖으로 나와 모이게 한 다음 집집마다 뒤지기 시작했다.

베트남 집들은 문이라는 게 없었다. 맨 흙바닥에 야자수나 대나무를 엮어 벽을 세우고 풀잎이나 볏짚을 덮은 후 대나무를 깔아 만든 간단한 침상을 놓고 살았다. 부엌이라 해도 굴뚝도 없이 작은 화덕 한 개만 놓여있을 뿐이었다. 추위를 피할 이불이나 옷도 필요 없고, 식사도 간단해서 손에 그릇을 들고 젓가락으로 퍼먹었기 때문에 가재도구랄 게 거의 없었다. 방과 거실을 구별해 놓기는 했어도 문을 달지 않았다. 한국군들은 부부가 성관계하는 소리를 아이와 시부모가 다 들으며 산다고 해서 월남인들을 더욱 야만인으로 생각했다. 어느 집이나 집안 가장 중요한 곳에 조상을 모시는 제단을 차려놓고 향을 피웠고, 사람이 죽으면 집 바로 옆에 묻었다. 묘지나 제단을 사람 사는 곳에서 멀리하는 한국인의 눈에는 그것도 야만처럼 보였다. 농가에는 대개 화장실이 없었다. 소변이든 대변이든 집 주위 아무 데나 배설하면 건조하고 뜨거운 공기가 금방 말려 흔적을 없애 버렸다. 어떤 집은 돼지우리에 똥을 눠 돼지 먹이로 삼기도 했다. 해안지역에서는 아침이면 동네 노인이며 여자들까지 모래사장 위에 엉덩이를 까고 앉아 볼일을 보았고 밀려온 파도가 오물을 쓸어갔다. 한국군들은 화장실도 없는 야만인들이라고 모멸했다. 바로 그 야만인들이 현대식 무기를 가진 군대 앞에 무방비 상태로 노출되어 있었다. 그들을 도와줄 사람은 아무도 없었다.

"베트콩 어디 숨겼는가 물어봐! 말하지 않으면 다 죽여 버려!"

소대장이 권총을 휘두르며 월남군에서 지원 나온 통역관에게 고함쳤다. 마을 가운데 모여 앉은 주민은 겨우 열명 남짓했다. 젊은 남자는 하나도 보이지 않고 늙은이 몇과 여자들, 그리고 어린아이들 뿐이었다. 한국군은 베트콩을 브이씨라고 불렀다.

"촌장 일어나! 브이씨 어디 있나? 말하지 않으면 다 죽인다!"

월남군 통역관이 늙은 촌장에게 소대장의 말을 전달했다. 촌장은 공포에 질려 손을 내저었다. 소대장은 권총 총구를 늙은이 이마에 갖다대고 고함쳤다.

"브이씨 어디 숨었어? 누가 저 숲에 부비트랩 설치했어? 너야? 네 아들이야?"

하얀 수염을 염소처럼 가늘게 기른 촌장은 모른다고 완강히 손을 저어대는 한편 살려달라고 양손을 합장하고 애처로운 표정을 지어 보였다. 평소에 한국군을 바라보던 무심하고 냉랭한 표정이 아니었다.

"웃지 말고 빨리 말해! 이 빨갱아!"

소대장은 권총을 들어 내리치려는 시늉을 하며 계속 소리를 쳐댔다. 월남 통역관은 그가 촌장을 쏴 버릴까봐 걱정이 되었는지 알아들을 수 없는 빠른 월남말로 촌장을 설득하려 했다. 그때였다.

"소대장님! 이것 보십시오!"

초가들을 수색하던 사병들이 끝이 뾰족한 대나무 몇 개를 들고 뛰어왔다. 월남 사람들이 신성하게 여겨 잡아먹지도 않는 검은 물소의 똥을 묻혀 함정 속에 거꾸로 꽂아놓는 죽창이었다. 몸무게가 실리면 단 번에 사람의 목숨을 끊을 수도 있는 위험한 무기였다. 물소 똥에는 독이 들어 있어 스치기만 해도 살이 썩는다는 말도 있었다.

"침상 밑에 숨겨져 있더라고요. 이것들 다 빨갱이에요. 처치해 버려요."

사병들이 날카로운 죽창을 쏟아놓자 소대장은 손을 번쩍 치켜 올리고 허공을 향해 권총을 잇달아 쏘았다.

"누구야? 저 집이 어떤 놈 집이야?"

맨 뒤에 앉아 있던 늙은이 하나가 당황한 얼굴로 주뼛거리더니 벌떡 일어나 숲을 향해 내닫기 시작했다. 웃통도 입지 않은 바싹 마른 늙은이였다.

"도망친다! 사격! 사격!"

소대장이 숲으로 뛰어든 늙은이를 향해 권총을 쏘아대며 외쳤다. 소대원들은 일제히 숲을 향해 총을 쏘아댔다. 상국도 언뜻 비치는 늙은이의 등을 향해 방아쇠를 당겼다. 늙은이가 엎어지는 듯 시야에서 사라졌다. 그러나 곧 풀숲이 다시 흔들렸다. 병사들이 총을 갈기며 뛰어갔다. 총성이 멈추었을 때, 숲은 더 이상 흔들리지 않았다. 사병 몇이 확인 사살하는 총성이 울렸다. 소대장은 부비트랩을 죽은 농부가 설치한 것으로 간주하고 베트콩 한 명을 사살한 것으로 전과 보고를 올렸다. 안 상병의 생명은 늙은이의 것과 바꿔치기 됨으로서 마무리되었다.

부대에 돌아오니 안 상병의 시신을 인수하기 위해 헬기가 와 있었다. 헬기는 모두 미군 소속이었기 때문에 중대마다 미군과 연락을 맡은 미군 사병이 한두 명씩 상주했다. 안 상병과 친했던 미군 사병 하나가 인간의 형체도 없이 한 무더기 살덩이가 된 시신 앞에 앉아 엉엉 울고 있었다. 커다란 체격에 주근깨가 모래알처럼 박힌 새하얀 얼굴의 백인은 한국군 동료들보다 더 구슬프게 울었다.

"두 달만 버티면 제대인데 저게 뭐꼬? 윤상국이, 이제 알긋나? 니가 쏘지 않으면 적이 널 죽인다는 거, 이제 알긋제?"

선임하사가 떠오르는 헬기를 바라보며 말했다. 상국이 목이 메어 대답을 하지 못하고 고개만 끄덕이는데 박하사가 등을 떠밀었다.

"야, 야, 뭘 구경해? 빨리 들어가 총기 수입하고 배식 준비해! 죽을 놈은 죽고 살 놈은 사는 거야."

상국은 안 상병의 시신을 실은 미군 헬기가 떠오르는 광경을 뒤로하고 박 하사를 따라갔다.

. . . . . .

전투는 계속되었다. 안 상병의 죽음이 있은 후 얼마 지나지
않아 연합군의 대대적인 합동작전이 벌어졌다. 호지명 루트라
부르던 안남산맥 중턱을 따라 내려온 월맹 정규군과 베트콩이
합류해 다낭의 미해병대 본부와 호이안 시내 한국해병대 여단
본부까지 기습하는 사태가 벌어지자 일제히 반격이 시작된 것
이었다. 포병의 지원사격과 전폭기들의 폭탄 투하로 온 사방의
밀림이 불타는 가운데 미군을 주력으로 월남군과 한국군이 대
규모 군사작전을 벌였다. 참빗으로 머리를 빗어 내리듯 두 개
사단 병력이 밀림을 샅샅이 훑기 시작했다.
    상국의 소대는 이번에도 안 상병이 사망한 마을 주변을 수
색하고 있었다. 그 주변에서 베트콩의 땅굴이 발견되었다는 정
보 때문이었다. 중대장은 부대원 전원에게 계급장을 떼게 했
다. 미군이나 월남군이 계급을 물으면 모두 하사관이라고 대답
하게 했다. 사병이라 해서 우습게 여기지 않도록 하기 위함이
었다. 계급장도 없는 병사들이 중무장을 하고 숲을 뒤집고 다
닐 때였다. '딱쿵!' 하는 한 방의 총성과 함께 무전병이 털썩
주저앉은 곳은 마을에서 100미터 가량 떨어진 곳이었다.
    "스나이핑이다! 엎드려!"
    소대원들은 일제히 바닥에 엎드렸다. 머리 위로 몇 발의 총
알이 피웅 하는 여운을 남기며 날아갔다. 미제 M1소총이 빵
소리를 내며 터지는데 반해 베트콩이나 월맹군의 아카보 소총
은 딱쿵 하며 길게 울렸기 때문에 멀리서 들어도 적인지 아군

인지 알 수 있었다. 무겁고 반동이 심한 M1소총에 비해 아카
보 소총은 가벼운 데다 명중률도 좋았다. 반짝거리는 다이아몬
드 계급장을 단 장교들과 무전기의 긴 안테나를 내놓고 다녀
야 하는 무전병이 제일 중요한 표적이 되었다.

"무전병이 당했다!"

무전병의 목줄기에서 선지피가 샘물처럼 솟구치고 있었다.

"소대는 설대형으로 전개하라! 넓게 퍼져!"

소대장이 외치며 달려왔다. 그러나 사방이 날카로운 가시덤
불이라 산개를 할 수가 없었다. 사병들은 몇 걸음 벌리지 못하
고 바짝 엎드린 채 사방을 두리번대기만 했다.

"어디냐? 어디서 날아온 거야?"

"두 시 방향입니다. 마을 쪽입니다."

마을 쪽에서 날아왔는지는 정확하지 않았으나 누군가 그렇
게 말했다. 또 다시 서너 방의 총알이 날아와 일병 하나가 쓰
러졌다. 허벅지를 맞아 피가 뿜어져 나왔다.

"사격! 사격!"

소대장은 권총을 쏘아대며 외쳤다. 사병들은 총알이 날아온
방향을 향해 일제히 사격을 가하기 시작했다. 소대장은 무전병
조수에게 무전기를 켜게 했다. 숲에서는 계속해서 총알이 날아
오고 있었다.

"백두산, 백두산! 당소 여대생, 여대생! 백두산 감 잡아라!
긴급보고다, 오버!"

"여대생, 여대생! 백두산 나왔다. 귀소 감도 양호! 상황 날려
라, 오버!"

"백두산, 백두산! 당소 여대생, 적 발견! 브이씨와 교전 중,
브이씨와 교전 중, 오버!"

"여대생, 여대생! 귀소 적 발견, 브이씨와 교전 중, 감 잡았다. 적 규모가 얼마냐, 포 지원하겠다. 화집점을 알려라!"

"백두산, 백두산! 당소 여대생, 피해상황 있다. 무전병 사망했다. 부상자 1 명! 긴급히 잠자리를 보내라. 오버!"

"여대생, 여대생! 귀소 피해 상황 발생! 잠자리 보내겠다. 현 위치 날려라. 바둑판 날려라! 오버!"

"백두산, 백두산! 당소 여대생, 현 위치는 HR 324 709 기점으로부터 동북방……"

땀에 범벅이 되어 정신없이 소리치던 소대장의 고함이 뚝 그쳤다. 날아온 총알이 그의 쇄골을 관통해버린 것이었다. 그는 말 한마디 못하고, 소리도 지르지 못한 채 절명해 버렸다. 쏟아진 물처럼 흘러내린 피가 바닥에 펼쳐진 작전지도를 적셨다.

"소대장님이 당했다!"

M60 사수가 외치며 숲을 향해 기관총을 퍼붓기 시작했다. 소대원들이 총알이 날아온 방향으로 화력을 집중하는 동안, 무전병 조수가 포대에 화집점을 불렀다. 몇 분 지나지 않아 무수히 날아온 포탄이 마을과 인근 수풀을 불바다로 만들었다. 병사들은 불타고 있는 마을을 향해 뱀이 풀숲을 헤쳐 나가듯 빠르게 다가갔다. 밀림의 다른 곳에서도 전투가 벌어져 중대 병력이 흩어진 상태였기 때문에 마을에 진입한 것은 상국의 소대뿐이었다. 소대원들이 마을 주변을 경계하는 가운데 불길에 휩싸인 마을에서 생존자들이 끌려나왔다. 지난번과 마찬가지로 늙은이 몇 명과 여자들, 그리고 네 명의 어린아이들이었다. 촌장은 이미 폭탄 파편에 맞은 채 불에 타 시커멓게 뒹굴고 있었다. 박 하사는 사람들을 포탄구덩이 속으로 밀어 넣게 하고

베트콩이 어디 있느냐고 다그쳤다. 겁에 질린 이들은 마구 손을 흔들거나 살려달라고 빌면서 모른다는 시늉을 했다. 통역관이 다른 소대에 가 있었기 때문에 이번에는 말도 통하지 않았다.

"아이들만 끌어내!"

박 하사의 명령에 어린애 넷이 포탄구덩이에서 끌려나왔다. 까만 눈과 도드라진 입술이 귀여운 여자아이가 겁에 질려 울부짖으며 끌려나왔다. 베트남 남자를 축소해 놓은 듯 까만 피부에 이마와 광대뼈가 앞으로 튀어나온 남자아이 둘과 영양실조에 걸린 듯 뼈만 앙상하니 머리카락이 듬성듬성한 서너 살짜리 아이까지 네 명이었다.

"빨리 말해! 아니면 애들을 다 죽인다!"

박 하사의 고함에 여자들은 비명을 지르며 통곡하기 시작했고 아이들도 울음을 터뜨렸다. 늙은이들은 양손을 싹싹 비비며 살려달라고 애원했고, 아이 엄마들이 아이들을 찾으려고 구덩이에서 나오려 했다. 그때, 어디선가 날아온 서너 발의 총알이 흙먼지를 날리며 박혔다.

"엎드려!"

박 하사가 외치며 엎드리는 것과 거의 동시에, 병사들의 총구에서 불똥이 튀기 시작했다. 누구의 손에서 먼저 수류탄이 날아갔는지 알 수 없었다. 소대원들이 숲을 향해 총을 쏘는 사이 수류탄 한 개가 포탄구덩이로 날아들어 폭발했고 이어 사병들의 총구도 그곳을 향했다. 상국도 포탄구덩이를 향해 방아쇠를 당겼다. 분명 총알은 숲에서 날아왔다. 설사 마을 사람 중에 베트콩이 있더라도 자기 집에 숨어 총을 쏠 리도 없었다. 그러나 병사들의 총탄은 마을 사람들을 향해 날아갔다. 보이지 않는 적 대신 그들의 가족, 아니면 그들의 민족을 향해 날아갔다. 상국도 정신없이 방아쇠를 당겨댔다. 돌이키기에는 이미 늦어 있었다. 병사들은 서로 아무 말도 나누지 않았지만 마을 사람이 한 명이라도 살아남는다면 민간인 학살로 고소되어 문제가 되리라는 것을 잘 알고 있었다. 수류탄에 맞아 피투성이가 된 상체를 들어올리던 여자가 가슴에 총을 맞고 뒤로 넘어가고, 머리가 터지거나 팔이 잘린 채 꿈틀대며 기어 나오던 다른 이들도 총알구멍이 나며 엎어졌다. 탄창이 빈 상국은 수류탄을 까 던졌다. 뒤이어 몇 개의 수류탄이 더 날아들어 포탄구덩이 속은 살덩이들로 엉망이 되어버렸다. 움푹한 바닥에는 검붉은 피가 고여 들었다. 숲을 향한 사격도 계속되었다. 기관총과 유탄발사기까지 무수한 실탄이 날아 야자수와 대나무 줄기들을 날려 총알이 날아왔던 수풀 쪽은 갈퀴로 긁어낸 듯 훤해졌다. 아카보 총성은 더 이상 들리지 않게 되었다.

"이것들도 다 죽여! 키워 봐야 베트콩이 될 놈들이야!"

숲으로부터의 저격이 멈추고 아군 피해가 없음을 확인한 뒤에 누군가 말했다. 아이들은 공포에 질려 목 놓아 울고 있었다.

"우물 속에 집어넣고 수류탄 던져 버려!"

박 하사가 소리쳤지만 누구도 선뜻 아이들을 우물에 집어넣지는 못했다. 그때 중대장과 함께 선임하사가 나타났다. 선임하사는 포탄구덩이를 들여다보며 인상을 찌푸렸다.

"다 죽여쁘나? 아이다. 저기 하나 살았구나."

조각난 시신들 틈에 아직도 살아 움직이는 손목이 보였다.

"확실히 해라!"

중대장이 말했다. 사병 하나가 다가가 확인사살을 했다.

"아이들은 어떻게 할까요?"

누군가의 물음에 선임하사가 중대장을 바라보았다. 중대장은 얼굴을 찡그리며 우는 아이들을 바라보더니 내키지 않는 얼굴로 말했다.

"후송해. 선임하사, 불도저 지원 요청해."

아이들이 후송되었는지, 중간에 죽었는지는 확인되지 않았다. 아무도 그런 것에 관심을 두지 않았다. 이틀 후 작전이 끝나고 내무반에 잠이 들었을 때 다른 소대에서 어린아이들을 우물 속에 던져 넣고 수류탄을 터뜨렸다는 이야기를 나누는 걸 들었지만, 그것이 상국의 소대가 넘긴 아이들이었는지, 아니면 또 다른 아이들이었는지 알 수 없었다. 잠결인 데다가 물어보고 싶지도 않았다.

시신으로 범벅이 된 포탄구덩이 근방에서 점심을 먹고 담배를 피우며 쉬고 있으려니 미군 불도저가 나타났다. 거대한 불도저는 시신과 집을 구별하지 않고 마을을 깡그리 밀어대기 시작했다. 포격을 모면하고 남았던 집들이 가볍게 부서져 바닥에 깔리고, 불탄 집들과 뒤섞였다. 불도저는 피와 살덩이가 뒤엉킨 포탄구덩이도 깔끔히 메워버렸다.

오후에는 쌍발 비행기들이 나타나 하얀 약물을 뿌렸다. 네 대의 비행기들은 나란히 줄지어 낮게 날며 베트콩이 숨은 수풀에 산불 끄듯 뽀얗게 약물을 뿌려대고 사라졌다가 얼마 후 다시 나타나 숲이 흠뻑 젖도록 살포하기를 되풀이했다. 비행기가 지나간 자리는 한바탕 비가 쏟아져 내린 것처럼 젖었다. 나무까지 죽이는 강력한 제초제임은 확실했으나 그 약의 이름이 정확하게 뭔지, 어느 정도 강력한 독성을 가지고 있는지, 사병들은 잘 알지 못했다. 약이 든 드럼통에 오렌지 색 띠가 칠해졌다 해서 에이전트오렌지라고 부르는 정도였다. 색깔도 없고 냄새도 없었지만 뿌린 지 하루만 지나면 그 두텁고 넓은 야자수 잎까지 모조리 노랗게 말라버렸다. 수확을 마치고 줄거리만 남은 담배밭처럼 굵은 기둥만 남고 말라 비틀어져 세상이 전부 누렇게 보였다. 사병들은 제초제니 식물만 죽이겠지 생각했다. 비행기는 한국군 병사들이 이동하고 있는 머리 위에도 비 오듯 약물을 퍼부었다. 위험한 약이니 접근하지 말라는 교육을 받은 적도 없었다. 더위에 지친 사병 중에는 일부러 비행기 밑으로 들어가 비처럼 쏟아지는 약을 맞는 이도 있었고 모기에 물리지 않는다고 비행기 아래로 뛰어다니는 사병도 있었다. 상국도 다른 사병들과 마찬가지로 비처럼 쏟아지는 약물 아래 뛰어들어 얼굴과 몸이 흠뻑 젖도록 맞았다. 그리고 방금 약이 뿌려진 개울물을 수통에 담아 소독알약 몇 개만 넣어 양쪽 허리에 찼다.

미군들은 베트콩의 저항이 심한 지역에는 가스까지 살포했다. 에이전트오렌지를 뿌릴 때와 달리 가스가 살포된 지역에는 들어가지 못하게 했다. 한국군이 근처에 대기한 가운데 미군 비행기가 하얀 가스를 한참이나 뿌리고 다녔다. 살포가 끝난 후 곧장 공격이 시작되었다. 매캐한 냄새와 함께 나뭇잎만 스쳐도 가려웠다. 가스가 가라앉은 지역에는 총상도 입지 않은 채 입가에 거품을 물고 죽은 베트콩 시체가 발견되었다. 시체를 끌어 모으는 손도 따갑고 가려웠다. 중대장은 시신의 사진을 찍고 소각하도록 지시했다. 화염방사기의 불꽃 속에 벌거벗은 시신이 새까맣게 타들어갔다. 병사들은 손과 얼굴에 묻은 매운 가스를 씻어내지도 못한 채 도주한 베트콩들을 추적했다.

포병 대대의 집중 포격을 받은 마을은 수색을 할 필요도 없었다. 40호쯤 되는 마을 하나가 완전히 초토화되어 있었다. 상국의 중대가 진입했을 때 마을에는 살아 있는 생물은 하나도 없었다. 온 마을이 피바다였다. 피신하지 못한 주민들은 자신들이 키우던 짐승들과 함께 산산조각 나 흩어졌다. 닭인지 돼지인지 소인지 사람인지 알아 볼 수 없는 붉은 살덩이와 뼈들만 널려 있었다. 중대는 마을을 비켜 지나갔고, 뒤따라온 미군 불도저가 깡그리 밀어 흔적을 지워 버렸다.

다음날도 소탕전은 계속되었다. 전날 뿌린 에이전트오렌지에 마을 주변 드넓은 숲은 풀 한 포기 살아남지 않은 누런 죽음의 땅으로 변해 있었다. 수풀에 몸을 숨길 수 없게 된 베트콩들은 모두 땅을 파고 기어 들어가 있었다. 그들은 쪼그려 앉을 만한 구덩이를 파고 그 위에 누렇게 마른풀과 나뭇가지를 덮고 숨어 사격을 해왔다. 땅속에 숨으면 포격도 소용없었다. 미군 불도저를 이용한 몰살 작전이 시작되었다. 총알이 날아온 지역을 거대한 불도저를 앞세워 밀고 들어가는 것이었다. 삽날을 땅에 깊숙이 박은 불도저가 밀고 나가면 목이나 가슴이 잘린 베트콩들의 시체가 널려 있었다. 때로는 깊고 복잡한 구덩이의 입구나 공기구멍이 드러나기도 했다.

중대원들은 불도저 뒤를 따라가면서 드러난 굴속에 수류탄을 던져 넣거나 최루탄을 까 던졌다. 빨간색이나 파란색 깡통에 담긴 최루탄을 던져 넣으면 붉은 연기가 굴속으로 퍼져 나가고, 밀림 여기저기서 피어올랐다. 굴속에 숨어있던 이들은 코밑에 붉은 가루를 묻힌 채 콜록거리며 올라왔다. 병사들은 연기가 새어나오는 토굴 입구를 지키다가 올라오는 대로 사살해 버리거나 수류탄을 굴려 넣었다. 큰 굴에서는 여자와 노인도 나왔지만 구별 없이 죽였다. 베트콩이 어린애를 앞세워 나오며 총을 난사하기도 했기 때문에 어린아이들도 예외 없이 쏴야 했다. 토굴에 숨어있던 이들은 누구나 베트콩으로 간주되었다. 갓 낳은 어린애라도 마찬가지였다.

상국도 굴속에서 올라오던 늙은이 하나와 그가 안고 있던 어린애를 쏘아 죽였다. 땀으로 눈을 뜨기도 힘든 상태에서 파란 가스와 함께 불쑥 올라온 것이 어린아이인 줄은 몰랐다. 가까운 거리였기 때문에 어린애의 가슴을 관통한 총알이 늙은이의 얼굴에 박혀 있었다. 세살 쯤 된 아이의 벗은 하체에 조그마한 고추가 달려있었다. 양키들의 잘 익은 가지만한 물건이 아니라, 동양인의 작고 귀여운 고추였다. 기분이 조금 나빠졌지만 가책은 들지 않았다. 아이였음을 미리 알았다 해도 마찬가지로 총을 쏘았을 것이었다. 그는 군화발로 할머니와 아이의 시신을 구덩이에 밀어 넣고 수류탄을 까 던졌다.

온종일 수색과 사살이 계속되었다. 이날 작전을 통해 상국의 중대는 육십 명이 넘는 베트콩을 죽였다. 아군의 피해는 경미한 부상자 둘 뿐이었다. 전투라기보다 사냥이었다. 소총과 소형 박격포가 무기의 전부인 베트콩들은 무한정 지원되는 야포 사격과 비행기의 폭격 앞에 무기력하게 달아나기만 했다. 엽총을 들고 포위망을 좁히는 사냥꾼 무리 앞에 이리저리 도망치는 들짐승처럼, 뿔뿔이 흩어져 달아나다가 사살되었다.

저녁 무렵, 강가에 마련된 숙영지에서 월남 공수부대원들이 베트콩 포로를 심문하는 광경을 목격했다. 이십여 명 정도의 남녀 포로가 완전한 알몸으로 철사에 묶인 채 무릎 꿇려 있었다. 월남군 공수부대 일개 중대가 베트콩의 협공에 걸려 괴멸되었다고 했다. 월남군은 그 복수를 하기 위해 포로들을 고문한 다음 차례로 죽이는 중이었다. 상국의 소대가 도착했을 때, 이미 고문은 끝나고 하나씩 끌어내어 즉결처형이 시작되고 있었다. 집단 강간을 당한 음부에 또다시 가혹한 고문을 당한 여자들은 하복부에서 심하게 피가 흘러내려 앉은 자리마다 피가 흥건했다. 월남군은 죽음을 기다리는 다른 포로들이 지켜보는 가운데 한 명씩 앞으로 끌고 나와 나무에 매달아 교수형을 시키고 있었다. 그들은 목이 묶여 매달린 베트콩이 숨이 끊어지기도 전에 칼로 배를 갈라 내장을 쏟게 하거나 욕설을 퍼부으며 난도질을 해서 피투성이로 만들었다. 한 여자는 산 채로 양쪽 젖가슴이 잘렸다. 봉긋한 젖가슴이 있던 자리에는 구더기가 꼬인 것처럼 흰 유선이 엉켜있는 검붉은 살이 드러났다. 비명과 절규가 계속되었지만 그들은 낄낄대며 담배를 피웠고 한쪽에서는 미군들이 맥주를 마시며 구경하고 있었다. 가끔씩 눈살을 찌푸리기도 하고 폭소를 터뜨리기도 하면서 지켜보고 있었다.

상국은 침을 뱉고 돌아서고 말았다. 나중에 끝까지 보고 온 일등병이 말해주었다. 맥주를 마시며 구경하던 백인 미군이 포로 하나만 달라고 하더니 카메라 앞에 끌고 가서 목을 베는 장면을 차례로 찍게 했다. 깡마른 베트콩은 비명을 지르며 저항했지만 이내 목이 잘려 피를 쏟았고, 미군은 베트콩의 머리통을 들어올린 자세로 환히 웃으며 기념사진을 찍었다. 다른 미군들도 그 장면을 보며 웃었다. 모두가 미쳐 있었다.

미친 것은 베트콩도 마찬가지였다. 다음날 한 떼의 베트콩을 추격해 사살하고 현장을 확인하는데, 월남군 포로 몇이 함께 죽어 있었다. 월남 공수부대원들은 철사로 코가 꿰뚫려 굴비처럼 이어져 있었다. 철사로 산 사람의 코를 꿰어 끌고 다녔던 것이다. 베트콩들은 포로로 잡은 월남공수부대원 하나를 갈가리 찢어 야자나무에 매달아 놓기도 했다.

이날 상국은 처음으로 강간에 참가했다. 한 마을에서 아래위로 까만 아오바바를 입은 베트콩 처녀를 생포했다. 분대장 박하사가 먼저 강간을 했고 고참 순서대로 분대원 전원이 윤간을 했다. 졸병인 상국이 맨 마지막으로 들어갔을 때, 처녀는 눈물에 범벅이 된 채로, 기진해 누워 있었다. 반항하다가 총 개머리판으로 맞은 이마에서는 아직도 피가 흘러내리고 있었다.

"빨리 하고 나와! 철수해야 돼."

문이 없어 안이 훤히 들여다보이는 풀집이었다. 마당에서는 볼일을 마친 고참들이 담배를 피우며 들여다보고 있었다. 도저히 성욕이 일어나지를 않았다. 상국은 탄띠를 풀다말고 말했다.

"아무래도 전 못하겠는데요."

그러자 상병 하나가 나무 벽을 걷어차며 소리쳤다.

"이 자식 또 시작이다! 전우는 같이 죽고 같이 사는 거야. 뭐든지 함께 한다, 똑같이 안 하는 놈은 반역자야! 빨리 하지 못해?"

반항할 힘도 잃은 여자는 눈을 감은 채 기절한 듯했다. 상국은 바지를 내리고 여자 위에 엎드렸다. 그러나 여전히 욕구는 일지 않았다. 월남인 중에는 겨드랑이에서 암내가 나는 이가 많았다. 여자의 몸에서 올라오는 암내와 피비린내가 역겨워서 엎드려 있기도 고통스러웠다. 더군다나 여자가 누운 바로 위편 제단 아래에는 조그마한 체구의 노파가 죽어 엎여져 있었다. 노파에게서 흘러내린 검붉은 피가 흙바닥에 흥건했다. 고구마를 먹고 있던 모양으로 깨물어 먹다만 고구마가 떨어져 있었다. 땅에 처박혀 보이지 않지만 노파의 입에는 아직도 고구마가 가득한 지도 몰랐다. 구역질이 올라왔다. 더 참을 수가 없었다. 그는 축 늘어진 여자의 몸 위에 하체를 움직이는 시늉만 몇 차례하고 바지를 올렸다.

상국이 밖으로 나와 몇 걸음 가기도 전에 총소리가 났고 이어 화염방사기가 발사되었다. 초가집은 불길에 휩싸였다. 그리고 얼마 후 나타난 불도저가 요란한 엔진소리를 내며 집의 흔적까지 뭉개 버렸다. 타다 남은 기둥뿌리와 검게 그을려 시신인지 나무토막인지도 알 수 없는 것들이 불도저 트랙에 말려 들어가 버렸다. 탱크와 불도저 트랙에 사람이 말려 들어가면 살은 으깨져 없어지고 머리카락만 엉켜 붙어 좀처럼 떨어지지 않았다. 운전병들은 장비를 강물 속에 밀어 넣어 그것들을 씻어냈다.

직접 총을 쏘다가 잡힌 여자 베트콩도 있지만 대개는 보급병이라고 했다. 농사를 지어 식량을 대거나 미군이나 한국군과 사귀어 물자를 얻어 보급하는 일을 했다. 호지명 루트를 따라 내려온 하노이 정규군에게 길을 안내하는 일을 하다가 잡히거나 부상자를 간호하다 잡힌 경우도 있었다. 전투가 끝난 후 베트콩 시체를 묻어주고 부상자를 돌보는 일도 여자 베트콩들의 임무였다. 전투가 벌어졌던 곳에 매복해 있으면 여자 베트콩들이 나타나서 총이나 탄알을 주워 가는 걸 잡을 수 있었다.

어느 나라든 병사들은 아군의 시신을 수습하는 일에 집착했다. 미군들의 시체 위에는 또 다른 미군이 엎어져 있는 경우가 많았는데, 전투가 끝난 후 미군이 반드시 시체를 찾으러 온다는 사실을 알고 있는 베트콩들이 매복해 있다가 저격을 하기 때문이었다. 어떤 경우는 세 명의 미군이 차례로 엎어져 죽은 현장이 발견되기도 했다. 베트콩도 마찬가지였다. 마을에서 한바탕 전투가 벌어지고 나면 누군가 밤에 나타나 시체를 훔쳐 갔다. 바닥에 널려 썩어 가는 시체들이 밤마다 몇 구씩 없어졌다. 확인해보면 근처 숲에 시신이 누운 위에 흙만 덮은 작은 무덤이 만들어져 있곤 했다. 그런 일은 주로 여자 베트콩들의 몫이었다.

부대에서 멀지 않은 밀림에서 전투가 벌어진 다음 날, 매복 중에 숲에서 나온 두 여자를 잡은 적도 있었다. 몹시 비가 퍼붓는 오전이었다. 이십대 후반으로 보이는 젊은 여자와 오십이 넘어 보이는 노파가 비를 흠뻑 맞으며 끌려왔다. 박 하사는 일단 두 여자를 빗물이 질펀대는 땅바닥에 무릎꿇려 놓고 소지품을 내놓게 했다. 시신을 묻기 위해 들고 온 삽 외에 아무 것도 없었다. 노파가 뭐라고 말을 하는데 알아들을 수 없던 박 하사가 소대에서 가장 월남어를 잘하는 상국에게 통역을 시켰다. 노파는 아들을 찾으러 왔다고 했다. 그 이상은 알아들을 수가 없었다.

젊은 여자가 비에 젖어 몹시 떠는 모습이 애처로웠다. 상국이 말없이 판초우의를 덮어주었다. 여자는 그를 올려다보며 희미하게 웃었다. 어쩌면 그 미소가 그 얼굴에서 피어나는 마지막 미소일 거라는 생각이 들었다. 한국군 사이에는 월남군도 믿을 수 없다는 인식이 있었다. 포로를 잡아 수용소에 보내면 베트콩과 내통하거나 부패한 월남군이 그들을 다시 밀림으로 돌려보낸다는 말이 있었다. 살려 후송해봐야 다시 총을 들고 나타난다는 생각에 대개 포로들을 그 자리에서 사살해버렸다. 운 좋게 살아 후송된다고 해도 월남 정보부에 넘겨지면 죽음보다도 잔혹한 고문을 당한다고 했다. 베트콩 시신을 묻기 위해 왔다가 잡힌 두 여인의 운명은 더 이상 좋아질 수는 없을 것이었다.

소대장은 베트콩 용의자 둘을 잡았다고 무전을 쳤고, 두 여

자는 곧장 부대로 끌려갔다. 저녁에 들어가 보니 벌써 어디론
가 호송되어 없었다. 죽이지 않은 것만은 확실했다. 선임하사
가 말했다.

"베트콩 중에는 말이다, 오십 살이 넘은 늙은 여자도 많다.
미군이 들어오기 전에 프랑스 식민지 시절부터 독립운동을 하
던 여자들이다. 그 할망구들 진짜 독종이다. 그 여자들은 직접
총을 들고 프랑스군과 싸웠다카드라. 마지막 전투에서는 프랑
스군 만 오천 명이 완전히 몰살당해가꼬, 두 손 두 발 다 들고
철수했다 안카나. 오늘 잡혀간 할망구도 월남 아이들이 한 바
탕 쥐어짜면 다 불거다. 베트콩 묻어 주러 온 빨갱이들이 틀림
없다니까."

전투병인 상국은 포로들이 끌려가 어떻게 처리되는가는 볼
기회가 없었다. 하지만 두 여자의 운명을 추측하기보다는 잊어
버리는 게 낫다는 정도는 알았다. 전투는 계속되었고, 그는 지
나온 시절을 모두 망각해버렸다. 금평리 황금들판도, 고모도
잊었다. 오로지 살아남아야 한다는 의식만으로 하루하루를 보
냈다. 그렇게 몇 달이 흘러갔다.

· · · · · ·

전투에 투입된 지 반 년이 지나 우기가 시작되었을 때였다.
며칠째 내린 비로 온 세상이 흠뻑 젖은 데다 또다시 비가 오
려는 듯 하늘이 우중충한 점심시간이었다. 중대본부에 올라갔
다 온 고참들이 고함을 쳤다.

"윤상국이 동기들! 야전삽 지참하고 단독군장으로 집합해
라."

처음 배치될 때 다섯이던 동기가 이제는 셋으로 줄어 있었다. 하나는 작전 나갔다가 총을 맞아 즉사했고 하나는 불구가 되어 본국으로 송환되었다. 대신 본국에서 새로 온 신병들이 배속되어 있었다.

"이것들 좀 처리하고 온나."

고참들은 세 명의 베트콩을 끌고 내려오고 있었다. 베트콩들은 상체가 벗겨진 채 반바지만 입었는데 노끈으로 양팔 어깨와 팔목을 묶은 후 목을 감아 세 명을 나란히 연결시켜 놓았다. 스무 살 안팎의 앳된 젊은이 둘과 사십은 되어 보이는 중년이었다. 중년 베트콩은 허벅지에 총알이 스쳐 찰과상을 입었으나 소독약만 발라주었을 뿐 제대로 치료를 받지 못해 절뚝거리고 있었다. 두 사람은 쑥 들어간 눈과 납작한 코와 무표정함이 전형적인 월족이었으나 젊은이 하나는 중국인 피를 받은 듯 체구가 크고 얼굴도 컸다. 앞으로 약간 두드러져 보이는 큰 눈과 곧게 선 콧날이 귀한 인상을 주었다.

"칼바위까지 나가서 해치워라. 썩은 냄새 나지 않도록 확실히 해라."

고참이 목을 묶은 끈을 건네왔다. 이틀 전 수색 나갔다가 잡아온 베트콩 용의자들이었다. 무기를 함께 발견하지 못해 정확하게 이들이 베트콩이라는 증거는 없었으나 부대 주변에 어슬렁거렸다는 이유만으로도 혐의를 벗을 길이 없었다. 문제는 폭우였다. 이들을 정보대에 넘기려면 헬기가 와야 했는데 연일 계속된 비 때문에 미군들이 움직여 주지를 않는 것이었다. 세 명이나 되는 포로를 잡아 놓고 보니 이들을 감시하느라 야간 근무조를 추가로 편성해야 했다. 사병들은 공연히 산 채로 잡아오는 바람에 잠도 못 자게 됐다고 불평하기 시작했다. 포로

수용소로 넘겨 봤자 월남군이 돈 받고 풀어줄 텐데 우리가 뭣하러 고생하느냐고도 했다. 결국 고참 몇이 중대본부에 올라가 언제 헬기를 기다리냐고, 우리도 잠을 자야 할 것 아니냐고 떠들어댔고, 중대장은 모르는 척 한 마디도 대꾸를 하지 않았다. 선임하사가 대신 말했다. 너희들이 잡아왔으니 너희들이 알아서 하라고.

노끈을 쥔 동기가 앞장서고, 상국은 뒤에서 총으로 등을 쿡쿡 쑤시면서 부대 정문에서 100미터쯤 떨어진 바위 밑으로 셋을 끌고 갔다. 큰 바위 두 개가 서로 기대있는 모양의 바위 아래 몇 명이 설만한 공간이 있었다. 가끔씩 잡아오는 베트콩을 처치하는 장소였다. 민간인들이 올라오지 못하는 곳이라서 시체가 발견되어 말썽이 일어날 소지도 없었다. 바위 아래 모래밭이 넓어 시체를 묻기에도 좋았다. 이미 몇 구의 시체가 그곳에 묻혀 있었다. 상국 일행은 베트콩 한 명에게 야전삽을 던져주고 새벽에 내린 비가 축축한 모래흙을 파게 했다.

"한 사람이 하나씩 맡는 거다. 키 큰 상국이 네가 제일 큰놈을 맡아라."

세 명의 베트콩이 구덩이 앞에 무릎 꿇려 앉혀졌다. 똥 냄새가 났다. 그중 한 명이 공포를 이기지 못해 앉은 채로 똥을 싼 것이었다. 오줌까지 흥건했다. 상국은 그들의 눈에 천을 가리게 했다. 눈을 뜨고 바라보는 이를 죽이고 싶지는 않았다. 베트콩들은 하얗게 질린 얼굴로 부들거리고 있었으나 살려달라고 애원하지는 않았다. 베트콩들은 남자나 여자나 다 그랬다. 죽음을 맞는 태도만 보아도 그들이 베트콩임은 확실했다.

"빨리 해치우고 가서 밥 먹자."

동기 하나가 말하며, 나이 든 베트콩의 이마에 월남도끼를 내리쳤다. 퍽 하고 수박 터지는 것 같은 소리와 함께 피가 뿜어져 올라왔다. 허연 뇌를 드러낸 채 옆으로 쓰러진 베트콩은 개구리처럼 몸을 쭉 뻗고 다리를 떨며 죽어갔다. 허옇게 눈동자가 뒤집어진 눈에서 눈물처럼 붉은 피가 흘러 내렸다. 피눈물이었다.

"에이 재수없게시리!"

동기는 투덜대며 자기 군복에 묻은 피를 털어냈다. 다음 차례는 상국이었다. 상국은 탄띠에 찬 도끼를 뽑아 들었다. 땔감을 위해 장작을 패야하는 한국 도끼와 달리 밀림의 풀을 제거하기 위한 월남도끼는 날이 가볍고 납작했다. 그는 도끼를 만지작거리다가 다시 허리에 찼다.

"난 총으로 한다."

손에 피를 묻히기 싫었다. 아주 짧은 순간, 한 방에 쏘아 죽이는 게 죽은 이를 도와주는 길이라는 생각도 했다. 그는 삼 미터쯤 떨어져 젊은 베트콩의 머리를 겨냥한 다음 방아쇠를 당겼다. 그런데 깔끔히 끝나리라는 생각과 달리 총알을 맞은 머리통이 산탄총에 맞은 것처럼 파열하면서 뇌수가 사방에 날렸다. 피 묻은 허연 뇌 조각들이 그의 얼굴과 상의에 뿌려졌다. 미지근한 것이 묻은 것 같아 얼굴을 문지르니 허연 골과 함께 뼈 가루가 묻어났다. 동기들이 낄낄거리며 웃었다.

"깨끗한 척 하더니, 그것 봐라. 도끼가 더 낫다니까!"

남은 동기가 월남도끼를 치켜 올렸다. 똥을 싼 베트콩이었다. 얼굴도 눈물로 범벅이 되어 있었다. 입으로는 무언가 쉴새 없이 중얼거리고 있었는데 죽음을 앞둔 기도 같았다. 퍽 소리와 함께 중얼거림이 멈추었다. 베트콩이 파놓은 구덩이에 시체들을 밀어 넣고 대충 모래로 덮었다. 엷게 덮인 모래 위로 피가 배어 올라왔다. 또다시 몰려온 먹구름이 사방을 깜깜하게 덮어왔다.

비가 오기 전에 서둘러 부대에 돌아오니 한창 밥을 먹는 중이었다. 분대별로 통조림과 밥을 넣고 끓인 죽을 받아와 나눠먹고 있었다. 세 사람은 손에 묻은 피만 씻어내고 곧장 수저를 들었다. 상국도 옷과 얼굴에 아직 마르지도 않은 뇌수와 피를 그대로 묻힌 채 자리에 앉았다. 배가 몹시 고팠다. 열심히 밥을 퍼먹고 있을 때였다. 마주 앉아 밥을 먹던 김 병장이 수저질을 멈추더니 물끄러미 그를 바라보다가 눈이 마주치자 무심히 말했다.

"윤상국이, 옷이 그게 뭐냐? 옷이나 좀 갈아입고 밥 먹지 그래?"

상국은 그제서야 자신의 군복을 내려다보았다. 가슴이며 어깨부분에 피와 뇌수로 얼룩이 져서 역한 비린내를 풍기고 있었다. 손가락으로 허연 덩어리 하나를 문지르자 피와 뇌가 물감처럼 묻어났다. 갑자기 명치 부근에서 시작된 구역질이 목까지 치밀고 올라왔다. 뿜어져 나오려는 구토를 참느라 눈물이 핑 돌았다. 그는 수저를 놓고 내무반 뒤편으로 뛰어 올라가 구역질을 시작했다. 방금 먹은 죽이 쏟아져 나와 고깃덩이와 함께 허옇게 흘러내리는 것을 보고 또다시 구역질을 했다. 얼마나 토했는지 눈물과 땀이 범벅이 되어 눈을 뜰 수가 없었다. 구토를 하느라 울렁이던 가슴에서부터 울음이 터져 나왔다. 소리를 내지 않으려고 주먹으로 입을 누르는데 도저히 참을 수 없는 신음이 목젖을 타고 흘러나왔다. 자신이 지금 어떤 인간이 되어 있는지, 6개월 만에 어떻게 변해 버렸는지 생각하니 눈물을 참을 수가 없었다. 살아있는 인간을 무참히 죽이고도 그 피를 뒤집어쓴 채 게걸스레 밥을 먹을 수 있는 자기 자신에 대한 역겨움을 견딜 수 없었다. 어쩌다가 이렇게 잔인하고 무감각한 인간이 되어 버렸는지, 원래 자신의 모습은 어떠했는지, 본래부터 자기가 이렇게 나쁜 놈인 건 아닌지, 자신에 대한 혐오로 견딜 수 없었다. 그는 남이 보지 않게 한참이나 숨죽여 울다가 내려왔다.

다음날도 아침나절에 비가 내렸다. 부슬거리는 빗속에서도 순서가 된 병사들은 판초를 뒤집어쓰고 수색에 나갔고, 비번인 병사들은 참호 속에 갇혀 잠을 자거나 카드놀이들을 하고 있었다. 상국은 전날의 우울함이 가라앉지를 않아 다른 이들과 어울리지 않고 잠자듯 누워 있었다.

"윤 상병님! 위병소에서 내려오랍니다. 통역을 하라는데요?"

졸병의 말에 억지로 일어나 교통호를 따라 내려갔다. 바리케이트 앞에는 처음 보는 베트남 노파 한 사람이 가랑비를 맞으며 서 있었다. 위병소를 지키던 고참이 등을 떠밀었다.

"아까부터 와서 뭐라고 떠들어대는데 알아들을 수가 있어야지. 네가 말 좀 걸어 봐."

노파에게 다가가는데 이상한 기분이 그를 께름칙하게 했다. 어디선가 본 것 같은 노파의 얼굴 때문이었다. 하얗게 센 머리칼과 허름한 검정 아오바바가 흠뻑 젖어 있었다. 얼굴만큼이나 쪼글쪼글한 손에는 나뭇잎으로 덮은 사기그릇이 들려 있었다. 약탕기 같은 사기그릇에 짚으로 손잡이를 만들어 단 월남 그릇이었다. 노파는 그를 보자 품에서 사진 한 장을 꺼내 내밀었다. 중국인처럼 생긴, 어제 자신이 죽인 젊은 베트콩의 사진이었다. 환하게 웃고 있는 얼굴 위로 이슬처럼 빗방울이 떨어졌다. 빗물에 젖은 노파의 얼굴에도 그 젊은이의 인상이 필름이 겹치듯 투영되어 있었다. 노파는 자기 아들이 여기 잡혀갔으니 보게 해달라고 말하고 있었다.

갑자기 온몸이 오슬거리기 시작했다. 자대 영창에서 하룻밤을 보내고 말라리아에 걸렸을 때처럼 온몸에 소름이 끼치고 열기가 빠져나가는 불쾌한 기분이었다. 노파는 제발 아들을 보게 해달라고 하소연을 하면서 죽 그릇을 내밀었다. 그는 자기도 모르게 뒤로 한 발 물러나며 손을 감췄다.

"할머니! 할머니 아들은 헬기 타고 갔어요."

겨우 한 마디 했으나 노파는 고개를 저었다. 그녀는 비가 내리는 하늘을 가리키며 헬기가 뜬 적이 없다고 말하는 것이었다. 아들이 잡혀간 후로 부대 주변에서 줄곧 지켜보았음에 틀림없었다. 상국은 마지못해 손을 내밀어 죽 그릇을 받아들었다. 노파의 얼굴에 비로소 웃음이 떠올랐다. 죽 그릇은 미지근하게 식어 있었다. 그녀는 나무젓가락을 챙겨주며 그의 손등을 두드려주었다. 그는 갖다 줄 테니 돌아가라고 손짓을 해보였다. 그러나 노파는 가지 않고 기다리겠다며 위병소 지붕 가장이에 붙어 서 있는 것이었다. 하얀 폭우가 쏟아지는 숲을 바라보고 앉은 노파의 얼굴에 만족스러움이 피어났다.

죽 그릇을 들고 사람이 없는 내무반 뒤로 올라갔다. 난감했다. 나뭇잎을 들춰보니 고기 같은 것에 쌀을 넣어 끓인 죽이었다. 비위 상하는 고약한 냄새가 났다. 월남 사람들이 좋아하는 생선젓갈이 들어간 데다 비릿한 향내가 나는 향초를 썰어 넣은 탓이었다. 월남 사람들은 집집마다 밑에 구멍이 난 항아리에 생선을 담아 놓았다. 생선이 썩으면 구멍으로 젓국이 흘러내렸다. 시체 썩는 것 같은 역겨운 냄새가 났지만 빵을 구멍에 대고 적셔 먹기도 하고, 음식에도 넣어 먹었다. 향초는 젓갈보다 더 참기 힘든 비릿한 냄새를 냈다. 안전마을에 수색을 나가면 주민들이 쌀국수나 생선튀김 같은 음식을 해주기도 하는데, 국수국물이나 간장에 그것들을 넣어주기 때문에 냄새도 맡기 힘들었다. 고참 중에는 젓갈과 향초에 익숙해져서 부대 안에서 꿀꿀이죽을 끓일 때 넣어 먹기도 했지만 상국은 썩는 냄새를 참아낼 수가 없었다. 내무반 벙커 뒤 변기통에 죽을 조금씩 쏟아내기 시작했다. 사람이 먹은 것처럼 보이기 위해 젓가락으로 조금씩 긁어 내버리다가 포로로 잡힌 사람이 너무 깨끗이 먹었다면 도리어 의심할 것 같아 조금 남겨 두었다.

일부러 시간을 끌어 한참 후 위병소에 돌아가 보니 노파 곁에 여섯 살과 일곱 살쯤 되어 보이는 아이 둘이 울면서 할머니의 양손을 붙잡고 서 있었다. 얼굴 생김으로 보아 죽은 이의 아들들인 듯 했다. 비가 많이 오기 시작할 때였다. 쏟아지는 비를 맞으며 울고 서 있는 아이들을 보자 또 다시 가슴이 꽉 막혀왔다. 떨리는 손으로 죽 그릇을 내밀었다. 노파는 죽이 약간 남은 것을 확인하고는 갑자기 땅바닥에 털썩 주저앉아 울기 시작했다. 두 아이도 할머니를 끌어안고 더욱 슬프게 울기 시작했다. 왜 우는지 알 수 없었다. 위병소 근무자가 내려와 가라고 다그쳐도 세 사람은 하염없이 울기만 했다. 빗줄기는 점점 굵어지고 있었다. 부대 앞 황무지에 총탄이 퍼붓듯 무수한 모래꽃이 피어올랐다. 철모에 떨어지는 빗방울들이 귀를 멍하게 했다. 우박이 되어 쏟아질 때 알철모를 쓰고 맞으면 귀청이 나가 버리는 열대성 폭우였다. 온 세상이 뽀얀 물기둥으로 가득했다. 모래흙 위로 금방 흙탕물이 넘쳐흐르기 시작했다. 노파와 죽은 이의 두 아들은 물이 흘러내리거나 말거나 흙바닥에 앉은 채 하염없이 울기만 했다.

상국은 노파를 남겨둔 채 몸을 돌려 부대 안으로 향했다. 허벅지를 몽둥이로 두들겨 맞은 것처럼 무겁고 힘이 없었다. 교통호 양쪽 벽을 짚고 힘겹게 걸어가는데, 대상을 알 수 없는 분노와 증오심으로 머리가 터질 듯했다. 누가 농담을 걸어왔다면 그 자리에서 죽여 버렸을 지도 몰랐다.

상국은 밤새 열병을 앓았다. 이틀째 거의 음식을 입에 대지 못한 채 담배만 피운 속이 울렁거려 술도 마실 수 없었지만 술에 취했다가는 정신이 돌아 무슨 짓을 벌였을지도 몰랐다. 전쟁이 싫었다. 금평리가 그리웠다. 잊었던 금평리와 고모가 떠올랐다. 수리산 아래 맑은 하천에서 다슬기를 주울 때면 고모는 도시락을 싸왔다. 꽃과 나비가 그려진 자개 찬합에 하얀 쌀밥과 몇 가지 반찬을 정갈하게 담아 갖고 나왔다. 버드나무 그늘 아래서 발을 물에 담그고 둘이 나란히 앉아 밥을 먹었다. 고모는 다슬기 줍기를 좋아했다. 그것이 일밖에 모르는 고모에게는 유일한 휴식이었을 것이다. 한여름에 나들이 삼아 다슬기를 주우러 갈 때면 다른 아이들은 놔두고 꼭 상국만 데리고 갔다. 아마 고모 나이 사십대 초반이었을 것이다. 고모는 나이가 훨씬 더 먹을 때까지 머릿결이 젊은 시절 그대로였다. 방금 개울물에 감은 갈색의 길고 아름다운 머리를 말리며, 말없이 먼 들판을 바라보는 고모의 옆모습은 정말 아름다웠다. 평소에 대청마루 끝에 앉아 여러 식구들이 남긴 밥을 서둘러 먹던 모습과는 달랐다. 발목까지 물 속에 잠긴 길고 하얀 종아리와 반쯤 감고 지그시 바라보는 눈매가 평소의 모습과는 너무 달랐다. 만일 한국에서 이런 전쟁이 일어나 그가 포로로 잡혔다면 고모는 자개가 박힌 예쁜 찬합에 먹을 것을 싸 가지고 면회를 왔을 것이었다. 먹다 남긴 밥을 보며 죽은 베트콩의 엄마처럼 목놓아 울었을 것이었다. 군대가 싫었다. 밀림이 싫었다. 더위도, 폭우도 지긋지긋했다. 밀림 사이로 흐르는 탁하고 미지근한 강물이 싫었다. 한국으로 돌아가고 싶었다. 차가운 눈과 얼음 아래 맑은 물이 흐르는 수리산 계곡으로 돌아가고 싶었다. 새하얀 눈벌판에 벌거벗고 뛰어들어 몸을 씻고 싶었다. 월족의 피로 더럽혀진 몸과 영혼을 씻어내고 싶었다. 고모가 발을 담근 채 먼 곳을 바라보던 그 맑은 물에 뛰어들어, 머리까지 물속에 처넣고 다시는 나오고 싶지 않았다. 할 수만 있다면, 아직도 울부짖으며 돌아갈 줄 모르는 노파 앞에 무릎을 꿇고 당신아들은 이미 죽었다고, 내가 죽였노라고 말하고 싶었다. 당신아들은 돌아오지 않으니 집에 돌아가 제단에 향이나 피우라고 말해주고 싶었다. 당신의 잘생긴 아들은 지금 모래 속에 파묻혀 있다고, 지독한 제초제 때문에 벌레조차 살아남지 않은 모래 속에서 썩어 흙으로 돌아가지도 못한 채 미이라가 되고 있다고 말해주고 싶었다. 관우처럼 길고 근엄했던 얼굴은 나의 총에 맞아 박살이 나버렸고, 머리 없는 몸뚱이만이 말라가고 있다고 말해주고 싶었다. 당신이 할 수 있는 일은 아들의 제단에 꽃을 바치고 따뜻한 녹차를 따라 올리는 일밖에 없다고, 다른 어머니들처럼 아들의 영혼을 가슴에 묻고 그냥 살아가라고 말해주고 싶었다. 그는 밤새 악몽을 꾸고 끊임없이 잠에서 깨어났다.

다음 날은 수색이 없었다. 대대본부로부터 비상경계령이 내려졌기 때문이었다. 베트콩과 월맹 정규군의 대대적인 이동이 포착되었다고 했다. 한국군은 마을마다 정보원을 두고 돈을 주어 왔는데 그날 밤 대규모 공격이 있으리라는 정보가 속속 들어오고 있다고 했다. 전날 죽인 세 명의 용의자도 부대 상황을 염탐하기 위해 온 베트콩 전초병이었음이 확실해졌다. 소대장과 함께 부대 주변을 순찰하고 온 박 하사가 분대원을 모아놓고 말했다.

"마을에 사람이 하나도 없어. 전부 피난 가버렸어. 우리가 그렇게 잘해줬는데도 빨갱이들하고 내통하고 있던 거야. 전투만 끝나봐라, 마을을 몽땅 불질러 버릴 테다. 모두들 총기 수입 잘하고 참호마다 실탄 충분히 보급해 놔."

열이 가라앉지 않은 상국도 소총을 닦기 위해 분해해 놓았다. 기름칠을 하는데, 귓속에서 끊임없이 환청이 들려왔다. 멀리 미군 야포 진지에서 쏘아대는 고사포 포성과 함께 실제로는 들리지도 않는 총성과 비명이 끊임없이 귓속을 울렸다. 정체를 알 수 없는 혼령들이 검은 그림자가 되어 머리 속을 맴돌고 내무반 어두운 구석에 떠다녔다. 분해해 놓은 부속품들을 조립할 수가 없었다. 총열과 개머리판이 자꾸만 어긋났고, 노리쇠 뭉치도 제자리를 찾지 못했다. 탄창에 탄알을 너무 많이 채워 넣으면 사격 도중에 탄알이 올라오지 않을 수도 있어 숫자를 세어 넣는데, 자꾸만 헛갈려 나중에는 포기하고 말았다.

오후에 대형 시누크 헬기가 다른 중대에서 지원 병력을 싣고 왔다. 화기 소대였다. 사병들은 두개 조로 나뉘어 교대로 잠을 자며 비상경계근무에 들어갔다. 경계근무를 나가 참호 밖으로 고개를 내밀고 앉으니 부대 아래 첫 마을이 눈에 들어왔다. 아주 가까운 거리는 아닌데, 숲이 없어지는 바람에 훤히 시야가 트여 십여 가구 초가가 한눈에 보였다. 정말 이상했다. 평소 같으면 농라를 쓴 아낙네들이 논밭에서 일을 하는 모습이며, 풀을 먹이기 위해 물소를 끌고 다니는 아이들의 모습이 보일 텐데 그날은 아무도 눈에 띄지 않았다. 습기를 잔뜩 머금고 이글거리는 늦은 오후의 눈부신 햇살만이 텅 빈 마을에 쏟아지고 있었다. 너무나 적막했다.

해가 기울어 가는 서편엔 아득히 장대한 안남산맥이 누워 있었다. 사시사철 녹음이 우거진 밀림과 남지나해까지 이어지는 끝없는 평야는 여전히 낯설었지만 들판과 밀림에서 피어오른 습기로 늘 뿌옇게 가려있는 험준한 산맥을 바라보면 한국의 산악이 떠올랐다. 한국의 산들은 조금씩 단풍이 들어갈 때였다. 안남산맥 높은 곳에는 서늘한 바람이 불고 단풍이 물들었을지도 모른다는 생각이 들었다. 안남산맥은 라오스와의 국경이라 했다. 불과 수십 킬로 거리였다. 곧장 걸어가면 하루나 이틀이면 국경을 넘어 전쟁이 없는 땅으로 갈 수 있다는 생각을 했다. 금평리처럼 서늘하고 맑은 공기가 있는 고산지대에서 농사를 지으며 살 수 있을지도 모른다는 상상을 했다.

헛된 상상일 뿐이었다. 베트민이라 불리는 월맹정규군은 안남산맥 호지명 루트를 따라 줄기차게 남하를 계속하고 있었다. 길도 없는 산줄기를 타고 하노이에서 사이공까지 천오백 킬로가 넘는 산악행군을 하고 내려오면서 유격전을 벌였다. 미군은 이를 막기 위해 안남산맥 전역에 연일 폭격을 퍼부어댔다. 거의 매일 산맥 중턱에서 피어오르는 화염을 볼 수 있었다. 월남 땅은 어디나 죽음이 득실거렸다. 미군과 베트콩이, 한국군과 민간인들의 무수한 시체가 썩고 있는 거대한 무덤이었다. 서로를 죽이기 위해 설치한 부비트랩과 지뢰와 함정들이 널려있는 인간사냥터였다. 누구도 혼자 그곳을 통과할 수는 없었다. 반드시 단체가 되어 일렬횡대로 행군하는 것은 누구 하나가 먼저 죽어 위험을 알림으로서 다른 이들의 생명을 연장시켜주기 위함이었다. 석양을 등지고 누운 산맥과 검푸른 밀림은 어느 누구에게도 인간답게 사는 길을 열어주지 않았다. 너무나 공평하게도, 전쟁은 모든 사람에게 인간이기를 포기하게 만들었다. 그는 빠져나갈 수 없는 죽음의 늪 한가운데 외롭게 서 있는 자신을 확인하였다.

불안한 밤이 찾아왔다. 줄기찬 비는 그쳤지만 먹구름이 두텁게 덮여 밀림 속에서 어떤 일이 일어나는지 전혀 알 수 없는 칠흑 같은 밤이었다. 자정이 지나 새벽이 되도록 밤은 여전히 고요했고, 사병들은 긴장을 풀고 하나둘씩 졸기 시작했다. 지친 병사들을 희롱하듯, 가끔씩 먹구름 사이로 은하수가 드러나기도 했다.

"벌써 새벽 네 시가 다 됐잖아? 별것도 아닌데 비상을 걸고 그래. 잠도 못 자게."

상국은 제대를 며칠 남기지 않은 김 병장과 한 조가 되어 기관총 초소를 지키고 있었다. 김 병장은 초소 바닥에 쪼그려 앉아 수류탄을 꺼내 익숙한 솜씨로 뇌관을 풀어냈다. 가느다란 뇌관 심지 끝의 기폭제를 부러뜨려 떼어낸 다음 안전핀을 뽑아 격발 시키자 파리한 불꽃이 심지를 타고 내려갔다. 그는 담배에 불을 붙이고 빈 수통 구멍에 넣어 불꽃이 보이지 않게 하여 한 모금을 길게 빨고 상국에게 내밀었다. 담배 연기가 폐속으로 들어가며 아득한 현기증이 일었다.

"윤상국이 제대 얼마나 남았지?"

"십 개월이요. 여기서 반 년, 귀국해서 다시 사 개월이면 끝나요."

"십 개월이면 자살하고 만다. 나는 어제 하루가 또 지났으니까, 딱 이십 일 남았다. 귀국하면 곧바로 제대야."

"제대하고 뭐 할 건데요?"

"택시운전 해야지. 밑천은 충분히 모았으니까 개인택시 한 대 사서 신나게 몰고 다니는 거야. 지금까지 모은 탄피만 해도 개인택시 영업권은 사고도 남을걸?"

김 병장은 오래 전부터 전투가 끝난 자리에서 있는 대로 탄 피를 모으고 있었다. 주머니며 탄통에 무거운 탄피들을 잔뜩 들고 부대에 돌아와 망치로 납작하게 두드려 차곡차곡 쌓아 놓았다. 사병 한 사람당 하나씩 허용되는 귀국 상자에 탄피를 담아 부산항에 내리면 고물상들이 몰려와 비싼 값에 사준다고 했다.

"아, 어머니가 해준 김치가 먹고 싶구나. 윤상국이 너는 언제 나 김치를 먹어보냐?"

김 병장은 쓴맛 나는 말보로 담배연기를 뿜어내며 기분 좋 게 웃었다. 바로 그때, 철조망 부근에서 폭발음이 들려왔다. 크 레모아 터지는 소리였다. 두 사람은 담뱃불이 든 수통을 집어 던지고 벌떡 일어섰다. 벌써 다른 초소에서 기관총들이 불을 뿜고 있었다. 예광탄이 연달아 긴 불꽃을 날리며 개활지를 넘 어 철조망 쪽으로 날아가고 있었다. 김 병장도 방아쇠를 움켜 쥐었다. 상국은 고개를 바짝 숙인 채 기관총에 밀려들어가는 총알을 받쳐주었다. 노란 불꽃이 어둠을 향해 뻗어나가며 총성 이 귀청을 울리기 시작했다.

멀지 않은 한국군 포대에서 지원사격한 조명탄이 날아와 사 방을 하얗게 밝힌 가운데 전투가 시작되었다. 이미 방석 전체 가 포위되어 있었다. 고지 전체에서 기관총과 박격포가 터지 고, 어두운 밀림에서도 무수히 불꽃이 날아왔다. 베트콩들은 이미 초저녁부터 대기하고 있었는데 미군 폭격으로 월맹 정규 군 이동이 지체되는 바람에 공격이 늦어진 것이었다. 야간 전투에 숙련된 베트콩이 늦게 공격을 시작한 것은 한국군에게는 행운이었다. 날이 밝으면 미군 헬기가 출격해 폭격을 할 수 있었기 때문이었다. 그러나 그때까지 버티기에는 적의 숫자가 너무 많았다. 삼천 명에 이르는 베트콩과 베트민이 부대 전체를 겹겹이 포위한 가운데 철조망과 지뢰, 크레모아를 제거하기 위해 긴 대나무 끝에 티엔티를 매달아 폭파시키기 시작했다. 철조망 밑에는 밟으면 조명탄이 터지는 조명탄 지뢰도 묻혀 있어 사방에서 눈부신 불꽃이 하늘로 퍼져 올랐다. 몇 분 지나지 않아 곳곳의 철조망과 지뢰밭을 뚫는 데 성공한 베트콩들이 개할지 위로 몰려들기 시작했다. 검은 그림자들이 새까맣게 개할지를 덮었다. 그들이 쏘아대는 총알로 모래밭은 마치 뜨거운 석탄난로 뚜껑에 성냥개비 유황을 비벼 넣은 듯 번쩍이고 있었다.

"개자식들, 엄청난데? 정말 재수없는 놈은 끝까지 재수가 없다니까? 일년 내내 전투병으로 죽을 고생을 했는데 막판에 이게 뭐야?"

김 병장은 기관총을 쏘아대며 투덜댔다. 그의 목소리는 숨이 가쁜 사람처럼 떨리고 있었다. 상국은 이빨이 아래위로 부딪히도록 떨려 대꾸도 할 수 없었다. 온몸이 마치 신들린 박수무당이 몸을 흔들듯 후들거렸다. 한겨울 밤중에 발가벗고 눈 위에 서 있는 것 같았다. 쉴새없이 빨려 들어가는 기관총 탄알을 들어주는 손이 기관총 진동을 따라 거칠게 흔들렸고, 다리는 후들거려 서 있기도 힘들었다. 오늘이 죽는 날이구나 하는 생각밖에 나지 않았다.

기관총탄은 다섯 발당 하나씩 예광탄이 들어있었다. 방아쇠를 당기고 있으면 쉭쉭 소리를 내며 유성처럼 긴 꼬리가 달린 불꽃이 날아갔다. 정확하게 목표를 맞췄는지 확인하기 위함이었지만 반대로 총을 쏘는 위치가 드러나기 때문에 적의 집중 표적이 되었다. 참호 지붕과 기관총 사이 좁은 공간으로 총알이 날아들어 와 뒷벽에 퍽퍽 소리를 내며 박혔다. 머리를 들자 총알 한 개가 철모를 때리고 지나가며 귀청을 찢어댔다. 베트콩 진영에서 날아오는 박격포탄이 방석 위에 떨어지면서 앞뒤 사방에 흙더미가 치솟아 올랐다. 포탄 터지는 굉음과 머리 위로 총알 스치는 소리, 매캐한 화약연기와 계속해서 울려대는 무전기 소리 속에 두 사람 발 위에는 김 병장이 좋아하는 탄피들이 수북이 쌓여갔다.

"진지를 사수하라! 한 발짝도 물러나지 마라!"

박 하사가 권총을 들고 뛰어다니며 외쳐대는 가운데 열어놓은 무전기를 통해 중대 전체의 상황이 들려오고 있었다. 이웃한 한국군과 미군 포대에서 지원 포격이 시작되었다. 포탄은 방석을 피해 주변의 개활지와 숲을 두들기기 시작했다. 사방에 불꽃과 화염이 솟아올랐다. 온 세상이 불타고 있는 것 같았다. 그러나 워낙 많은 숫자가 밀려들어 막아낼 길이 없었다. 1차 방어선은 위병소 반대편 산등성이부터 무너졌다. 열어놓은 무전기를 통해 베트콩이 쏟아져 들어오고 있다는 다급한 소리가 들리다가 곧 끊어졌다. 전투가 시작된 지 한 시간도 안 되어서였다. 비좁은 교통호 안에 들어온 베트콩들은 내무반 입구에서 쏘아대는 총에 몰살을 당하면서도 계속해서 진지를 뒤덮어 왔다.

"총알! 총알 가져와!"

김 병장의 고함이 다급했다. 그는 이제 완전히 공포에 사로잡혀 있었다. 상국은 교통호 곳곳의 흙벽을 파고 쌓아두었던 총알을 가져오기 위해 몸을 돌렸다. 순간, 참호 바로 앞에서 번쩍 하는 소리와 함께 불이 번쩍 했다. 후끈한 열기와 함께 모래흙이 날아와 그의 뒤통수를 때렸다. 기절할 듯 쓰러졌다가 정신을 차리고 보니 김 병장이 기관총 위에 엎어져 있었다. 철모는 총알구멍이 숭숭했고 얼굴은 엉망이 되어 흘러내린 피가 바닥으로 떨어지고 있었다. 김 병장은 끝까지 기관총을 잡은 채 뜨거운 약실 위에 엎어져 있었다. 아무도 없는 무덤 속에 혼자 남은 것처럼 서늘한 공포가 밀려왔다. 무전기도 부서져 아무 소리도 들리지 않았다. 달아나야 했다. 어차피 완전 포위된 상태라 살아서 도망칠 길은 없었다. 몇 걸음이라도 더 안전한 내무반 쪽으로 들어가 숨어야 했다. 그런데 그는 자기 자리를 떠나지 못했다. 그는 김 병장의 시체를 옆으로 밀어내고 기관총을 잡았다. 마치 자신의 생명을 연장하는 운영 장치가 고장나버린 듯, 목숨을 지켜야 한다는 본능조차 잊어버린 채 기관총을 당기기 시작했다. 살아남으려면 달아나야 한다는 이성도 마비되고, 잠시라도 사격을 멈추면 죽는다는 무의식만이 그를 지배했다.

　몇 분 지나지 않아 총알이 바닥나고 있었다. 불현듯 싸늘한 슬픔이 밀려왔다. 이대로 죽어야 한다는 게 슬펐다. 전쟁은 기어이 자기를 데려가려 하는데 전혀 반항할 수 없다는 사실이 슬펐다. 죽음의 공포가 밀려오는 데도 살아나기 위해 버둥대지 못하는 자신을 바라보며, 자기 손에 죽어간 베트콩들을 떠올렸다. 그들은 죽는 순간까지도 반항하거나 살려달라고 빌지 않았다. 잔인한 개장수가 사납게 짖던 개들을 숨죽이게 만드는 것처럼 전쟁의 신이 그들을 공포에 굴복시키고 말았으리라. 민간인은 그래도 빌면 살 수 있다는 일말의 희망을 갖고 울며 통

사정하지만, 어떤 경우든 죽을 수밖에 없다는 절망감이 그들을 전쟁의 신에 복종하게 만들었으리라. 그리고 이제, 미치광이처럼 떠돌던 잔인한 죽음의 신이 자기 앞에 와 있는 것이었다.

마침내 총알이 떨어져 버렸다. 소총을 잡고 안전자물쇠를 풀 때 앞쪽에서 알아들을 수 없는 월남어 고함들이 들려왔다. 몸을 일으킬 수가 없었다. 다리가 떨려 일어나지지가 않았다. 목소리들이 바로 앞까지 왔을 때서야 벌떡 몸을 일으켜 방아쇠를 당겼다. 조명탄이 너무 밝아 아무 것도 볼 수 없는 광명을 향해 한 발 두 발 무조건 당겨댔다. 여덟 발쯤 쏘았을 때였다. 한 방의 총알이 철모를 뚫고 들어와 쨍하는 소리를 냈다. 이마에 흘러내린 피가 땀과 함께 눈을 덮어왔다. 총알이 철모를 관통해 날아갔음을 깨닫는 것과 거의 동시에 또 다른 총알이 뺨으로 날아왔다. 얼굴이 후끈했다. 날아온 총알이 뺨을 스쳐간 것이었다. 본능적으로 몸을 돌려 엎드리는데 이번에는 어깨가 뜨끔했다. 김 병장의 시체 위에 엎어지는데 진지 바로 앞에서 포탄이 터지며 흙무더기가 쏟아져 내렸다. 무언가 뒤통수를 세게 쳤다. 폭발한 진지에서 튀어 올랐던 야자나무 기둥이었다. 그는 아득히 정신을 잃었다.

얼마나 시간이 흘렀는지 쉴새없이 터지는 폭음과 총성에 조금씩 의식이 돌아오기 시작했으나 양 눈이 피에 범벅이 되어 뜰 수가 없었다. 몸통을 짓누르고 있는 야자나무 기둥을 밀어내고 싶었으나 피를 너무 흘린 탓인지 기운이 하나도 없었다. 살아 있는 기능은 귀뿐이었다. 폭음과 섬광만이 번득이는 암흑 속에, 시끄러운 월남말 소리들이 머리 위에서 왔다갔다 하고 있었다. 월남말을 조금은 한다고 여겼는데 무슨 말인지 하나도 알아들을 수 없었다. 고지가 베트콩에게 완전히 점령되었구나

하는 생각밖에 나지 않았다. 포로가 되면 갈가리 찢겨 죽는다
는 공포가 엄습해왔다. 그는 힘겹게 야자기둥을 밀어내려 애쓰
며 어둠 속을 더듬었다. 김 병장의 시신과 소총이 만져졌다. 총
구가 식어 있었다. 겨우 기둥을 옆으로 치워내고 몸을 펴서 소
총의 총구를 목에 찌르고 방아쇠에 손을 뻗었다. 언제든지 방
아쇠를 당길 수 있도록 손가락을 걸고, 시체 옆에 나란히 누웠
다. 포로로 잡히느니 차라리 죽으리라 생각했다. 베트콩이 포
로를 난도질해서 철조망이나 야자나무에 걸어놓는 것은 포로
를 수용할 막사도, 식량도 없기 때문이었다. 베트민 정규군에
게 잡히면 하노이 포로수용소로 호송되는 수도 있다지만 베트
콩에게 잡혀 살아 돌아올 길은 없었다. 포로가 되기 전에 자살
하는 게 더 낫다는 생각이 들었다. 얼굴에 흐르던 피는 멈추었
지만 이미 너무 많은 피를 흘려 어지러운 가운데 지난 이틀
간의 일들이 꿈처럼 떠올랐다. 죽어 넘어진 베트콩 포로와 그
어머니의 통곡이 떠올랐다. 설사 여기서 살아난다 해도, 전쟁
터에서 벗어날 수 없다면 차라리 이 자리에서 죽는 게 낫다고
생각했다. 너무나도 살고 싶었지만, 살아서 한국에 돌아가고
싶었지만, 죽더라도 한국 땅에서 죽어 묻히고 싶었지만, 살아
날 수 없으리라는 절망감이 그를 죽음과 친하게 만들었다. 머
리 위로 오가며 떠들어대는 베트콩들의 말소리가 너무 무서웠
지만, 아직 내 손으로 목숨을 끊을 수 있다는 생각이 그를 담
담하게 만들었다. 누구든 건드리기만 하면 방아쇠를 당겨 자신
의 머리통을 날려 버리리라 생각하면서, 그는 천천히 정신을
잃어갔다.

　얼마나 쓰러져 있었을까, 땅을 뒤흔드는 충격에 퍼뜩 정신이
들었다. 참호 구멍 사이로 어둠이 벗겨지는 바깥세상이 내다

보였다. 미군 헬기들이 잠자리 떼처럼 선회비행을 하며 지상을 향해 기관총을 쏘아대고 있었다. 아직 검은 빛깔이 채 거둬지지 않은 하늘이 날아다니는 헬기로 가득해 보였다. 한국군은 땅속에 숨어든 가운데 고지 위를 뒤덮은 베트콩들에게 탄알이 우박처럼 쏟아져 내리고 있었다. 엉거주춤 일어나 내다보니 부대 주변 밀림과 개활지에도 무수한 포탄이 작렬하고 있었다. 피에 엉켜 눈을 제대로 뜰 수 없었으나 희미한 시야 속으로 샛노란 불덩이들이 흙과 사람과 나무들을 하늘 높이 날려 보내는 광경이 들어왔다. 온 세상이 치솟아 오르는 불기둥과 화염, 그리고 산산이 조각나 날아다니는 인간의 살덩이로 가득한 것처럼 보였다. 포탄이 터질 때마다 자신의 몸도 함께 흔들리는 것이 느껴졌다.

상국은 포격의 한가운데 엎드린 채 인간이 파괴되는 모습을 볼 수 있었다. 그때까지 베트콩 지역에 포격을 요청해서 멀리서 밀림이 불길에 휩싸이는 것을 수도 없이 보았지만, 자신이 직접 그 불길 안에 들어가 보기는 처음이었다. 그곳은 지옥이었다. 인간이라는 잔악하고 영악한 짐승이 만들어낸, 어떤 무지한 동물보다도 더 야만적이고 광폭한 무기가 시험되는 살육의 현장이었다. 어떤 아량도 없이, 동물과 식물, 대지까지도 모든 것을 파괴시키는 야만적인 무기에 노출된 인간이 얼마나 무기력하게 파괴되는가를 보았다. 서로 마주 보고 총을 쏘고 육박전을 벌이며 삶과 죽음에 대해 생각할 수 있는 것도 얼마나 행복한 일인가 생각했다. 부대를 뒤덮고 내무반으로 들어가는 입구마다 총격전을 벌이던 베트콩들은 우박처럼 쏟아지는 총탄과 작렬하는 포탄에 밀려 무수한 시체를 남겨둔 채 달아나기 시작했다. 바로 앞에서 폭음과 함께 검은 폭풍이 일고 화염이 혹 끼쳐왔다. 그는 흙더미를 뒤집어쓴 채 또다시 기절해 버렸다.

다시 얼마나 지났을까, 말소리들이 귀에 들려오기 시작했다. 월남말이 아니라 한국말이었다. 전기도 들어오지 않는 시절, 금평리 집에서 초저녁에 선잠이 빠져 있으면 고모가 거친 손바닥으로 그의 배를 쓰다듬어주며 고모부와 두런두런 이야기를 나누곤 했다. 무슨 이야기였는가는 잊었지만, 고모의 유별나게 맑은 목소리가 꿈으로 녹아들어 행복하게 잠이 들곤 했다. 전기가 들어오면서 고모부는 늦게까지 라디오를 켜놓곤 했다. 깊은 겨울밤 서늘한 감촉이 기분 좋은 이불 속에 누워 사촌들과 함께 '전설 따라 삼천리' 같은 무서운 연속극을 들으며 무서움보다는 행복에 겨워 낄낄대곤 했다. 그 소리였다. 한국말이었다. 공포의 월남말이 아니라 다정한 한국말이었다. 말소리들은 점점 커졌다. 사방에서 들려왔다. 그는 방아쇠에 걸었던 손가락을 풀고 힘겹게 손을 들어올렸다.

"여기 한 명 살았다!"

누군가 외치는 소리가 나고 발걸음이 모여들었다. 귀에 익은 음성이 들려왔다.

"윤상국이! 니 살았나? 위생병! 위생병!"

선임하사였다. 얼굴과 옷에 온통 검은 재와 흙먼지를 뒤집어쓴 선임하사가 활짝 웃으며 내려다보고 있었다. 상국은 굳은 피로 얼굴이 뒤덮이고 상처가 부어올라 웃어 보일 수도 없었다. 웃을 수 있다 해도 웃음이 나오지 않았을 것이었다. 전투가 시작되고 발견되기까지 단 세 시간 동안 죽음의 공포가 그의 혼을 빼앗아 버렸다. 야자나무 기둥에 맞아 기절했을 뿐, 그의 상처는 가벼웠다. 신의 가호라도 있었던 듯, 세 발의 총탄이 고

양이가 할퀸 상처처럼 피부를 아슬아슬하게 긁고 지나갔을 뿐
이었다. 어지럽기는 해도 제 발로 걸어갈 수도 있었다. 의무병
이 그의 상처에 붕대를 감아주며 운 좋은 놈이라고 감탄했다.
부대원들이 헬기까지 부축해 태워 주었다.

다른 부상자들과 함께 잠자리 헬기에 기대앉아 참혹한 현장
을 볼 수 있었다. 온통 조각나고 짓이겨져 수를 헤아릴 수 없
는 시체들이 널려 있었다. 총을 맞고 철조망에 걸린 시체, 참호
에 처박혀 내장이 터져 나온 시체, 머리에 총알이 관통해 머리
뼈 조각과 함께 허연 뇌가 쏟아진 채 눈을 부릅뜨고 있는 시
체, 팔과 머리가 날아가 없거나 발이 없는 시체, 교통호 안과
내무반 지붕, 그리고 모래밭에 수없이 파인 포탄구덩이 주변,
보이는 곳이 온통 시체들이었다. 거의 다 베트콩이었다. 그 치
열한 전투 중에도 지하벙커에 숨어 있던 한국군은 불과 십여
명밖에 죽지 않았다. 불바다를 이룬 포탄 세례에 무자비하게
노출된 베트콩은 삼백 명 가까이 죽었다. 한국군 시신들이 시
누크 헬기를 기다리며 누워 있는 광경이 보였다. 김 병장 곁에
박 하사가 나란히 누워 있었다. 고지 지붕이 완전히 점령된 후
에도 이리저리 뛰어다니며 싸움을 독려하던 그는 내무반 뒤편
똥통에 빠져 허우적대던 베트콩 네 명을 쏘아 죽이고 자기도
벌집처럼 총알에 뚫려 죽었다.

헬기가 떠오르면서 포탄 세례를 맞은 부대의 전경이 내려다
보였다. 중대본부와 내무반은 그런대로 모습이 남았으나 상국
이 쓰러졌던 참호 주변부터 그 아래로는 전혀 지형을 구별할
수 없게 망가져 있었다. 야자나무 줄기와 모래포대로 애써 만
들어 놓았던 참호와 토치카가 모두 사라져 버리고, 거대한 악
마의 발톱이 파헤쳐 놓은 것처럼 울퉁불퉁한 흙더미만 남아

있었다. 바닥에서 들고일어나 수북이 쌓인 흙더미들에는 갈가리 찢긴 시체들과 나무들, 포탄 껍질이며 수통과 철모들이 널려 있었다. 위병소가 있던 자리도 커다란 포탄구덩이로 변해 있었고, 베트콩 포로들을 쏘아 죽인 바위 근방에도 또 다른 베트콩들의 시체가 널려 있었다. 박 하사가 태워 없애겠다던 부대 앞 안전마을은 이미 네이팜탄을 맞아 검은 숯더미로 변해 있었다. 그는 내려다보기를 그만두고 눈을 감았다.

이 전투로 죽은 김 병장과 박 하사는 사병이 받을 수 있는 가장 높은 훈장이라는 을지무공훈장과 충무무공훈장을 받았다. 기적적으로 경상을 입은 상국은 다른 부상자들과 함께 화랑무공훈장을 받았다. 나머지 병사들도 모두 인헌무공훈장을 받고 1계급 특진을 했다. 상국도 병장으로 진급했다.

· · · · · ·

헬기로 후송된 곳은 말라리아를 치료했던 야전병원이었다. 상처는 가벼웠다. 처음 일주일 정도, 꿰맨 살이 고정되는 동안은 머리와 어깨에 무수한 대바늘이 꽂혀 있는 듯 아팠으나 그 뒤로는 간지럽기만 할 뿐이었다. 가려운 상처 부위를 긁을 때면 새살이 돋아 자리 잡은 기분 좋은 느낌을 가질 수 있었다. 그러나 눈을 감고 잠을 청할 때가 되면 공포가 밀려 왔다. 참호 속에서 총구를 목에 대고 엎어져 있던, 흐르는 선혈로 눈이 가려진 채 죽음을 기다리던 그 짧은 시간이 생생하게 재현되었다. 온 세상이 갑자기 그날 밤의 아비규환으로 변하는 환상에 떨곤 했다. 폭우가 지붕을 두드리는 소리가 기관총 소리처럼 들리고, 월남군 간호병들이 월남말로 이야기를 나누는 소리를 들으면 가슴이 오그라들며 숨이 탁 막혔다. 쓰러져 있는 그의 머리 위로 돌아다니며 베트콩들이 월남말로 떠들던 이야기들이 신기하게도 통역까지 되어 들려왔다. 담배 가지고 있냐? 없다. 이 쓰러진 남조선 박정희 군대 주머니를 뒤져봐라. 그런 이야기들이었다. 그는 베트콩들이 자기 주머니를 뒤지기 위해 몸을 구부리는 장면이 되면 공포에 질려 비명을 지르며 잠에서 깼다. 상처 때문에 금연을 해야 했으나 끊임없이 담배를 피우고 싶었고, 담배에 관한 꿈을 꾸었다. 김 병장과 마지막으로 피운 담배 맛이 생생하게 떠올라 괴롭혔다. 마음을 안정시켜 주는 것은 선풍기 소리였다. 선풍기 날개 돌아가는 소리가 마치 헬기 소리처럼 들리면 조용히 잠이 들곤 했다. 하지만 꿈속에서는 또다시 광란의 전투 속으로 빨려 들어갔다. 수류탄을 던지고, 총검을 찌르고, 월남도끼를 휘두르고, 그의 차례가 왔을 때 아무 거리낌도 없이, 양손에 꼭 쥐어지는 조그만 엉덩이를 가진 베트남 어린 소녀를 강간했다. 강간이 끝나고, 불길에 휩싸인 초가에서 기어 나오려고 버둥대는 소녀를 향해 수류탄을 던졌다. 피 냄새와 땀 냄새, 시체 썩는 냄새가 현실처럼 그의 얼굴을 짓눌러 숨을 쉴 수가 없었다. 목을 잘라 대나무에 꽂아 부대 앞에 걸어 놓은 베트콩이 유령이 되어 나타나 자기를 죽여 달라고 쫓아다녔다. 꿈속에서 그는 용맹하고 잔인한 무적의 용사가 되어 닥치는 대로 찌르고, 쏘고, 수류탄을 터뜨렸다. 그러다가 두려움에 떨며 현실로 돌아왔다.

환자 중에는 정말로 심각한 정신병에 걸린 사병도 많았다. 불과 삼십 분이나 한 시간의 악몽 같은 전투에서 살아 남아 전투공포증에 걸린 이들이었다. 그들은 온종일 혼자 중얼거리거나 광기로 번득이는 눈을 두리번댔다. 특히 베트콩과 백병전을 벌였던 사병 중에 정신병자가 많이 생겼다. 갑자기 적이 나타나면 총을 쏘지도 못하고 대검을 꽂을 시간도 없었다. 일반 사회에서 싸움이 벌어져 주먹질을 하고 몽둥이를 휘두르는 것과는 근본적으로 다른, 반드시 상대를 죽여야만 살아 남는 절대 절명의 순간에 칼도 없이 맨손으로 싸우는 상황이 젊은이들을 미치게 했다.

"베트콩이 나타난 거야. 난 총을 거꾸로 들고 빙빙 돌렸어. 이렇게 빙빙 돌렸어."

하루 종일 같은 말만 하며 총을 휘두르는 시늉을 하는 사병이 있었다. 그는 총을 휘둘렀다는 말만 되풀이할 뿐, 어떻게 상대방을 죽였고 살아 남았는지 다른 것은 기억해 내지도 못했다. 표현을 하기가 너무 두려웠을 것이었다.

죽은 안 상병처럼 부비트랩에 걸려 양팔과 양다리가 날아가 버린 사병이 있었다. 방탄복 덕분에 가슴만 살아 남은 그는 벌레처럼 누운 채 온종일 자기를 죽여 달라고 울부짖었다.

"의사 새끼 오라 그래! 제발 날 죽여줘! 독약 묻힌 바늘 한 번만 이 목으로 쿡 쑤셔줘!"

간호사가 밥을 먹여주고 오줌을 받을 때마다 간호사에게 욕설을 퍼붓거나 눈물을 흘리며 죽여 달라고 애원했다. 그런 가운데서도 환자들은 온종일 시끄럽게 떠들고 웃어댔다. 자살할 손마저 빼앗긴 경우 말고는 눈이 멀고, 한쪽 팔다리를 잃고서도 즐겁게 떠들어댔다. 절망과 저주를 쏟아내다가도 갑자기 표변해 자신의 용맹에 대해 허세를 부리기도 하고 무의미한 농담에도 껄껄대며 웃었다. 공허한 웃음소리였다. 상국은 간호원 몰래 담배를 피우기 시작했다.

어느 정도 치료가 끝날 무렵이었다. 전투를 벌인 중대원 전체가 1계급 특진을 했으며 끝까지 진지를 지킨 상국도 화랑훈장을 받게 됐다는 전갈을 받았다. 미군들은 훈장을 받게 되면 고위 장교가 병원에 직접 찾아와 수여식을 하고 파티를 열어 주었으나 한국군에게 그런 호사는 주어지지 않았다. 병장 진급도, 훈장도 들려온 이야기일 뿐, 면회조차 없는 외로운 나날이었다. 침상에 앉아 고모에게 편지를 쓰는데, 처음 보는 한국인이 다가왔다. 군복을 입지 않고 머리도 기른, 서른이 갓 넘어 보이는 체격이 큰 남자였다. 그는 가득 들고 온 과일과 담배 한 보루를 침상에 내려놓으며 말했다.

"윤상국 씨? 내가 누군지 압니까?"

음성은 굵고 느린 말투였다.

"잘 모르겠는데, 어디서 많이 뵌 분 같습니다."

남자는 빙긋 웃었다.

"처음 본 사람에게도 그런 말을 많이 듣지요. 고모부님 성함이 조귀동 씨 맞지요?"

"네, 그렇습니다!"

습관처럼 언성을 높여 대답하자 남자는 웃으며 손을 내밀어 악수를 청했다.

"난 민간인이니까 목소리 낮춰요. 인사나 합시다. 이채훈이요."

그는 두터운 손으로 상국의 손을 잡은 채 말을 이었다.

"상국씨는 나를 잘 모르겠지만, 조 선생님과 우리 아버님이 무척 친한 사이였지요. 일제 시대 경성에 살적에 우리 집은 가난해서 조 선생님 덕을 많이 봤어요. 나중에 금평리에 집을 지어 내려간 것도 두 분이 함께 결정한 일이었지요. 6·25때 폭격을 맞아 집이 부서지지만 않았다면 우리 식구는 지금도 금평리에 살고 있을 거요."

상국은 그제서야 고모부의 친구 이 선생을 떠올렸다. 그가 금평리에 갔을 때는 이미 이 선생은 서울로 가 있었으나 고모부를 만나러 와서 밤새 술을 마셨던 기억이 났다. 이 선생은 아침에 서울로 돌아가기 전에 아이들을 모두 모이게 해서 용돈을 나누어 주었다. 상국이 자기도 받을 자격이 있는지 몰라 사촌형 뒤에서 쭈뼛거리고 서 있자 이 선생은 일부러 다가와 지폐를 손에 쥐어 주며 두텁고 큰손으로 말없이 뺨을 만져 주었다. 고모는 이 선생을 세상에서 가장 존경받을 사람의 하나로 이야기하곤 했다. 그의 아들이 사업을 하기 위해 월남에 와 있다는 얘기도 들은 것 같았다.

이채훈은 빨간 망고 껍질을 까서 건네 왔다. 월남에 온 지 반 년이 되었지만 한 번도 맛본 적 없는 과일이었다. 그는 상국이 과일을 먹는 것을 지켜보며 말했다.

"상국이가 이곳에 온 줄 진작 알았으면 이렇게 다치도록 내버려두지는 않았을 텐데. 자네가 부상당한 후에야 금평리 어머니께서 서울 우리 집에 찾아 오셨다고 하더군. 절대로 죽지 않게 해달라고 눈물까지 흘리며 간절히 부탁하셨다는군. 이제 아무 걱정 말아. 내가 미군부대에 납품을 하기 때문에 사령부에 아는 사람이 많으니 무엇이든 부탁을 해도 좋아. 상국이 부대 참모장하고는 호형호제하는 사이지. 더군다나 상국이는 이번에 화랑훈장까지 받았더군. 조금만 힘을 쓰면 얼마든지 편하고 안전한 보직으로 옮겨줄 수 있어. 금평리 어머니가 계시는 한, 상국이는 내 형제나 마찬가지야."

고모 이야기에 갑자기 눈물이 핑 돌았다. 상국은 과일즙이 묻은 손으로 눈에 고인 눈물을 찍어냈다.

"저는 어떤 보직도 싫습니다. 훈장도 싫고 1계급 특진도 싫습니다. 전쟁이 싫어요. 그냥 집으로 갈 길은 없을까요? 소원입니다. 금평리에 돌아가게 해주세요. 집에 돌아가 비닐하우스를 치고 화훼 농사를 할 거예요."

채훈은 주머니에 숨겨 온 납작한 양주병을 꺼내 병뚜껑에 술을 담아 건네 왔다.

"동생 마음은 알아. 그렇지만 어느 누구도 전투중인 사병을 제대시킬 권한은 없어. 더 큰 부상을 당하면 모를까, 전시 중에 본국송환이나 명예제대 같은 건 없어. 힘들겠지만 일 년은 채우고 귀국해야 해."

상국은 독한 술에 얼굴을 찡그리며 고개를 끄덕였다. 이채훈은 빙그레 웃었다. 그는 고모를 꼭 금평리 어머니라 불렀다.

"그러고 보니 동생은 정말 금평리 어머니를 꼭 닮았군. 정말 좋은 분이었지. 종로에 살 적에 우리 집에 양식이 떨어질 만하면 짐꾼을 시켜 지게에 쌀가마를 져다주곤 했지. 그런데 내가 다섯 살 때이던가, 조 선생 댁에 가니 꽁보리에 콩이 잔뜩 섞인 잡곡밥을 드시고 있더군. 우리는 금평리 어머니 덕분에 흰쌀밥만 먹었는데 말야. 철모르는 내가 아줌마는 왜 보리밥을 먹느냐고 물어본 기억이 나니까. 돈을 잘 벌 때도 화장이란 걸 모르고, 좋은 옷 한 벌 사 입지 않고 검소하게 사셨던 분이었지. 이제 내가 알았으니 동생의 고생은 끝났어. 월남에서 사병이 누릴 수 있는 가장 편한 보직을 받도록 해줄 테니까 마음 편히 먹고 치료에 신경 써. 나보다도 어머님께 감사를 드리고."

채훈이 병실을 나갔을 때, 상국은 마치 친형이 떠나버리는 듯한 허전함을 느꼈다. 낯선 땅에서 형제와도 같은 사람을 만났다는 사실이 그의 마음 한편을 따뜻하게 했다. 이채훈은 그가 퇴원하기 전에 몇 번 더 방문했다. 그가 올 때마다 한국인 사병들은 푸짐한 과일과 양주 맛을 볼 수 있었다. 고모부가 돌아가셨다는 소식을 처음 전해준 이도 채훈이었다. 누군가와 싸우다가 돌아가신 것 같은데 자세히는 모른다고 했다. 나중에 사촌형으로부터 받은 편지에는 수리조합 펌프장에 실족해 돌아가셨으며 장례식은 잘 치루었으니 아무 걱정 말고 군대 생활 잘하라고만 쓰여 있었다. 상국은 한국이 있는 북동쪽으로 향을 피워 놓고 술과 절을 올렸다.

퇴원할 때 받은 전출 명령서에는 주월한국군 야전사령부 민사심리대로 적혀 있었다. 월남의 민간인 지대를 내사하여 불만이나 소원을 모아 대민 봉사를 지시하는 부대였다. 비둘기부대나 공병대에 의뢰해 부서진 교량을 수리하거나 병원을 건축하는 대규모 공사부터 농촌 마을의 쓰레기 청소, 빈민들에게 쌀이나 레이션을 무료 배급하는 일까지 다양했다. 월남에 다녀온 사람이라 해도 대부분 민사심리대라는 부대 이름조차 들어본 적이 없는 특수 병과로 한국군 전체에 백 명 정도만이 뿔뿔이 흩어져 배치되어 장교 한 명에 사병 두 명이 조를 짜서 예하부대나 시내를 돌아다니며 필요한 대민 지원을 했다. 다른 한국군이 외박은 거의 불가능한 데다가 외출을 하더라도 세 명 이상 조를 짜서 소총을 들고 다닌 것과 달리, 민사심리대원들은 외출과 외박이 자유로울 뿐 아니라, 월남 전역을 자유롭게 여행할 수 있는 특권까지 있었다. 상국은 호이안 해병여단본부에 배속되었다.

월남의 어느 도시나 마찬가지로 호이안 시내에는 삼륜차가 많았다. 앞좌석에 두 사람이 겨우 비집고 탈 수 있는 소형 짐차였다. 바퀴가 오토바이의 그것 정도로 작았고 엔진은 오토바이처럼 보글거리는 소리를 냈다. 도시에서 도시를 잇는 소형 버스인 람브레타는 드물었다. 사람들은 보통 오토바이나 자전거로 돌아다녔고, 돈이 있는 사람은 자전거 앞에 의자를 단 시콜로를 탔다. 대개 키가 160이 넘지 않는 조그만 사람들이 장난감 같은 삼륜차나 오토바이, 자전거를 타고 부지런히 돌아다니며 시끄럽게 떠들어대는 광경은 보기만 해도 유쾌했다. 거리에 서 있으면 지나는 모든 사람의 얼굴과 즐거이 마주칠 수 있었다. 자전거나 오토바이에 나란히 타고 웃고 떠들며 지나는 사람들, 웃통을 벗은 채 삼륜차를 몰고 지나며 손을 들어 보이는 조그만 사내들의 얼굴까지 다 확인하고 서로 눈이 마주칠 수 있었다. 밀림에서 마주친 베트콩들의 얼굴이 불러일으키는 공포나 증오심과는 또 다른, 이국적인 정겨움이 있었다. 여자 베트콩들과 농민의 부인들이 입던 검은색 아오바바와 전혀 다른 느낌을 주는 새하얀 아오자이를 입은 처녀들이 거리를 돌아다녔다. 그녀들의 목소리는 꾀꼬리의 지저귐처럼 간드러졌고 엉덩이와 가슴 윤곽이 그대로 드러나는 아오자이는 뇌쇄적이었다. 야간전투 때 그를 죽음의 공포로 미치게 만들었던 베트콩들의 언어와 그녀들의 언어가 같다는 것이 이해가 되지 않았다.

응웬티엔을 처음 만난 곳은 '장씨네'라는 식당이었다. 새로운 부대에 막 적응할 때 찾아온 이채훈을 따라서였다. 이채훈은 월남에서는 드문 검정색 일제 승용차를 몰고 가며 말했다.

"거기 음식이 참 좋아. 중국요리집이지만 한국에서 직접 공수해온 고추장을 맛볼 수 있거든. 볶음밥에 고추장을 비벼 먹으면 그만이지."

"아, 장교들이 말하는 걸 들은 것 같네요. 거기 한국말 잘하는 월남 여자가 있다면서요? 그래서 한국군들이 잘 간다고 하던데요? 씨레이션도 갖다주고 그러는가 보데요?"

이채훈은 썬그라스를 쓰며 피식 웃었다.

"얼빠진 녀석들. 엔은 그런 여자가 아냐."

장씨네 식당은 호이안 강으로 이어지는 작은 호숫가에 있었다. 전쟁 전부터 식당과 술집이 밀집한 곳이었다. 응웬티엔은 채훈을 연인처럼 반갑게 대했다. 채훈이 상국을 동생이라고 소개하자 이 옹은 좋은 분이니 그 동생도 좋은 사람일 거라고 한국어로 말하며 악수를 청해왔다. 그녀는 채훈을 이 선생님이란 뜻의 이 옹으로 불렀다. 월남 식당들은 한국처럼 바쁘게 손님을 치르지 않았다. 음식을 주문하면 한참이 지나야 나왔다. 중국인 주방장은 손님이 많건 적건 느긋하게 움직였다. 엔은 두 사람이 볶음밥을 기다리는 동안 몇 번이나 좌석에 찾아와 마주 앉아 이야기를 나누었다. 두 사람의 관계는 특별해 보였다. 몇 명의 한국군 장교들이 왔을 때도 반갑게 맞았지만 그들 좌석에 함께 앉거나 길게 잡담을 나누지는 않았다.

"무척 친한가 봐요. 애인이에요?"

볶음밥을 먹으며 물었을 때 채훈은 당황스레 얼굴을 붉혔다.

"서울에 처자식을 둔 내가 무슨! 다낭에서 우리 회사 경리로 일할 때 안 아가씨일 뿐이야."

상국은 민감하게 반응하는 그의 모습을 보며 그가 응웬티엔을 사랑하는 게 틀림없다는 생각이 들었다. 그리고 자기도 이 여자를 좋아하게 되리라는 예감에 사로잡혔다. 해무에 덮인 송차반도에 처음 들어설 때 가졌던, 월남 땅과 이곳에 사는 사람들을 사랑하게 되리라는 예감이 현실이 될지도 모른다는 예감이었다.

두 사람 뿐 아니라 장씨네 식당에 드나드는 한국군은 누구
나 응웬티엔을 좋아했다. 엔은 눈에 띄는 미인은 아니었다. 그
녀의 얼굴은 까무잡잡한 피부에 작고 네모진 편이었다. 보통
키에 이마가 넓고 눈과 입은 유별나게 컸다. 새까맣고 긴 머리
카락과 짙은 속눈썹, 까만 눈동자에 납작한 코가 전형적인 베
트남 여인이었다. 다른 월남인들과 마찬가지로 발가락도 사이
사이가 넓게 벌어져 있었다. 상국보다 여러 살 많은 이십대 중
반이었으나 결혼하여 아이까지 낳은 탓으로 나이보다 늙어 보
였다. 이십대 중반의 나이에 그다지 예쁘지도 않은 그녀가 인
기를 얻은 것은 한국어를 했기 때문일 것이었다. 발음이 정확
하지 않고 때로 문장도 틀렸지만 외로운 이국땅에서 이국 여
자와 한국말로 대화를 할 수 있다는 사실이 한국인들을 설레
게 했다. 그녀는 교태를 떨거나 몸을 팔지도 않았지만 누구에
게나 밝은 표정으로 친절을 베풀었다.

상국은 채훈이 없을 때도 장씨네 식당을 찾아가게 되었다.
처음에는 동료들을 데리고 갔지만 혼자 찾아가 그녀와 이야기
를 나누는 날이 늘었다. 엔은 여느 여자와 마찬가지로 수다 떨
기를 좋아했다. 한가한 시간을 골라 찾아가면 식탁에 마주 앉
아 많은 이야기를 나눌 수 있었다. 그가 채훈의 동생이라는 믿
음 때문에 그녀는 자신에 대해 말하기를 꺼려하지 않았다. 그
는 채훈을 통하지 않고도 그녀의 남편이 베트콩으로 잡혀 죽
었으며 공범으로 연행되었던 그녀가 살아나올 수 있던 것이
채훈 덕분이었음을 알게 되었다. 미군부대에 채소와 과일을 납
품하는 한편으로 군대에서 현찰 대신 지급하는 군표를 모아
피엑스 물건을 싸게 사서 되파는 일을 하는 채훈은 서른 살
젊은 나이치고는 상당한 돈을 벌고 있었는데, 수입의 상당액을

고급 장교들에게 상납하고 있었다. 월남군 장성들과도 친분이 있던 그는 엔이 잡혀가자 그들에게 돈을 써서 그녀를 풀려나게 했다. 이미 감옥에서 엉망진창이 된 몸이었지만 채훈의 보살핌으로 건강을 회복해 식당에 취직할 수 있었다고 했다.

좀더 친하게 되었을 때, 엔은 자신이 경험한 월남의 감옥에 대해 이야기해 주었다. 그녀는 베트콩이나 브이씨라는 말은 쓰지 않았다. 베트콩을 꼭 인민해방군이라 불렀다. 미군은 인민해방군을 가두기 위해 월남 전역에 수십 개의 감옥을 지었다고 했다. 그녀가 갇혔던 감옥은 천장이 두터운 유리로 되어 있어 미군과 월남군들이 밤낮으로 유리 위를 걸어 다니며 잠을 자지 못하게 감시했다. 화장실도 밥그릇도 따로 없었다. 하루 종일 고문을 당하고 똥과 오줌 위에 던져진 밥덩이를 주워 먹어야 했다. 고문에는 중세 중국에서 쓰던 모든 방법이 동원되었다. 손톱을 뽑고 여자들의 음부로 뱀을 집어넣기도 했다. 물에 젖은 소가죽을 몸에 꼭 맞게 묶은 후 햇볕 아래 내놓아 가죽이 마르면서 몸이 조여드는 견딜 수 없는 고통에 시달리다가 죽게 했다. 그래도 인민해방군이 숨은 곳을 말하지 않거나 전향을 하지 않으면 옛날 프랑스 식민지 시대에 쓰던 킬로틴으로 목을 잘라 버렸다.

"이렇게 목을 잘라요!"

그녀는 자기 목이 목덜미로부터 아래로 잘리는 시늉을 해보였다. 상국이 눈살을 찌푸렸으나 그녀는 말을 멈추지 않았다. 거의 병적으로, 자기가 보고 겪은 것을 털어놓지 않으면 견딜수 없는 듯 했다. 그녀에게 감옥에서의 기억은 누군가에게 털어놓고 울음을 터뜨리고 싶은 깊은 상처임에 틀림없었다. 하루종일 목을 자르면 커다란 상자에 사람 목이 몇 개나 실려 나갔다. 미군들은 여자 포로는 대부분 강간을 당했다. 그녀는 감옥 안에서 미군들이 여덟 여자를 강간해 죽이고 시체 위에서 기념사진을 찍는 광경까지 목격했다.

"엔도 고문을 당했어요?"

엔은 그의 질문에 애매하게 웃어줄 뿐 대답하지 않았다. 대신 말했다.

"이 옹은 감옥에서 어떤 일이 있었는지 묻지 않아요. 나도 말하지 않았어요. 이 옹을 가슴 아프게 하고 싶지 않아요. 나도 잊고 싶어요."

그러나 다음에 만났을 때 그녀는 또다시 감옥 이야기를 했다. 한동안 그녀를 만날 때마다 듣기 거북살스러울 만큼 감옥과 고문이야기를 들어야 했다. 발가벗긴 채 능욕당한 이야기까지 했다. 마치 상국이 칼바위에서 베트콩을 죽인 이야기를 누군가에게 털어놓고 싶은 것처럼, 전투 중에 살기 위해 죽인 게 아니라 명백한 살인이었음을 고백하고 싶었던 것처럼, 그녀는 자신이 당한 고통을 털어놓음으로서 충격에서 벗어나고 싶어했다. 상국은 묵묵히 그녀의 이야기를 들어주었다. 엔은 자신의 감옥 이야기를 해준 이는 상국뿐이라고 했다. 엔은 아무에게도 보여주지 않는 상처를 부끄럼 없이 그에게 드러내 보이고 있었다. 그러나 상국은 차마 자신이 베트콩을 어떻게 살해했는가 말할 수 없었다. 베트콩뿐 아니라 월남 아이들과 여자들을 어떻게 살해했는가 말할 수 없었다. 자신의 상처는 감춘 채 엔의 이야기를 들어주고 위로할 수밖에 없었다.

엔이 노는 날, 채훈까지 셋이 해안에 놀러가 늦도록 술을 마셨다. 그날 상국은 채훈의 시선이 줄곧 그녀에게만 머물러 있음을 보았다. 엔이 옷을 입은 채 미지근한 바닷물에 들어가 수

영을 할 때도, 못 마시는 맥주에 취해 잠이 들었을 때도, 채훈은 그녀 곁에 붙어 떨어지지를 않았다. 질투가 나지는 않았다. 엔을 좋아하게 된 것처럼, 채훈도 잃고 싶지 않았다. 밤이 되어 헤어질 시간이 되었을 때 상국은 자기가 자리를 피해주는 게 좋겠다는 생각을 했다. 그러나 엔은 채훈을 먼저 다낭으로 떠나보내고는 상국에게 자기 집까지 데려다 달라고 하는 것이었다. 강변을 따라 집으로 가는 어두운 길목에서 그녀는 한국어로 말했다.

"이 옹은 나를 좋아해요. 나도 이 옹이 좋아요. 그렇지만 나는 남편을 잊을 수 없어요. 남편은 죽었지만 그 사람은 정말 좋은 사람이었어요. 남편은 죽었지만 내 곁을 떠나지 않았어요. 그 사람은 지금도 살아 있어요. 내 마음속에 살아 있어요."

전기가 부족해 어두침침한 골목에는 더위를 피해 나온 월남 사람들이 군데군데 모여 앉아 있었다. 문이 따로 없이 개방된 집안에 앉아 호롱불 아래 쌀국수를 먹는 이들도 있었고, 나이 어린 아이들이 어른들과 나란히 앉아 담배를 피우는 모습도 보였다. 엔의 집은 골목 안쪽에 있었다. 집 앞 의자에 앉아 있던 할머니가 그녀를 발견하자 안고 있던 아이를 건네오며 웃었다. 두 돌이 안 된 귀여운 사내아이였다.

"이름이 민이에요. 예쁘죠?"

엔이 아이를 보여줄 때, 그는 받아 안으려다가 움찔했다. 상국이 밀림에서 쏴 죽인 아이처럼, 벗겨진 아랫도리에 조그만 고추가 달려 있었다. 갑자기 밀림 한복판에 돌아가 서 있는 기분이었다. 할머니의 품에 안긴 채 자신의 총탄에 으깨져버린 어린애의 부서진 얼굴이 어른거렸다. 울컥 올라오는 슬픔을 누르며, 소중하게 아이를 받아들고 통통한 뺨에 자신의 얼굴을 비볐다. 눈물이 나올 것만 같았다.

"이 아이가 나의 전부예요. 남편이 이 아이를 내게 남겨 주었어요. 이 아이가 없었다면 나는 지금쯤 밀림에 가 있을지도 몰라요."

상국의 머릿속에는 밀림이 펼쳐지고 있었다. 귓속에는 포성과 총소리와 비명소리가 메아리치고 있었다. 엔이 자기 방으로 데려가 따뜻한 녹차를 내올 때도 두근거림은 진정되지 않았다. 문이 없이 구슬로 된 발을 걷고 들어간 엔의 방은 작지만 잘 정돈되어 있었다. 채훈에게도 보여준 적이 없는 방이라고 했다. 작은 탁자 위에는 월남 사람들이 좋아하는 활짝 웃는 얼굴의 조그만 불상이 놓였고 벽에는 죽은 남편과 찍은 결혼사진이 걸려 있었다. 월남 사람들을 좋아한다고 믿었지만, 그들의 삶을 이렇게 가까이 보기는 처음이었다. 엔의 남편 사진 위로 칼바위에서 죽인 베트콩의 얼굴이 어른거렸다. 미안하고 두려웠다. 그는 어디에도 앉지 못하고 방안을 서성거리기만 했다.

"편하게 앉아요."

엔은 그를 자기 침상에 앉히고 의자에 마주 앉아 따뜻한 찻잔을 양손으로 잡고 엷은 웃음을 띤 채 바라보았다. 마치 그의 내면을 다 알고 있다는 듯, 그리고 그가 저지른 죄들을 다 용서한다는 듯 따뜻한 눈길로 바라보았다. 상국의 불안은 차차 진정되었다. 방에서 나올 때, 잠든 그녀의 아들 뺨에 입을 맞춰 주었다.

"상국씨! 선물이에요."

골목에 따라 나온 엔이 반짝이는 라이터를 내밀었다. 휘발유로 불을 붙이는 지포 라이터였다. 한국군 트럭을 얻어 타고 귀대하는 길에 그는 다낭 앞 바다에서 느꼈던 예감이 현실이 되었음을 알았다. 자신이 응웬티엔을 사랑하게 되었음을 깨달았다.

전쟁터의 월남 여성들은 억척스러웠다. 농촌 여자들은 남자들과 똑같이 논에 나가 일했다. 남자들의 일거리가 적은 도시에서 여자들은 더 많이 일했다. 실업자인 남자들이 길거리에 앉아 담배나 피우는 동안에도 여자들은 긴 대나무 양끝에 과일이나 국수가 담긴 대바구니를 달고 종종걸음으로 돌아다녔다. 월남 여자들 중에는 치아가 온통 새까만 이들이 많았다. 붉은 물이 배어나는 야생 열매를 껌처럼 씹기 때문이었는데 입안이 온통 시뻘겋게 물들고 입술까지 피가 말라붙은 것처럼 검붉게 얼룩이 진 데다가 이빨은 몽땅 썩은 것처럼 새까매져서 흉했다. 한국군은 월남 여자들이 혐오감을 줘서 강간을 피해 보려고 일부러 그런 열매를 씹는다고 생각했다. 그곳은 전쟁터였고, 여자든 남자든, 베트콩이든 외국군이든 누구나 생존 그 자체가 가장 큰 문제였다. 진실한 사랑이란 있을 수도 없고 믿을 수도 없는 어색한 감상처럼 보였다. 더군다나 점령군과 점령된 땅의 여성과의 사랑이란 전쟁터의 군인들에게 나타나는 광적인 성욕과 여성의 생존 욕구의 결합으로만 보였다.

그래도 한국인들과 월남여자 간의 연애는 드물게 있었다. 대개는 창녀들과의 관계였지만 그렇지 않은 경우도 있었다. 민사심리대 중사 하나는 다낭 시내의 월남 아가씨와 사랑에 빠져 애까지 낳더니 결국 결혼식을 올리고 월남에 눌러 앉았다. 월남 여자와 결혼하면 한국에 돌아가지 못하고 삼 년 동안 살아야 했지만 중사는 어떤 어려움도 감수할 수 있다고 말했다. 주례는 한국군 부대장이 맡았고 월남군 장성으로서 막강한 권력을 가진 시장이 축사를 하고 거처까지 마련해 주었다. 상국도

190

그 성대한 결혼식에 참석했다. 인종이 다른 두 사람이 하객 앞에서 활짝 웃는 모습을 바라보며 그는 월남에 남아 엔과 사는 꿈을 꾸었다. 연상의 여인이라도 상관없었다. 아이가 딸려 있어도 좋았다. 친구처럼, 연인처럼, 누이처럼, 엄마처럼 행복하게 살 자신이 있었다.

그러나 엔은 그에게 연애 감정을 보여주지 않았다. 엔은 항상 그를 따뜻하게 맞이하고 가끔씩 집까지 데려가 차를 대접했지만 마음을 열지는 않았다. 어느 날 식당 건너편 월남인 전용 술집에 마주앉아 이야기를 하다가 조용히 손을 잡았을 때, 그녀는 슬그머니 자기 손을 빼내며 말했다.

"우리나라에서는 사랑에 빠지는 순서대로 죽는다는 말이 있어요."

상국은 웃으며 대답했다.

"한국군에도 술과 여자를 좋아하면 빨리 죽는다는 말이 있어요."

다른 월남 사람들처럼 엔의 이도 크고 가지런하지 못했다. 그녀는 커다란 입에 노란 색을 띤 이를 드러내어 웃으며 말했다.

"그러나 나는 죽지 않아요. 나는 사랑에 빠지지 않으니까요."

엔은 늘 자신은 죽은 남편과 아들의 여자라는 점을 이야기 했고, 상국도 그녀에게 사랑을 고백하거나 사랑을 얻기 위해 노력하지 않았다. 다만 그녀와 좋은 친구인 것으로 족했다. 엔은 그의 인생에 새롭게 다가온 삶의 의미였다. 그는 조심스럽지 못한 격정으로 그 의미를 잃어버리고 싶지 않았다. 그럼에도 불구하고 엔이 사랑을 허용했다면, 자기를 사랑해도 좋다는 기색을 조금만 보여주었다면, 그는 말도 통하지 않는 월남 처녀와 결혼한 중사처럼, 어떤 장애도 극복할 수 있었을지 몰랐다. 채훈이 당할 배신감과 슬픔마저도 외면할 수 있을 것 같았다. 그녀와 함께 살 수 있다면, 강제체류 삼 년이 아니라 삼십 년도 행복하게 버틸 수 있을 것 같았다. 그의 영혼은 엔의 품속에 들어가 있었으나 그의 몸은 그녀에게 접근할 수 없었다. 월남 창녀는 붐붐이라 불리었다. 창녀가 아닌 월남 처녀들은 꽁까이라 했는데 민사심리대의 다른 사병들은 꽁까이를 사귀기 위해 극장에도 가고 공공연히 예쁜 딸을 가진 민간인들에게 잘해주기도 했다. 그러나 상국은 엔 이외의 다른 여자를 쳐다보기보다는 차라리 붐붐을 택했다. 가끔 한국군 대대 주변에 담요를 들고 찾아와 몸을 파는 창녀들이 있었지만 늙고 추한 데다가 성병이 있을까 봐 싫었다. 한국군 통제권 밖이라서 다소 위험하기는 해도, 젊고 예쁜 여자들이 있는 창녀촌으로 갔다.

창녀촌은 시내에서 조금 벗어난 대나무 숲 가운데 있었다. 온대지방의 매끈한 대나무와 달리 날카로운 가시가 달린 열대 대나무들이 출렁이는 깜깜한 밤중에 문을 열었다. 전기가 없는 곳이어서 밤이면 호롱불만 어른거리는 어두운 초가집에 붐붐들이 기다리고 있었다. 창녀촌은 베트콩에게 장악되어 있었지만, 그들은 적군이라도 자신들에게 경제적으로 도움이 되는 이들은 건드리지 않았다. 그래도 맹호나 청룡 같은 전투부대 마크를 붙인 사병이 출입하기에는 위험한 곳이었다. 상국처럼 사복을 입거나 보급부대인 비둘기부대 마크를 달고 다니는 게 안전했다. 손님이 입구에 들어서면 누군가 깡통을 흔들어 어둠에 잠긴 대나무 숲으로 신호를 보냈다. 안심해도 좋다는 뜻이었다. 그가 한국인임이 확인되면 야전전축 위에 한국 가요가 돌기 시작했다. 어두운 대나무 숲 가운데 이미자 노래가 흘러

나왔다. 그곳에 가면 남진도 만나고 문주란도 만날 수 있었다. 그는 대나무 침상 위에 누운 월남 처녀의 몸에 땀방울을 흘리며 엔이 누워 있는 모습을 상상하곤 했다.

· · · · · ·

엔은 가끔 오전에 늦도록 식당에 나오지 않았다. 어디 갔었는가 물어보면 아이가 아파서 병원에 갔다던가, 그냥 집안 일이 바빠서 못 왔다고 얼버무렸다. 식당 주인 장씨도 그녀가 가끔씩 늦게 출근해도 불만이 없는 것 같았다.

한번은 그녀가 어딘가에 다녀오는 것을 직접 본 적도 있었다. 쓰레기를 치우는 체계가 없는 전시라 동네마다 오물이 쌓여 있었다. 민사심리대는 때때로 십여 대의 군용트럭과 월남 민병대를 동원해 대대적인 쓰레기 수거작업을 하여 주민들로부터 환영을 받았다. 그 날은 시내에서 꽤 떨어진 작은 마을에서 쓰레기 수거작업을 하는 날이었다. 한 발짝만 밀림으로 들어가면 언제 어디서 총알이 날아올지 모르는 위험한 곳이었다. 군인이라지만 베트콩과 다름없이 복장도 제대로 갖추지 않고 군기도 전혀 들어있지 않은 월남 민병대원들이 느릿느릿 게으름을 피우며 쓰레기 담는 걸 지켜보고 있는데, 밀림으로 뻗은 흙길을 타고 오토바이 한 대가 달려오고 있었다. 연분홍색 아오자이를 입은 작은 여자가 타고 있었다. 농라를 쓰고 입과 코를 하얀 천으로 가렸으나 그는 금방 알아볼 수 있었다. 바로 자기가 사준 아오자이였기 때문이었다. 지포 라이터를 받은 다음날 옷가게에 데려가 사준 옷이었다. 엔이었다.

"엔! 어디 갔다 와요?"

상국이 불쑥 나타나 가로막자 그녀는 급하게 오토바이를 멈췄다.

"윤 병장!"

엔은 입을 가렸던 천을 내리며 반가운 표정을 지어 보였으나 어쩐지 어설프게 느껴졌다. 평소에 이름을 부르던 그녀의 입에서 병장이라는 호칭을 들으니 갑자기 낯선 여자를 만난 기분이었다. 그를 먼저 발견하고도 모르는 척 지나려 했던 것 같은 직감이 들었다. 오토바이에는 넓은 짐받이가 달려 있었다. 그녀는 밀림 쪽을 가리켰다.

"저기, 친척집에 갔다 와요."

여덟 시를 조금 넘긴 시간이었다. 시내에서 그녀가 가리키는 밀림까지 갔다 오려면 해가 뜨기도 전에 출발했을 것이었다. 그녀의 눈은 불안으로 가늘게 떨리고 있었고, 손은 오토바이를 출발시키려고 연신 부릉대고 있었다. 상국은 길을 비켜주었다. 께름칙한 느낌은 그녀가 어디 갔다 오는가에 대한 의구심에서가 아니라 그녀의 긴장된 표정에서 왔다.

다음날 식당에서 다시 만났을 때 활짝 웃으며 맞이하는 엔의 얼굴을 만나자 전날의 일은 금방 잊혀지고 말았다. 여자 베트콩들이 시내에서 씨레이션이나 무기를 모아 숲으로 전달해준다는 건 널리 알려진 이야기였다. 그러나 그는 엔을 의심하지 않았다. 민사심리대원들 사이에는 식당 주인 장씨가 베트콩 동조자라는 농담도 돌았다. 시내에서 암약하는 베트콩들은 미군이나 한국군이 드나드는 술집에 기관총을 난사하기도 하고 입구에 세워놓은 지프에 부비트랩을 장치해 폭사시키곤 했다. 귀국을 앞두고 이별주를 마시기 위해 바에 들렀던 한국군 일행이 술집 여자가 끌어들인 베트콩의 기관총에 몰살당한 사건도 있었다. 그래서 후방의 한국군 사이에서는 술과 여자를 좋아하면 일찍 죽는다는 말이 돌았다. 그런데 한국인이 운영하는 아리랑식당 다음으로 가장 많은 한국군이 드나드는 장씨네 식당에는 총격 사건이 없었고, 그래서 대원들 사이에서 장씨가 베트콩에게 일정한 보호세를 바치고 있지 않겠느냐는 말이 나왔다. 그러나 상국은 농담이라도 그런 이야기에 끼어들지 않았다.

헬기에 실려 밀림을 벗어날 때 시작되었던 우기도 끝나가고, 귀국 날짜가 다가오면서 상국은 갈등하고 있었다. 민사심리대원 중에는 제대까지 늦춰가며 월남에 남아 있는 사람도 있었다. 좀더 많은 돈을 모으려 함이었다. 병장 월급 오십 달러면 한국의 말단 공무원 월급보다 많았다. 게다가 자유로운 신분을 이용해 얼마든지 군수물자를 빼돌릴 수도 있었다. 그러나 상국은 돈보다도 엔과 많은 시간을 갖고 싶어서 월남에 남고 싶었다. 귀국을 한다 해도 제대할 때까지 다시 전방에서 근무해야 한다는 것도 부담스러웠다. 제대하는 날까지라도 월남에 남아 있고 싶었고 신청만 하면 가능했다.

베트콩 첩자들을 잡아내는 정보대 하사로부터 엔에 대한 이야기를 들은 것은 그 무렵이었다. 고향이 같아 친해진 하사와 점심을 같이 하게 되었다. 그런데 그가 장씨네 식당에 가서 먹자고 하니 발걸음을 멈추는 것이었다.

"윤 병장, 장씨네 식당에 자주 가나?"

"그런 편이지요. 왜요?"

하사는 안색이 굳어졌다.

"조심해. 식당 주인 장씨가 베트콩과 내통한다는 긴급 정보가 들어왔어. 다 한통속이드만. 거기서 일하는 여자 있지, 한국어를 잘하는 여자 말야. 그 여자가 베트콩에게 돈과 씨레이션을 공급한다더군. 곧바로 놈들을 일망타진할 거야."

하사가 이끄는 대로 장씨네 식당 대신 아리랑 식당에서 곰탕을 먹는데, 뜨거운 국물이 목에 걸려 잘 넘어가지 않았다. 다음날, 식당이 한가한 시간에 맞춰 혼자 시내에 나간 그는 식당 근처에서 월남 아이 하나를 붙잡아 엔을 불러내도록 심부름을 시켰다. 미군 전용 바에는 동양인이 출입할 수 없었다. 둘이 몇 번 가본 적 있는 월남인 전용 술집에서 기다리니 엔이 들어왔다. 그녀는 웃으며 마주 앉았으나 그의 표정을 보고 웃음기를 거두었다. 그는 맥주를 마시고 그녀에게는 얼음이 든 월남 차를 시켜주었다.

"정보대에서 엔에 대해 다 알고 있어요. 어서 피해야 해요."

상국이 짤막하게 이야기했을 때, 엔은 고개를 들어 실내를 둘러보았다. 한낮의 술집에는 손님이 없었다. 에어컨 바람이 천장에 달린 커다란 선풍기 날개를 따라 서늘하게 번지고 있었다. 새처럼 높고 간드러진 여자 목소리로 월남 가요가 흘러나오고 있었다. 그녀는 그의 눈길을 피해 한동안 실내를 둘러보다가 입을 뗴었다.

"베트남에는 쯩 자매의 거리가 있어요. 쯩짝과 쯩니의 거리예요."

웨이터가 차와 맥주를 가져왔다. 엔은 웨이터가 물러나기를 기다렸다가 말을 이었다.

"1900년 전에 쯩 자매는 중국에 맞서 독립 전쟁을 일으켰어요. 쯩 자매는 중국 태수를 내쫓고 베트남을 세웠어요. 4년 후 중국 군대가 돌아와 베트남은 무너졌어요. 쯩 자매는 항복하지 않고 강물에 몸을 던져 죽었어요."

196

상국은 아무 말도 하지 않았다. 엔이 차를 마시는 동안 침묵이 흘렀다. 그녀는 긴 머리칼을 뒤로 젖혀 올리며 말했다.

"그때부터 베트남의 독립을 위한 전쟁이 시작되었어요. 길고 긴 전쟁이었지요. 우리 조상은 중국을 물리쳤고 프랑스도 물리쳤어요. 일본도 물리쳤어요. 이제는 미국이 들어와 전쟁을 일으켰어요. 쯩짝과 쯩니 자매처럼 우리는 미국과 싸우고 있어요."

다시 침묵이 시작되었다. 그녀는 자신에 대해 다른 어떤 말도 하지 않았고, 상국도 묻지 않았다. 상국은 비 오는 날 매복해서 잡았던 베트남 여자들이 어떻게 처리되었을까 생각했다. 그리고 부대 정문에 세워진 간판을 생각했다. 백 명의 베트콩을 놓치더라도 한 명의 민간인을 보호하라는 지시를 생각했다. 그러나 그녀는 민간인이 아니었다. 명백히, 그녀는 베트콩이었다. 마치 처분을 기다리듯 그녀가 까만 눈으로 올려다보고 있을 때, 상국은 불쑥 손을 내밀어 그녀의 손을 잡았다. 엔은 흠칫 놀랐으나 손을 빼지는 않았다. 그는 아무 말도 못하고 가만히 손을 잡은 채 허공을 바라보다가 마시지도 않은 맥주를 그대로 둔 채 일어났다.

"몸 조심해요, 엔."

거리에 나와 말했을 때 그녀는 방긋 웃어주며 대답했다.

"깜언. 핸 캅 라이!"

고맙다고, 또 만나자고 월남어로 말했다. 그것이 진실한 벗이 되었다는 뜻인지, 아니면 인연을 끊고 낯선 사이로 돌아가자는 뜻인지 알 수 없었다. 엔을 식당으로 들여보내고 번잡한 도로 한가운데 서 있으려니 불현듯 두려움이 밀려 왔다. 밀림 한가운데 혼자 버려진 느낌이었다. 호기심과 애정으로 두리번대며 돌아다니던 낯익은 길들이 가시덤불과 부비트랩으로 가득한 정글처럼 보였다. 팝송과 한국 가요를 틀어 놓은 화려한 술집 들이며 내집처럼 드나들던 관청들이 모두 베트콩에게 장악된 레드빌처럼 보였다. 먹을 것을 나눠주고 민원 처리를 해주러 다니면서 만났던 웃는 얼굴들이 모두 거짓으로 느껴졌다. 장난 감처럼 돌아다니는 삼륜차와 오토바이와 시클로에 탄 작은 사람들이 모두 얼마나 적대감에 찬 얼굴로 자신을 바라보고 있었는지 그제서야 느껴지는 기분이었다. 월남 사람들은 멍청이 바보라는 뜻의 '죠요이'라는 욕을 잘했다. 대민 봉사를 나간 그의 등 뒤에서 자기를 향해 죠요이라고 하던 말을 들은 적도 있었다. 그때는 그저 장난으로만 받아들이고 웃고 말았다. 그러나 이제 그것이 그들의 진심이라는 것을 깨달았다. 그는 이 방인이었다. 부대로 돌아가려면 강가를 지나야 했다. 안남산맥에서 흘러온 투봉강이 작은 호수를 거쳐 남지나해로 흘러 들어가는 곳이었다. 강변 야자수 그늘 아래 아이들이 고기를 잡으며 놀고 있었다. 그는 걸음을 멈추고 엔으로부터 받은 지포 라이터를 꺼냈다. 탁한 강물에 던져 버리려고 했다. 그러나 망설이다가 다시 집어넣었다. 그리고 부대로 돌아와 제 날짜에 귀국하겠다는 의사를 밝혔다.

귀국하는 날까지 그는 장씨 식당에 가지 않았다. 여단 본부에 간 길에 정보대 하사로부터 식당주인 장씨가 체포되었다는 이야기를 들었다. 여자는 이미 달아나 잡지 못했노라고 했다. 어린아이와 함께 종적을 감췄다는 것이었다. 하사는 그녀가 아이 때문에 밀림으로 들어가지는 못했을 거라고, 그렇지만 사방이 빨갱이들이라 체포하기는 어려울 거라고 했다.

엔을 다시는 만날 수 없다는 상실감으로, 이번에 잡히면 살아 나오지 못하리라는 걱정으로 우울했다. 파병동기들은 귀국의 기쁨에 들떠 있었지만 그는 잠만 잤다. 장교든 병사든 귀국 박스를 채우느라 정신없었다. 소니 라디오에서 탄피까지 돈이 될만한 온갖 잡동사니들로 꽉 차서 미처 담지 못한 물품은 가지고 갈 것이 별로 없는 전투병들의 빈 공간을 빌어 채워 넣기 바빴다. 상국의 귀국 박스에는 농사지을 때 입으려고 빨아둔 미제 군복 두 벌과 새 정글화 한 켤레, 사촌형과 조카들에게 주기 위해 모아놓은 커피와 약간의 과자만이 들어 있었다. 장교며 하사관들이 텅 비다시피 한 그의 귀국 박스에 서로 자기들 물품을 채워 가려고 했지만 완강히 거절했다. 알량한 양심 때문은 아니었다. 자신도 엔에게 선물을 사주고 대나무숲 창녀촌에 가기 위해 씨레이션에 기름까지 팔아먹었다. 후방에서 총 한방 쏘지 않고 돈만 벌어 돌아가려는 이들을 혐오했을 뿐이었다. 계속 귀찮게 굴면 아예 박스를 부셔버리고 맨몸으로 귀국할 작정이었다. 그는 가슴 주머니 속에 든 것들만 가지고 가면 됐다. 여단 참모장으로부터 직접 수여 받은 무공훈장과 엔이 선물로 준 지포라이터가 함께 들어 있었다. 그 두 가지만 가지고 귀국하면 된다고 생각했다. 그러나 엔으로부터 받은 하나뿐인 선물인 지포라이터는 끝내 한국으로 가지고 오지 못했다.

마침내 귀국선을 타던 날, 기관총이 장착된 헌병 지프의 인솔에 따라 귀국 병사들을 태운 두 대의 트럭이 다낭 항구를 향해 뽀얀 흙먼지를 날리며 논 벌판길을 질주하고 있을 때였다. 평소에는 눈을 번득이며 지나던 위험지구였으나 긴장이 풀린 병사들은 총 개머리판을 악기 삼아 두드리며 신나게 가요를 외쳐 부르고 있었다. 앞서 가던 지프가 꽝하는 쇳덩이 깨지는 폭음과 함께 공중에 풀썩 떠올랐다가 길가에 처박혔다. 거의 동시에 바로 뒤를 따르던 트럭이 또 다른 폭발음과 함께 한쪽 바퀴가 치켜 올라가며 옆으로 누운 채 불길에 휩싸였다.

"기습이다! 뛰어내려!"

상국은 뒤쪽 트럭에 타고 있었다. 병사들은 무작정 사방 들판을 향해 총을 쏘아대며 차에서 뛰어내렸다. 도랑으로 숨거나 길바닥에 엎드려 닥치는 대로 총을 갈기기 시작했다. 지프에 탔던 병사들은 사방으로 날아 떨어져 있었다. 누군가 지프에 뛰어 올라 보이지 않는 적을 향해 기관총을 갈겨댔다. 시커먼 연기를 뿜으며 옆으로 누운 트럭에서 굴러 떨어진 사병들이 엉금엉금 기어 사방으로 흩어졌다. 지프와 트럭 주변에는 피투성이가 된 부상자들이 신음하며 꿈틀댔다. 한참을 사격하도록 적의 반응은 없었다. 길 복판에 묻은 지뢰를 밟고 지프가 전복하는 것과 동시에 가장자리에 매설된 대전차지뢰를 트럭이 밟은 것이었다.

"사격 중지! 사격중지! 빨리 부상자 수습해!"

"여기도 죽어간다. 야, 이 새꺄 빨리 무전 때려! 빨리 잠자리 오라 그래!"

상국은 탄알집 두 개가 다 비도록 쏘아 뜨거운 총구를 들고 부상자들 쪽으로 뛰어갔다. 부산에서 함께 배를 타고 온 파병 동기 하나가 다리를 잃은 채 쓰러져 있었다. 잘려나간 허벅지에서 흘러내린 피가 황톳길을 적시고, 가슴에도 파편이 박혀 검고 탁한 피가 뭉클뭉클 배어나고 있었다. 몸의 열이 식어 가는 동기는 부들부들 떨며 눈만 껌뻑일 뿐 아무 말도 하지 못했다. 상국은 그의 피가 자신의 군복을 다 적시도록 끌어안은 채 두 눈을 감고 이를 악물고 있었다. 가슴으로 전해오는 심장 박동이 점점 느려졌다.

죽고 부상당한 이들은 남고, 산 사람들은 귀국선을 타기 위해 다낭 항에 도착했을 때, 뜨거운 시멘트 바닥에는 한국에서 갓 도착한 신병들이 겁을 잔뜩 먹고 두리번대고 있었다. 한쪽에서는 개미떼처럼 씨레이션 더미에 몰려들어 아우성을 벌이고 있는 병사들 사이로 장교들이 욕설을 퍼부으며 돌아다니고 있었다. 아무것도 변한 게 없었다.

귀국선이 남지나해를 가로지를 때, 상국은 어두운 갑판에 나가 주머니를 열었다. 엔이 준 라이터와 무공훈장이 함께 나왔다. 그는 달빛이 파리한 검은 바닷물에 라이터를 던져 버렸다. 훈장도 던져 버리려 오른손에 잡았으나 망설이다가 다시 주머니에 집어넣었다.

부산에 내려 다시 휴전선으로 향하는 군용열차를 탔다. 월남전선에서 한국전선으로의 이동이었다. 경부고속도로 공사가 한창이었다. 부산서 서울로 가는 곳곳에 산을 허물어 내고, 논을 메워 길을 만드는 모습을 볼 수 있었다. 열차 안의 사병들은 공사 현장을 가리키며 월남전에서 한국군이 벌어들인 돈으로 만드는 것이라고 했다. 미군은 한국군 사병들에게도 이백 달러 넘는 월급을 책정했지만 박정희 정부에서 전투수당 수십 달러만 나눠주고 나머지는 원천징수해서 경부고속도로와 포항제철을 만들었다는 소문이 있었다. 병사들은 공사장을 향해 주먹을 휘두르며 내 돈 내놓으라고 외치기도 했다.

몇 달의 자대 근무까지 마치고 제대하여 금평리에 돌아온 그를 기다리는 것은 다시는 만날 수 없을 줄 알았던 평화였다. 고모는 무사히 귀향한 아들을 위해 잔치를 벌여 주었다. 결혼해 금평리를 떠난 누이들까지 찾아와 끌어안고 좋아했다. 주변에 공장이 들어서기 시작하면서 읍내는 밤에도 시끌벅적했다. 고모는 새로 집을 더 지어 공장 사람들에게 월세를 놓아 돈을 벌어들이고 있었다. 기름진 옥토로 변한 새방천 논밭에서는 매일 풍족한 작물이 쏟아져 나와 서울로 실려 갔다. 고모부가 죽은 외에는 모든 게 정상적이고 넉넉하고 평온하게 돌아가고 있었다.

상국은 그들의 사랑과 그들의 평화를 견딜 수 없었다. 채훈과 나눈 이야기와 달리, 그는 비닐하우스를 지어 화훼 농사를 시작하지 않았다. 사촌형의 돼지 사육을 돕지도 않았다. 귀국 첫날 고모부의 묘지를 찾아가서 시작한 술자리는 몇날며칠 계속되었고, 몇 달이 되도록 끝나지 않았다. 사촌형과 고모가 야단을 치고 달랠수록, 시집 간 누이까지 찾아와 관심을 가져줄수록, 그의 일탈은 심해졌다. 술집에서 싸움이 일어날 상황이 되면, 누군가 시비를 걸고 곧 주먹질이 오갈 분위기가 감지되면, 그는 곧장 전투상황에 빠져들었다. 닥치는 대로 두들겨 패고 갈가리 찢어 죽이고 싶은 광기가 끓어 올랐다. 나는 사람을 죽여 본 사람이다, 너희 같은 놈들은 단칼에 벨 수 있다는 말이 마구 터져 나왔다. 밀림의 학살자로 돌아간 그는 평범한 술집과 광란의 전장을 혼돈했고, 손님들을 베트콩으로 착각했다. 덩치 큰놈은 미군으로 보이기도 했다. 그는 악당들에 맞서 닥치는 대로 부수고 때려 싸워 이겼지만, 다음날 아침 파출소에서 깨어나 보면 오로지 자기 자신만이 미친 주정꾼이었음을 발견할 수 있었다.

월남에서 가져온 하나뿐인 기념품인 무공훈장마저 버리게 된 것은 안양 시내 술집에서 일어난 폭행사건 때문이었다. 동네 친구들과 소주를 마시고 있을 때 우연히 서울에서 내려온 파월 군인 출신이 합석하게 되었다. 이미 만취해 있던 상국은 어떻게 전쟁이야기가 시작되었는지도 알지 못했다. 월남 여자 이야기가 나올 즈음부터 하사 출신의 말이 귀에 들어오기 시작했다.

"월남 여자들은 머리가 나빠서 말야, 너는 걸레야 하고 가르치면 그게 무슨 좋은 말인 줄 알고 우리만 보면 나는 걸레, 나는 걸레, 하면서 손을 흔드는 거야."

일행이 소리 내어 웃었다. 그는 신이 나서 떠들었다.

"사실 걸레란 말이 틀린 것도 아냐. 월남 여자는 다 창녀거든. 창녀가 아니라도 총만 들이대면 벌렁 드러누워 다리를 벌린다니까?"

"당신 어느 부서에서 근무했어?"

하사는 웃음소리 때문에 상국의 질문을 미처 듣지 못한 것 같았다.

"베트콩들은 쪼그맣거든? 우리나라 중학생이나 될까? 육박전에 들어가면 멱살을 움켜쥐고 번쩍 들어 집어던지면 저만큼 날아가 버려. 상대가 안 되지. 베트콩들은 따이한 하면 벌벌 떠니까. 베트콩 작전 명령서에 따이한과의 접전은 피하라고 써 있을 정도였다니까? 개들하고는 싸움이 안 돼. 바퀴벌레 잡듯이 쓸어버리는 거지."

상국이 언성을 높였다.

"당신 어디서 근무했냐니까?"

웃음소리가 잦아들었다. 하사는 여전히 웃음이 가시지 않은 얼굴로 말했다.

"나트랑 보급창에 있었지."

"돈도 좀 벌었겠네?"

"남들에 비하면 뭐, 양심적인 편이었지. 서울 변두리에 집 한 채 산 게 전부야."

손바닥만한 유리 재떨이가 손에 잡혔다. 벌떡 일어나는 것과 동시에 하사가 비명도 지르지 못하고 뒤로 넘어졌다. 상국은 의자를 걷어차고 일어나 하사의 허벅지를 걷어차기 시작했다.

"근데 전쟁 얘기를 해? 후방에서 총 한번 안 쏘고 제대한 놈들이, 베트콩 얼굴 한번 못 본 놈들이 전쟁 얘기를 해? 너희가 뭘 알아? 전투병들이 부비트랩에 걸리고 죽창에 찔려 죽을 때 물자나 팔아먹던 놈들이 뭘 알아? 베트콩이 벌레 같다고? 너희들이 베트콩이 얼마나 무서운지 알기나 해? 너 같은 놈들은 베트콩에 걸리면 벌레처럼 짓이겨져 똥오줌 질질 싸! 알기나 해?"

하사가 비명을 지르며 이리저리 뒹구는 자리에 이마에서 흘러내린 피가 묻어났다. 친구들이 양팔을 붙들고 땅바닥에 엎어 놓을 때까지 상국은 계속 소리를 지르며 날뛰었다.

경찰서에서 조서를 쓰고 있을 때 고모가 들어왔다. 머리가 천장에 닿기라도 하듯 구부정하니 들어온 고모의 손에는 반짝이는 훈장이 들려 있었다. 월남에서 훈장까지 받아 온 애국자이니 용서해 달라는 애원에 형사들의 태도가 바뀌었다. 미친 주정뱅이 취급하며 욕을 퍼붓던 형사들이 갑자기 말투를 바꾸어 친형처럼 다정하게 격려의 말을 하며 어깨까지 두드려 주는 것이었다. 구속 영장도 청구하지 않고 피해자와 합의 보는 조건으로 훈방을 시켜주었다. 고모는 훈장과 돈을 들고 하사가 입원한 병원과 경찰서를 드나들며 수없이 고개를 조아리고 눈물로서 애원했다. 사건이 마무리되던 날, 상국은 더러워진 안양천 물에 훈장을 던져 버렸다.

전쟁터에서 벗어나고자 하는, 아니 전쟁터로 돌아가고자 하는 광기는 꽤 오래도록 지속되었다. 마을에 사이렌만 울려도 전쟁이 난 게 아닐까 가슴이 철렁하며 조건 반사적으로 예비군복을 챙겼다. 논에 있다가도 헬기 소리가 나면 일을 멈추고 그것이 사라질 때까지 지켜보았다. 소리없이 나타나 멀리 하늘을 가로지른 후에야 굉음을 울리는 팬텀기가 지날 때도 어린 애처럼 넋을 잃고 그 하얀 꼬리가 하늘에 흩어져 없어질 때까지 멍하니 고개를 뒤로 젖히고 있었다. 텔레비전에서 전투 장면이 나오면 눈을 번득이며 매몰되어 버렸다. 자기도 모르게 공포에 사로잡히면서도 또 다른 한편에는 다시 그 상황으로 돌아가 피를 뿌리고 싶은 욕망에 사로잡혔다. 전투장면에서 조카들이 떠들어대면 예전의 그답지 않게 고함을 버럭 지르고 아무거나 집어던지려 들었다. 그리고 이내 자기가 지금 어떤 상태에 빠졌는지, 자기가 방금 무슨 짓을 했는지 스스로 놀라고 고통스러워했다.

사람들은 그가 월남에서 어떤 일을 겪었는지 궁금해 했다. 그러나 그는 아내 이외에 누구에게도 그곳에서 있었던 일에 대해 이야기하지 않았다. 더운 날씨나 베트남의 풍습 외에 전투에 대해서는 일체 말하지 않았다. 아내에게도 처음 만나 정신이 혼란했을 때 이후로는 일체 전쟁 이야기를 해주지 않았다.

아내를 만난 것은 제대한 이듬해, 집중호우로 안양천 일대가 물바다가 되고, 고모부가 빠져죽은 수리조합 펌프장에 조합장이 죽어 발견된 직후였다. 그날도 읍내 주점에서 술을 마시다가 통행금지에 걸려 파출소에서 하룻밤을 보내고 나온 아침이었다. 위벽이 헐어버린 듯 쓰라린 배를 쓸며 휘청휘청 금평리 쪽을 향해 걸어가는데 문득 한 젊은 여자가 어스름한 새벽길을 걸어오는 게 보였다. 무언가를 가슴에 품고 또박또박 걸어오는 여자의 얼굴을 보는 순간, 그는 흠칫 걸음을 멈추었다. 그를 향해 다가오고 있는 것은 유령이었다. 자신의 대검에 찔려 비명을 지르던, 박 하사의 유탄발사기에 산산이 흩어져 사라져버린 여자 베트콩이 거기에 있었다. 작은 키에 단두형 얼굴, 움푹 들어간 속눈썹 짙은 눈을 가진 월남 꽁까이가 거기 있었다. 처녀의 눈동자는 엔처럼 까맣지도 않았고 넓적한 골반이며 뒤통수가 볼품없는 평범한 한국여자였음에도 그의 눈에는 그렇게 보였다. 처녀는 가슴에 성경책을 안고 있었다. 그녀는 아직 술이 덜 깨어 휘청거리는 키 큰 남자를 비켜 걸음을 재촉했다. 홀린 듯 따라가기 시작했다. 교도소 맞은 편 동네에 들어선 여자는 한 작은 상가 건물로 들어갔다. 1층은 셔터가 내려져 있었으나 2층은 불이 환히 밝혀져 있었다. 교회였다.

아내를 만나고, 교회에 나가면서 그는 조금씩 안정을 찾아갔다. 매일 새벽기도에 나가기 시작한 어느 날, 1번 국도를 지나는데 요란한 브레이크 소리와 함께 사람들의 비명이 들려왔다. 시외버스가 사람을 친 것이었다. 사람들 다리 사이로 피가 흥건히 흘러내리는 광경이 보였다. 갑자기 구토가 올라왔다. 월남에서는 피에 범벅이 되어서도 허겁지겁 밥을 먹었는데, 밀림 곳곳에서 썩어 뼈가 드러난 시체를 보고도 침 한번 뱉고 지나칠 수 있었는데, 조각난 시체들을 돼지고기 만지듯 주워 모을 수 있었는데, 피를 보고 견딜 수가 없었다. 한번 구토가 시작된 후로는 낫질을 하다가 손가락을 베어 흘러나오는 피에도 구역질을 견디지 못했다.

교통사고를 목격한 후부터 그는 진심으로 신앙을 가지게 되었다. 여자에게 잘 보이기 위해서가 아니라, 스스로 구원에 대해 생각하게 되었다. 달아나는 닭의 목을 낫으로 쳐서 날려 버리는 일도 못하게 되었고, 잔칫날 돼지 목 따는 광경도 지켜보지 못했다. 짓이겨진 몸뚱이가 보기 싫어 파리채도 들지 못했다. 수리산에 송충이가 번창할 때 학생들까지 동원되어 송충이 잡이가 벌어졌지만 그는 송충이가 발에 밟히는 뭉클한 기분이 싫어 산 근처에 가지도 않았다. 길 가다가 어깨에 송충이가 떨어지면 죽이지 않고 숲에 던져주었다. 첫 아이와 둘째 아이가 모두 불구로 태어나고 자신의 몸 곳곳에서 붉은 반점이 생겨 진물이 나고 가려워 견딜 수 없게 되면서, 매일 밤 긁느라 잠을 못 이루고 아침이면 피고름으로 물든 속옷을 벗어내면서 그의 신앙은 더욱 깊어졌다.

그것은 신앙이라기보다 참회였다. 졸업을 앞두고 신학교를 자퇴한 뒤로도 보통의 삶으로 돌아갈 수가 없었다. 이 나라에서 가장 오지라는 봉화 산골짝에 들어와 거리의 전도사가 되었다. 돈이 떨어지면 아픈 몸을 이끌고 공사장에서 막노동을 했다. 무공훈장을 받았기 때문에 보훈처에 신청만 하면 약간의 연금에 직업도 얻을 수 있었으나 그는 끝내 신청서를 내지 않았다. 아내와 아이들이 원망을 해도 그의 고집은 꺾이지 않았다. 일주일에 사나흘은 노동을 하고 나머지 날들은 전도하러 다녔다. 산골짝에 외롭게 사는 노인들을 찾아다니며 노동해서 번 돈으로 산 성가 테이프와 성경을 나누어 주었다. 영주 기차역에 나가 배회하는 걸인들을 보살피기도 하고, 중환자실에서 죽어 가는 이들로부터 마지막 고백을 들어 주었다. 상주가 초대하건 말건 장례식마다 찾아가 밤 새워 기도를 올려 주었다.

몸이 점점 나빠져 그나마 노동도 힘들어진 뒤로는 고모의 송금이 큰 도움이 되었다. 해마다 초가을이면 고모를 위해 며칠씩 청량산을 헤매어 취나물이며 더덕, 버섯을 한 가마니씩 따서 기차로 실어 보냈다. 그것이 고모를 위해 해줄 수 있는 유일한 보답이었다. 어떤 날은 노랗게 익어 가는 다래에 유혹되어 골짜기 깊숙이 들어갔다가 기진해 다음날 새벽에 깨어나기도 했지만 고모에게 맛있는 산채를 보내는 기쁨을 버릴 수 없었다. 몸이 완전히 망가져 버릴 때까지 그의 참회는 계속되었다.

· · · · · ·

월남에서 돌아온 지 24년 만에, 더 이상 버틸 수 없는 고통으로 쓰러져 병원에 입원했을 때, 그는 지나온 세월이 아무 것도 떠오르지 않음을 깨달았다. 월남에서 돌아온 이후로 그의 삶은 무언가를 새롭게 만들고 이뤄가기보다는 과거를 지우기 위한, 밀림에서의 한 해를 지워내기 위한 삶이었다는 사실을 깨달았다. 그러나 잃어버린 것은 지난 24년의 세월뿐, 그 일 년의 기억은 조금도 바래거나 사라지지 않고, 오히려 잔인하도록 생생히 새겨졌다.

생의 마지막 날, 윤상국은 병실 창문에 비친 자신의 얼굴을 바라보며 밀림에서 죽창에 찔려 피를 흘리며 죽어가던 일등병을 무릎에 눕혀 놓고 숨이 끊어져가는 모습을 지켜본 기억을 떠올리고 있었다. 베트콩들이 밀림에 구덩이를 파고 물소 똥을 묻힌 대나무 창을 꽂아놓은 함정을 만들어 놓았다. 숨도 쉬기 힘든 무더위 속에 수십 킬로가 넘는 군장을 메고 땀에 범벅이 되어 몽롱한 정신으로 행군하던 일등병은 억 소리도 내지 못하고 함정에 엎어져 버렸다. 방탄조끼를 입은 가슴 부위는 무사했으나 목덜미와 허벅지에서 흐르는 피를 막을 수 없었다. 목이 깊숙이 찔려 말도 할 수 없게 된 일등병의 목줄기에서 선혈이 물컹물컹 솟아났다. 처음에는 자신에게 닥친 불행에 놀라 도대체 무슨 일이 생겼는가 두리번대던 눈망울이 이내 두려움과 절망으로 빠져들어 살려 달라는 절박한 시선으로 변했다. 뭐라고 말을 하고 싶은 듯 입을 벙긋거렸지만 목구멍에서 피가 끓는 소리만 났다. 생명이 사라져 가면서, 일등병의 눈은 빛을 잃기 시작했다. 동료들이 땀과 눈물에 범벅이 되어 내려다보는 가운데 그의 시선은 점차 움직임을 멈추고, 초점을 잃어 흐릿해져 갔다. 움켜잡았던 손은 힘이 빠져 스르르 내려가 버렸다. 피가 멈출 무렵에는 눈동자에 희미하게 남아 있던 빛도 완전히 사라져 버렸다. 가슴도 더 뛰지 않았고 몸은 미지근하게 식어갔다. 간절히 삶을 갈구하던 영혼은 죽은 몸을 빠져나가 어디론가 사라져 버렸다.

상국은 유리에 비친 자신의 눈에 초점을 맞출 수가 없었다. 자신의 눈빛이 어느 정도 생명의 빛을 잃었는가 직시할 자신이 없었다. 자신의 육체와 영혼이 서로 떨어지지 않기 위해 얼마나 힘들게 버티고 있는지, 어둠이 얼마나 가까워졌는지, 어느 정도까지 죽음의 세계에 익숙해져 있는지 알고싶지 않았다. 그 긴 세월동안 수없이 나타났던 것처럼, 또다시 밀림에서의 일들이 방금 일어난 것처럼 생생히 떠오르기 시작했다. 마치 자신의 몸에 깃들었던 영혼이 떠나기 위해 짐을 꾸리듯, 수많은 기억들이 한꺼번에 쏟아져 나왔다. 죽어간 동료들의 이름은 흐릿하게 잊었지만, 다낭 앞바다 해변에 늘어진 야자수와 고풍스런 호이안 시가지와 습기에 덮인 장대한 안남산맥이, 월남 사람들의 까만 얼굴과 작고 마른 몸매가 너무도 생생하게 떠올랐다. 밀림을 적시던 검붉은 핏물과 비린내, 널려진 살덩이들이 현실처럼 느껴졌다. 눈을 감으면 더욱 생생히 나타날 것이었다. 그는 눈도 감지 못하고, 울음이 터질 것만 같은 얼굴을 돌렸다.

"좀 어때요? 진통제 효과가 있어요?"

퇴원수속을 하러 원무과에 갔던 아내가 돌아오며 물었다.

"얼얼하기만 해."

상국은 주사바늘이 꼽힌 자신의 팔뚝을 내려다보았다. 투명한 주사관으로 피가 역류하고 있었다. 맑은 주사 용액 속으로 흘러나온 피가 천천히 움직이다가 멈춘다. 마치 더러운 피가 밖으로 도망치려다가 소독수에 밀려 머뭇대고 있는 것 같았다. 그의 몸 안에 기생하며 온몸을 돌며 독을 뿌리던 더럽혀진 피가 숙주의 죽음을 맞아 다른 숙주를 찾아 전염하려다가 제지당한 것 같았다.

"참, 이채훈씨가 누구죠? 어제 집으로 전화가 왔었대요."

가물거리던 상국의 눈빛이 잠시 반짝였다. 귀국한 후로 한번도 만난 적이 없었다. 편지조차 주고받은 적이 없었다. 채훈이 한국의 부인을 놔둔 채 월남 여자와 살림을 차렸다는 말을 들었을 뿐이었다. 채훈의 얼굴과 함께 엔이 떠올랐다. 어쩌면 이채훈은 엔의 소식을 알지도 모른다는 생각이 들었다. 정보대에 잡혀서 죽었는지, 아니면 살아서 공산국가가 된 베트남에 남았는지, 보트피플이 되어 세상을 떠돌고 있을지 채훈은 알지도 모른다는 생각이 들었다. 엔이 보고 싶었다.

"그 사람도 아픈가봐요. 서울 무슨 병원이라던데요? 전화번호를 적어놨으니까 집에 가거든 연락해 봐요."

아내의 음성은 차분했다. 집에서 가져온 주전자와 과도를 챙기는 아내의 얼굴에 더 이상 월남처녀의 모습은 남아 있지 않았다. 길었던 생머리를 퍼머로 말아 버리고 나이가 들어 군살이 붙으면서 성경을 품에 안고 금평리 새벽길을 걷던 월남 여인은 사라지고 길거리 아무 데서나 볼 수 있는 평범한 아줌마가 짐을 싸고 있었다. 아니, 처음부터 그녀는 월남 꽁까이가 아니었다.

"어머니는?"

"고모요? 비가 저렇게 오니 조금 늦어지겠죠."

고모가 보고 싶었다. 입원해 있는 동안 그의 입에서 나온 말은 모두 배가 아프다거나 물을 마시고 싶다거나 팔뚝이 아프니 주사바늘을 뽑아 달라는 요구들 뿐이었다. 으깨어지고 썩어 문드러진 몸뚱이를 위한 말들 뿐이었다. 꺼져가는 자신의 영혼을 위해 해줄 수 있는 것은 고모를 불러 달라는 단 한 가지였다.

"조금만 기다려요. 간호원들에게 주사바늘을 뽑아달라고 할게요."

아내는 그를 남겨두고 병실을 나갔다. 상국이 손가락을 들어 불러 세우려 했으나 보았는지 못 보았는지 그대로 나가 버렸다. 목이 잠겨 큰소리로 부를 수도 없었다. 자꾸만 눈이 감겨왔다. 한 번 감으면 다시는 뜰 수 없을 것 같았다. 눈을 감지 않으려고 애썼지만, 눈꺼풀은 자꾸만 내려앉았다.

병실에 고모가 혼자 들어오고 있었다. 어느 결에 그의 머리맡에 앉은 고모는 울지 않았다. 말도 하지 않았다. 언제나처럼 너그러운 미소로 그를 내려다보며 이마에 흐르는 미지근한 진땀을 닦아주었다. 가늘고 긴 손이었다. 농사를 지을 때 물집이 잡히고 군살이 배어 거칠었던 손바닥이 이제는 처녀처럼 부드러워져 있었다. 상국은 말했다.

"엄마, 엄마……"

고모에게 할 말이 있었다. 그는 말했다.

"월남 사람들에게 미안해요. 너무 미안해요. 죽어 그들을 만나기가 두려워요."

고모는 가늘고 긴 손으로 그의 손을 잡았다. 여전히 엷은 입술에 자애로운 미소만을 띠고 있었다. 고모의 음성은 귓속으로만 들려 왔다.

"전쟁 중이었잖니. 그 사람들도 너를 용서할 거다."

상국은 망설이다가 다시 입을 열었다. 하나님에게만 고백했던, 어떤 인간에게도 말하지 못했던 비밀을 말했다.

"수리조합장도 내가 죽였어요. 수리조합에 끌고 가서 물 속에 처넣어 죽였어요. 고모부의 복수를 했어요. 하나님이 용서해줄까요?"

고모의 길고 부드러운 눈매가 약간 흔들리는 것처럼 느껴졌다. 그러나 이내 따사로운 얼굴로 돌아간 고모는 여전히 입을 열지 않은 채 소리로만 말해 왔다. 젊은 시절, 수리산 계곡에 희고 긴 종아리를 담그고 노래를 부르던 때처럼 맑은 음성으로 전해 왔다.

"하나님 따위가 무슨 소용이란 말이냐? 용서하든 말든 상관없다. 네가 죽이지 않았다면 내가 죽였을 테니까."

고마운 고모, 사랑하는 나의 고모, 진정한 나의 엄마……. 상국은 마주 웃어 보이려 했으나 더 이상 입을 움직일 수 없었다. 열린 입으로 자신의 영혼이 빠져나가는 걸 느꼈다. 죽기 전에 응웬티엔을 만나고 싶었지만, 자신이 죽인 중국인 닮은 베트콩의 어머니를 찾아가 그 아들이 어디에 묻혀 있는지 가르쳐 주고 싶었지만, 이제는 모두 늦었다. 차갑게 식어 가는 그의 뺨을 만지는 고모의 얼굴이 점차 흐려져 시야에서 사라져 갔다. 창문을 두드려대는 빗소리도 점점 멀어져 갔다. 심장이 박동을 멈추면서 온몸을 돌던 피들이 제자리에 머물러 굳기 시작했다.

윤상국의 아내가 병실에 돌아왔을 때 남편은 홀로 눈을 감은 채 숨이 끊어져 있었다. 호흡이 멈춘 입에서는 더 이상 내장이 썩어 가는 악취가 나지도 않았고 늘 웃음을 띠어 굵은 주름이 패인 입가에도 더 이상 웃음이 드러나지 않았다. 다만, 긴 손가락만이 무언가를 잡고 있었던 것처럼 하늘을 향해 벌어져 있었다. 그녀는 남편의 손을 움켜쥐고 침상 앞에 무릎을 꿇고 앉아 기도를 시작했다.

3부 이채훈

긴 터널이었다. 터널로 빨려 들어간 기차는 좀처럼 어둠을 벗어나지 못했다. 터널 벽이 스쳐 지나는 검은 창문에 얼굴이 드러났다. 며칠 째 감지 못한 머리칼이 기름을 바른 듯 착 달라붙었다. 투명하도록 창백해진 얼굴빛은 드러나지 않고 붓기 때문에 주름살이 한결 줄어 보였다. 진물이라도 흐를 듯 움푹 들어간 눈가의 검은 그림자도 자세히 비치지 않았다. 이십여 년 전의 얼굴을 마주보고 있는 기분이었다.

하이반 준령을 지나는 철도에도 터널이 많았다. 다낭을 출발해 북으로 떠난 열차는 안남산맥에서 삐져나와 해안으로 곧장 곤두박질치는 험준한 준령을 맞아 여러 개의 터널을 지났다. 어두운 터널을 빠져 나올 때마다 환하게 나타나는 바다와 하늘이 눈을 아프게 했다. 훼로 가는 길이었다. 기차는 월남 사람으로 가득했다. 두 사람은 과일이 담긴 바구니며 어린아이를 안은 가난한 월남 사람들이 시끄럽게 떠들며 이야기를 하는 사이에 끼어 있었다. 열차가 흔들릴 때마다 응웬티엔은 그에게 몸을 기댔다. 그렇지만 그가 어깨를 안아주려 하면 슬그머니 빠져나갔다. 그녀는 즐거워하고 있었다. 눈부신 햇빛이 쏟아져 들어올 때마다 눈을 찡그리며 웃고 있는 얼굴을 볼 수 있었다. 그녀의 미소는 월남의 끝없는 논 들판 곳곳에 고여 있는 연못 가득한 수련 같았다. 연보라빛 수련 잎새처럼 성숙하고 농염한 유혹이었다.

청량리를 출발할 때부터 줄곧 코를 골며 자고 있던 옆 좌석의 삼십대가 잠이 깨어났다. 이채훈은 창문에서 시선을 떼어 청년에게 말을 걸었다.

"굴이 참 길군요."

"회방터널이잖아요. 탄광지역에 정암터널이 생기기 전까지는 이 굴이 남한에서 제일 길었어요. 강원도 사람들이 자기네가 더 긴 굴을 만들려고 굴 입구를 일부러 오십 미터 늘렸다 그래요. 우리 한국 사람들은 무조건 국내제일 아니면 세계제일이잖아요."

말하는 청년의 눈은 그의 왼발 끝에 머물러 있다. 발가락이 잘려 붕대로 두텁게 감아 놓았다. 발가락 부위가 드러나게 도려낸 샌들과 지팡이는 창문 아래 사람들의 발길로 반들반들해진 온풍기 위에 올려놓았다.

"발을 다치셨나 봐요?"

"당뇨로 잘라냈습니다. 며칠 전에."

"아! 그런데 수술하자마자 이렇게 먼 여행을 하세요? 어디까지 가세요?"

"봉화 갑니다."

기차를 타고 밤새 달려왔지만 몸에서는 여전히 병원 냄새가

218

났다. 허기진 데다 진통제를 한움큼이나 털어 넣은 배가 쓰렸다. 청년이 자신의 얼굴을 유심히 바라보는 느낌이 들었다.

"이제 거의 다 오셨네요. 그런데 어디서 많이 뵌 분 같은데 혹시 절 만난 적 없으세요?"

채훈은 빙긋 웃었다.

"본 적은 없을 겁니다. 평생 외국에서 떠돌다가 한국에 돌아온 지 얼마 되지 않았거든요. 이십대 후반에 한국을 떠났다가 근 30년 만에 돌아왔지요. 이 열차를 타본 것도 평생 처음입니다."

"아, 그러세요? 인상이 좋아서 그런가, 어디서 많이 뵌 분 같아서요."

아마 이 청년은 좋은 친구일 거라 생각했다. 좋은 사람들은 그의 얼굴에서 친근함을 발견해냈다. 야비한 사람들은 그의 얼굴에서 허술함을 찾아내고 만만하게 대하려 들었다.

터널을 벗어난 열차는 새벽빛으로 파랗게 덮인 산맥의 중턱을 따라 내려가기 시작했다. 산에는 나무가 울창했다. 한국을 떠날 때는 전쟁의 상처가 아물지 않은 데다 나무를 때서 밥을 해먹던 시절이라 어디나 붉은 흙바닥이 드러나도록 황폐했는데 이제는 풀숲이 우거져 발을 들이밀 틈도 없어 보였다. 한국 사람들이 무조건 세계 제일을 좋아한다는 말도 그때는 들어본 적이 없었다. 한국에는 이제 전쟁의 흔적은 남아 있지 않았다.

전쟁이 한창이던 훼는 거의 폐허가 되어 있었다. 훼는 베트민과 미군의 대대적인 전투로 형태도 알아보기 힘들도록 파괴되어 있었다. 향수의 강을 건너 들어간 거대한 옛 왕궁도 미군의 폭격과 총탄 자국으로 곳곳이 무너져 있었다. 이끼가 끼어 암울한 느낌을 주는 거대한 건축물들이 무참히 허물어진 채

방치되어 미군에 의해 점령되어 있었다. 검은 물감 먹인 창틀이며 유리창도 거의 다 파괴되었고 기와가 떨어져 나간 지붕에는 잡초가 무성했다. 외적을 막기 위해 높은 성벽을 따라 파 놓은 깊은 연못에는 불 타버린 지프가 처박혔고 화염방사기를 쏘았는지 무성했을 수련들이 검게 타 죽은 채 기름 위를 부유하고 있었다. 왕비가 가마를 타고 노닐었을 연못 앞길에는 미군 지프가 뽀얗게 먼지를 날리며 달리고 있었다.

왕궁에 들어갈 수 없었기 때문에 두 사람은 향수의 강 기슭에 자리잡고 엔이 준비해 온 생선튀김으로 맥주를 마셨다. 채훈은 붉은 벽돌로 쌓은 웅장한 성벽을 바라보며 말했다.

"정말 우아하고 시적인 건축물이군. 월남에 이렇게 번영한 왕조가 있는 줄 몰랐어. 한국도 사천 년 역사를 가졌지만 저렇게 웅대한 건물은 없거든."

훼에 도착한 후로 엔의 얼굴에는 웃음기가 사라져 있었다.

"응웬 왕조의 유물이죠. 궁궐은 거대하지만 줄곧 프랑스의 지배에 시달렸어요. 프랑스에 저항한 왕들은 모로코 사막에 유배되어 초라하게 죽었어요."

"응웬 왕조라고? 그러면 엔의 조상이겠네?"

엔은 손으로 입을 가리며 웃었다.

"나는 공주가 아니에요."

채훈은 웃음을 되찾은 그녀의 얼굴에서 왕가의 기품을 느꼈다. 웃을 때 그녀의 눈꼬리는 약간 올라가는 느낌이었다. 검은 눈 위의 가지런한 눈썹과 깨끗한 이마, 살색 고운 귓불이 탐스러웠다. 그녀는 아니라고 했지만, 그는 엔의 얼굴과 성품에서 왕녀의 고귀함을 발견해냈다.

돌아올 때는 월남 사람들로 가득한 람브레타 버스를 탔다.

사람이 지붕까지 올라탄 낡은 버스는 월남 사람들의 체취로 가득했다. 목욕을 자주 하는 엔에게서는 나지 않는 냄새였다. 악취를 피해 바람이 들어오는 창문 쪽으로 얼굴을 대고 있어야 했다.

하노이에서 사이공까지 이어지는 1번 국도를 따라 다낭으로 들어오는 길에 차들이 길게 늘어서서 움직일 줄을 몰랐다. 내려보니 도로 양편에 병사들이 납작하게 엎드려 총을 쏘아대고 있었다. 한쪽은 누런 군복에 철모를 쓴 월남군이고 다른 쪽은 검은 옷에 삿갓 모자를 쓴 베트콩이었다. 따르륵거리는 총소리와 풀썩이는 먼지, 둔중한 폭발음이 들려왔다. 일어서서 뛰거나 전진하는 병사는 보이지 않고, 서로 꼼짝 않고 엎드려 총만 쏘아댔다. 교전 중인 도로의 남북으로는 밀린 차들이 수십 대씩 줄지어 대기하고 있었다. 승객들은 차에서 내려 나무 그늘 아래 누워 있거나 멀건이 서서 전투 장면을 구경하고 있었다.

두 사람도 나무 그늘을 찾아 누워 있기로 했다. 낮잠에 익숙한 엔은 망사를 깔고 누운 지 얼마 되지 않아 동그랗게 몸을 웅크리고 잠이 들었다. 그는 그녀의 머리맡에 앉아 파랗게 펼쳐진 남지나해를 바라보았다. 무언가 양식을 위해 꼽아놓은 대나무들과 부표들 사이로 야자수 잎을 엮어 만든 정크선들이 한가히 떠다니고 있었다.

다낭에 처음 사무실을 내고 여사무원을 뽑을 때 찾아온 엔은 전쟁으로 양부모를 전쟁으로 잃고 홀로 인생을 개척하기 위해 애쓰는 어린 처녀였다. 사이공 대학을 중퇴한 엔은 영어를 잘하는 편이었다. 그러나 채훈이 엔을 고용하기로 한 것은 영어실력 때문은 아니었다. 그를 안심하게 만든 것은 총명한 눈빛이었다. 이십대 초반에는 누구나 인생을 만만히 보고 자만

221

심이 가득하기 쉽지만, 혹은 주저함과 소극적인 수줍음을 갖기 쉽지만, 엔의 눈에 서린 것은 진지하고도 사려 깊은 총기였다. 예상대로, 엔은 일을 잘해주었다. 장부 정리뿐 아니라 거래처 월남 상인과 미군 장교들을 상대하는 일도 잘해냈다. 헛똑똑한 여자들이 가지기 쉬운 교만함이나 신경질적인 인상 같은 것은 보이지 않았다. 열대지방 사람들 특유의 느긋한 게으름도 보이지 않았다. 엔은 퇴근 시간이나 휴일에 상관없이 맡은 일을 끝내야 퇴근했고 필요할 때면 열대 지방 사람들이 즐기는 낮잠 시간인 씨에스타 시간에도 일을 했다. 엔만큼 마음이 잘 맞는 직원은 다시는 구할 수 없었다.

엔에게서 처음부터 여성을 느낀 것은 아니었다. 단둘이 온종일 함께 일하고 함께 식사를 하는 사이 이 부지런하고 총명한 처녀는 그를 점점 매혹시켰다. 그녀는 베트남의 역사에 대해 그에게 이야기 해주기를 좋아했다. 한국의 역사를 알고 싶어했고, 제국주의의 침략이 아시아 여러 나라를 얼마나 혼란에 빠뜨리고 있는가에 대해 설명하고 싶어했다. 그리고 채훈이 자기 이야기를 잘 들어주는 것을 무척이나 기뻐했다. 두 사람에게는 일과가 시작되는 아침이 가장 즐거운 시간이었다. 어떤 날은 채훈이, 어떤 날은 엔이 먼저 나와 청소를 하고 차를 끓였다. 점심을 어디서 먹을까를 고민하는 일도 즐거운 논쟁거리였다. 가끔 엔이 요리해온 도시락을 들고 와 나눠 먹기도 했고, 채훈은 저녁에 거래업자와의 술자리에 그녀를 데려간 길에 늦도록 둘이서만 시간을 보내곤 했다. 채훈은 엔이 출근하지 않는 휴일이 되면 안절부절 못하다가 월요일이 되어야 기분이 좋아지는 휴일 기피증까지 걸려 버렸다. 그는 일에 필요하다는 핑계로 한국어를 배우게 했고, 또 그것을 핑계로 더 많은 둘만의 시간을 갖고자 했다.

엔에게는 애인이 있었다. 엔은 자기가 채훈을 너무 좋아해서 애인이 질투한다는 말을 하며 웃곤 했다. 그녀는 채훈이 본국에 처자식을 가진 정직한 사람이라고 애인을 달래주곤 했다. 그녀는 실제로도 그렇게 생각하는 듯했다. 채훈이 훼에 놀러 가자고 했을 때도 아무 의구심 없이, 월남의 문명을 보여주겠다며 기쁘게 응했다. 그녀는 자기 나라의 역사와 사람들의 삶을 보여주고 싶어했다.

"이 옹, 잠 안 잤어요?"

훈풍에 날리는 까만 머리칼을 손가락으로 가볍게 쓸자 엔이 잠에서 깨어났다. 제법 익숙해진 한국말이었다. 총성은 아직도 계속되고 있었다. 채훈이 그냥 웃으며 손으로 뺨을 쓸어주려 하자 그녀는 살짝 비켜 일어났다.

"정말 지루한 전투로군."

채훈의 말에 엔은 훈풍이 불어오는 바다를 바라보며 말했다.

"기다려 보세요. 우리나라는 내가 태어나기 전부터 이렇게 싸워 왔어요. 우리는 싸우고 싶지 않지만 세계가 이 인도차이나를 원해요. 중국, 프랑스, 일본, 미국…… 그리고 한국까지 쳐들어 왔어요. 외국 군대가 물러갈 때까지 우리의 싸움은 끝나지 않을 거예요."

저녁이 다가오자 어느덧 총성이 멎고, 누가 이기고 누가 졌는지도 알 수 없는 가운데 월남군과 베트콩이 거짓말처럼 사라지고 없었다. 사람들이 차에 다시 오르고, 남북으로 길게 늘어섰던 차량의 행렬이 움직이기 시작했다. 두 사람도 석양에 달궈진 람브레타에 올랐다.

．．．．．．

산맥을 내려간 기차가 여명에서 깨어나지 않은 작은 마을에
멈춰 섰다. 장대한 산맥을 등지고 동남쪽 벌판을 향해 아늑히
들어선 오래된 읍이었다.

"풍기라…… 많이 들어본 이름인데……."

채훈이 중얼거리자 청년은 웃음을 띠고 그를 바라보았다.

"풍기도 모르세요? 예전에 인삼으로 유명했지요."

"아, 풍기인삼이요? 이제 생각납니다."

월남 사람들도 들판의 논바닥에 인삼 농사를 지었지만 영양
이 너무 풍부해 무처럼 커버린 월남인삼보다는 척박한 산등성
이에서 알차게 자라난 한국의 고려인삼이 훨씬 값어치가 있었
다. 월남 관리들에게 고려인삼이란 한문이 새겨진 홍삼이나 인
삼차를 갖다 주면 어려운 일도 쉽게 풀렸다. 엔의 결혼식에도
손님들에게 그가 준 인삼차를 대접했다.

"정말 외국 생활을 오래 하셨나 보네요. 어느 나라에 계셨는
데요?"

"베트남에서 사업을 시작해서 싱가폴을 거쳐 사우디에 살았
지요."

청년은 얼굴을 찡그린다.

"아유, 더운 나라에만 계셨네요. 난 더위가 질색인데. 장마철
도 싫어요."

엔은 우기가 막바지이던 1월에 결혼했다. 신랑은 함께 사이
공 대학을 다닌 젊은이였다. 결혼식은 고향인 호이안에서 월남
전통 혼례식으로 치렀다. 죽은 부모님 대신 작은아버지가 신랑
의 인사를 받았다. 요란한 폭죽놀이도 했다. 채훈은 결혼 선물

과 축의금을 보냈지만 결혼식에는 참석하지 않았다.

이듬해 우기가 끝나고, 메콩 델타를 황토 바다로 만들었던 비구름이 한국으로 올라가 장마비가 되어 뿌릴 즈음 그녀는 아들을 낳았다. 이름은 민으로 지었다. 그 이름이 월맹 지도자 호치민을 딴 것임은 나중에 알았다. 생계가 어려웠던 그녀는 민을 유모에게 맡기고 계속 일을 했다.

민이 돌이 될 무렵, 엔은 남편의 죽음을 맞았다. 월남인들은 베트콩이 되어 밀림으로 들어가는 일을 입산이라고 말했다. 대학생 때부터 사회주의자였던 엔의 남편은 엔과 함께 비밀공작원으로 일하다가 입산했는데, 변변히 전투도 치르지 못한 채 붙잡혀 고문을 당하다가 죽고 말았다.

어느 날 사무실에 들이닥친 월남 정보대원들이 엔을 끌고 갔다. 엔이 공산주의자라는 사실이 두려웠다. 그녀를 구하려다가 자신까지 군납업자로서의 자격을 잃지 않을까 두려웠다. 그러나 나서지 않을 수 없었다. 세상에서 그녀를 도와줄 사람은 자신뿐이었다. 전향서를 쓰고 감옥에서 나오던 날, 엔은 몸도 가누지 못했다. 작고 가벼운 몸을 안다시피 해서 승용차에 태우는데 온몸이 땀과 피에 절어 퀴퀴한 냄새가 났다. 검고 탐스러웠던 머리칼은 엉망으로 뽑히고 뒤엉켰고, 얼굴과 입술은 멍들고 찢어져 물도 제대로 마시지 못했다. 그녀는 승용차 안에서도 두려움으로 두리번대며 손과 입술을 떨었다. 호이안 작은 집에 맡겨 두었던 아이를 안고서야 입가에 웃음이 살아났다. 그는 그녀가 감옥에서 어떤 일을 겪었는지 묻지 않았고, 그녀도 말하지 않았다. 다만 그는 장마철에 방안에 널어놓은 덜 마른 옷에서 나는 것 같은 그녀의 냄새를 오래도록 기억했다. 처음 안아본 그녀의 체취였다.

전향을 했다지만 요시찰 대상자가 된 엔을 군납업체에서 계속 일하게 할 수는 없었다. 한국어를 할 수 있게 된 그녀는 호이안 작은집에 살면서 장씨네 식당에 취직할 수 있었다. 그는 가끔 장씨네 식당에 들렸다. 갈 때마다 아이에게 줄 과자나 옷을 선물했다. 엔이 노는 날은 아이까지 데리고 호이안 강에서 배를 탔다. 한번은 월남인 전용 바를 통째로 빌려 단 둘이 저녁을 보내기도 했다. 한국의 가야금 비슷한 월남 고전 악기를 타는 늙은 악사와 연한 자색 아오자이를 입은 나이든 여가수까지 불러 월남 고전 음악을 들었다. 무너져 버린 고도 훼를 노래하는, 구슬픈 노래였다. 엔은 그날 채훈을 알게 되어 행운이라고 말했다.

어머니를 통해 전달해 온 윤영옥 아줌마의 부탁으로 윤상국을 문병 갈 무렵, 엔은 기력을 거의 회복하고 있었다. 채훈은 주월 한국군 사령부 고위 장교에게 윤상국을 후방 근무하게 해주도록 부탁했다. 민사심리대는 본국에서 특별 교육을 받은 이들로만 구성되어 있었는 데도 상국을 넣어줄 수 있었다. 그를 데리고 장씨네 식당에 가서 엔을 소개해주기도 했다. 윤상국은 혼자서도 가끔 장씨네 식당에 들리는 모양이었다. 엔은 한국군답지 않게 착하다며 그를 칭찬하곤 했다. 엔은 한국군 전투병들이 밀림에서 벌이고 있는 잔혹 행위를 잘 알고 있었음에도 상국에게는 적대감을 드러내지 않았다.

귀국을 얼마 앞둔 윤상국은 검거 위기에 놓였던 엔을 구해줌으로서 신세를 갚았다. 그가 미리 알려주지 않았다면 엔은 베트콩 첩자로 연행되어 다시는 살아 있는 그녀의 모습을 볼 수 없었을 지도 몰랐다. 엔이 연락도 없이 작은 옷가방과 아이를 안고 불쑥 다낭 사무실에 들어왔을 때, 그는 직감으로 그녀의 처지를 깨달았다. 무슨 일인가 묻지 않고 말없이 끌어안아 주었다. 엔은 감옥보다는 아이와의 이별을 더 두려워했다. 이 채훈이라는 외국 남자보다는 세상에서 가장 사랑했던 남편이 남긴 민을 더 사랑했다. 그녀가 채훈을 사랑해서라기보다는 아들 민을 보호하기 위해 찾아왔음을 잘 알았다. 그러나 그는 그 것으로 만족했다. 민은 웃음이 적고 냉정한 아이였지만 눈에 띄게 총명했다. 그녀의 머리 속에 남은 전남편의 영혼에 대한 질투심은 어쩔 수 없었지만, 엔의 피가 섞인 민을 사랑하기 위 해 노력했다.

다낭은 불안했다. 미군과 월맹 사이의 휴전 협상이 시작되었 지만 전투 지역은 더 확대되고 있었다. 정보대의 추적도 무서 웠지만 자신들을 배신하고 미군 납품업자에게 가버린 엔에 대 한 베트콩의 보복도 두려웠다. 채훈은 사업 근거지를 사이공으 로 옮기기로 했다. 다낭에 닦아놓은 사업 기반이 아까웠지만 엔을 안전하게 숨기는 일이 더 급했다.

사이공으로 사무실을 옮기는 작업과 함께 엔을 위해 집을 빌렸다. 사이공 시내 한복판 미군 장교 전용 클럽이 있던 렉스 호텔 근방의 고급 주택 이층이었다. 엔의 존재는 한국의 가족 들도, 월남에서 사권 미군이나 한국군 친구들, 회사 직원들조 차 모르는 비밀이었다. 한국에 돌아간 상국에게도 알리지 않았 다. 두 사람의 만남을 아는 이는 어린 민 뿐이었다. 채훈은 거 의 매일 사이공에서 꽤 멀리 떨어진 붕타우 항구에 하역작업 을 감독하러 다녔다. 사이공의 사무실 직원들은 그가 없으면 붕타우에 가 있는 줄로 알았다. 대부분의 부재 시간에 그가 엔 의 품속에 안겨 있다는 사실은 아무도 몰랐다.

사이공의 밀월은 인생에서 가장 행복한 나날이었다. 프랑스 식민지 시절에 지어진 고풍스런 집안에 고급스런 침대를 들이고 연녹색 커튼과 밝은 빛깔의 벽지를 발랐다. 집에 갇혀 사는 그녀를 위해 소니 텔레비전과 독일제 빅타 전축을 들여놓고, 시간이 날 때마다 책방에 들려 영어로 된 소설책을 사주었다. 민을 위해서 창가에 그물 침대를 걸고 미제 장난감과 어린이 도서를 사들였다. 가끔 저녁이면 도요타 승용차에 엔과 민을 태우고 사이공 강에 나갔다. 상류에서 큰 비가 내려 풀섶이며 나무등걸이 무더기로 떠내려가는 흙탕물을 바라보며 맥주와 과자만 먹어도 행복했다.

"이 나라에는 미래가 없어요."

어느 저녁, 엔은 천천히 돌아가는 천장 선풍기 아래 침대에 비스듬히 누워 말했다.

"살아야 할 사람은 다 밀림에서 죽어가고 있어요. 전쟁이 끝나도 나라를 일으킬 사람이 없어요."

격자창으로 들어온 황혼이 수심처럼 그녀의 얼굴에 드리워져 있었다. 채훈은 몸을 기울여 그녀의 뺨에 입을 맞추며 말했다.

"그렇지 않아. 한국에도 전쟁으로 많은 사람이 죽었지만 산 사람들이 다시 나라를 일으켰지. 죽은 사람 대신 새로운 생명들이 태어나, 죽은 이에 대한 슬픔보다 더 큰 기쁨을 가져오지."

엔은 가만히 그의 이마에 맺힌 땀을 손으로 닦아주었다. 날이 아무리 더워도 그녀의 얼굴과 손은 건조했다. 그녀는 잠시 말이 없다가 조심스럽게 입을 열었다.

"나, 아이를 가졌어요. 당신의 아이를 가졌어요."

한국군이 철수를 시작할 무렵, 아들이 태어났다. 채훈은 서울

228

의 아들 영준의 돌림자를 따서 명준으로 이름을 지었다. 그리고 서울의 아내에게 이 사실을 알렸다.

· · · · · ·

휴전 협정과 함께 미군이 철수하기 시작하면서 채훈은 자유의 몸이 된 엔과 함께 3층짜리 호텔을 인수해 1층에 식당을 차렸다. 군납만큼 많은 돈을 벌지는 못했어도 한국의 아내에게 송금해줄 정도는 되었다. 아내는 그를 원망하면서도 이혼은 거부했다. 채훈도 굳이 이혼을 강요하지는 않았다. 아직은 전쟁 중이었다. 모든 게 불안했다. 자신의 뿌리를 서둘러 뽑아버리고 싶지는 않았다. 엔은 그녀에게 미안해 했기 때문에 돈을 부치는 일에 인색하지 않았다. 엔은 부지런히 일했고, 호텔을 인수하느라 빚진 돈도 빠르게 갚아 나갔다. 그는 평생 월남에서 살 생각으로 관리들을 만나 새로운 사업을 구상하는 데 많은 시간을 보냈다. 그러나 두 사람의 꿈이 깨지는 데는 얼마 걸리지 않았다.

휴전협정을 깨고 기습해 온 월맹군 탱크가 대통령궁 철문을 무너뜨리고 진입하던 날, 사이공 거리는 온통 환호성이었다. 엔도 식당 문을 닫고 거리로 뛰쳐나가 줄 맞춰 행진하는 까만 옷의 여군들에게 손을 흔들며 눈물을 글썽였다. 수많은 외국인과 화교들이 사이공을 탈출하기 위해 미국 대사관에 몰려가 아우성을 칠 때, 채훈은 텅 빈 식당에 앉아 불안한 하루를 보냈다. 도망칠 생각은 하지 않았다. 엔이 느끼는 남북통일의 기쁨을 자신도 느껴보려고 애썼다.

공산당 정부가 개인 재산을 몰수하면서 엔은 당혹해 했다.

공산당은 가혹하지 않았다. 1급 전범인 월남의 마지막 대통령과 월남군 고위 장교들조차도 몇 년씩의 징역형으로 용서되었다. 일반 장교와 군인, 관리들은 훈방되거나 몇 주간의 교화 교육으로 방면했다. 엔의 말대로 너무 많은 남자들이 밀림에서 죽어 일할 사람이 필요했기 때문이었다. 베트콩 출신으로 인정된 엔과 채훈은 조사만 받고 풀려났다.

그러나 과거에 관대한 공산당도 미래에는 엄격했다. 평등한 사회를 만든다는 목표 아래 모든 재산은 국유화되고 개인 사업은 불허되었다. 사장이란 단어는 사라지고 노동자 직업만이 남았다. 애써 모은 재산을 모두 빼앗긴 월남 땅에 더 이상 정은 남아 있지 않았다. 그는 평생 노동자로 집단생활을 할 생각은 없었다. 엔은 세계 최강의 미국을 물리치고 통일을 했다는 사실에 커다란 긍지를 가지고 있었지만 자본주의의 단맛을 본 그녀에게 공산주의 조국은 더 이상 매력을 주지 못했다.

수많은 사람들이 배를 타고 월남을 탈출하기 시작했다. 주로 부유하게 살던 상류층 월남인과 돈 많은 화교들, 채훈 같은 외국인 사업가들이었으나 공산주의를 싫어하는 평범한 이들도 많았다. 남지나해에는 돈과 보석을 지닌 이들을 노린 해적들이 출몰했고 파도에 휩쓸려 난파되거나 굶어죽는 이들에 대한 소문이 무성했지만 너도나도 기를 쓰고 바다로 떠나고 있었다. 월남에 남아 사업하던 한국인들도 모두 떠났거나 마지막 갈 길을 재촉하고 있었다. 그들은 대부분 월남인 여성과의 사이에서 낳은 아이들을 버리고 홀몸으로 달아났다. 그러나 채훈은 그럴 수 없었다. 엔과 아이들을 모두 데리고 탈출하기로 결정했다.

우선 현금이 될만한 가구와 가전제품을 모두 처분하여 달러로 바꾼 후 며칠 밤낮을 걸어 메콩 델타를 지났다. 여자와 아이들을 데리고 전후의 혼란이 가시지 않은 낯선 땅을 통과하기란 쉽지 않았다. 그러나 한번도 엔과 아이들을 버리고 혼자 갈까 생각해본 적은 없었다. 우여곡절 끝에 도착한 바닷가에서 있는 돈을 다 털어주고 태국으로 가는 밀항선을 탔다. 서너 명이 고기를 잡게 만들어진 통통선에는 고기 담는 통 속에까지 수십 명이 올라타 쪼그려 앉을 자리조차 없었다. 만일에 대비해서 발목에 대검을 차고 허리춤에는 장전한 콜트 권총을 숨기고 세 식구를 끈으로 묶어 헤어지지 못하게 했다. 멀리서 해적들이 다른 배의 사람들을 몰살시키고 배까지 뺏는 광경을 목격했을 때는 엔과 함께 자살하기 위해 권총의 안전핀을 풀어놓고 있었다. 다행히 해적선은 채훈이 탄 배까지 쫓아오지는 않았다.

무사히 태국의 방콕에 떨어졌을 때 그의 수중에는 단돈 150달러밖에 남지 않았다. 생명은 건졌지만 월남보다도 더 가난한 나라에서 먹고살 길은 막막했다. 대사관을 통하면 한국으로 가는 길이 열릴 수도 있었다. 또 많은 이들은 미국으로 떠났다. 군납을 통해 알게 된 미국인들을 통하면 태평양을 건널 방법도 생길만 했다. 그러나 그는 한국이나 미국으로 가는 길은 피했다. 엔이 싫어했기 때문이었다. 엔은 월남에서 한국군과 미군이 벌인 잔혹한 일들을 잊지 않고 있었다. 그녀는 자신의 조국을 차지한 공산주의를 싫어하는 이상으로, 조국을 침략한 나라에 대한 증오심을 버리지 못했다. 며칠 동안 굶주리며 헤맨 끝에 암시장에서 권총과 대검, 차고 있던 시계와 반지까지 모두 처분하여 싱가폴로 향하는 화물선에 오를 수 있었다.

싱가폴 정부는 월남난민들을 위한 수용소를 준비해 두고 있었다. 난민수용소에서 낮에는 막일을 하고 밤이면 돌아와 피곤한 몸을 누이는 기약 없는 세월이 시작되었다. 돈이나 보석을 가지고 나온 이들은 일찌감치 정상적인 생활로 편입했다. 유엔 고등판무관실로부터 난민 자격을 얻은 이들은 호주나 미국으로 떠났다. 엔은 호주로 가고 싶어 했다. 그러나 떠나지 않았다. 월남 국적을 가진 엔과 그녀의 호적에 올라있는 아이들은 난민자격이 되었으나 한국 국적을 가진 채훈은 난민이 될 수 없었기 때문이었다. 엔은 채훈과 헤어져 자기들만 호주로 가느니 채훈과 함께 고생하는 길을 택했다. 그녀는 봉제공장에 취직해 적으나마 생활비를 벌었다.

반년여의 실업생활 끝에 미국을 오가는 320톤급 예인선 운항을 맡게 된 것은 월남에서의 인맥과 영어실력 덕분이었다. 월남에서 알고 지내던 월남 정부 고위 관료가 전쟁 중에 돈을 빼돌려 투자해 두었던 해운회사에 그를 취직시켜준 것이었다. 붕타우에서 하역 작업을 할 때 화물선 위에 올라가 본 외에는 짠물 한 번 마셔보지 않은 그가 난데없이 바다에 뛰어든다고 하자 아는 사람들이 모두 말렸다. 그를 믿어 준 사람은 엔뿐이었다. 엔은 그가 무엇을 하든 잘 해내리라 믿어주었다.

영국인 선장 아래 월남에서 함께 일하다가 탈출한 월남인들을 모아 부선장과 항해사로 앉히고 실질적인 책임자지만 항해경험이 없는 자신은 이등항해사 겸 선장의 통역사를 맡아 무작정 항구를 떠났다. 미국을 향해 서쪽으로 방향을 잡았다. 인도양과 홍해를 지나 수에즈운하를 통과한 배는 지중해 연안을 거쳐 대서양을 무사히 횡단해 미국의 텍사스와 루이지에나주의 경계선인 사빈강 연안에 정박했다. 그곳에서 예인선 무게의 세 배가 넘는 1천 톤급 무동력 화물선 LST를 꽁무니에 달았다.

　돌아오는 길은 태평양을 택했다. 지구를 완전히 한 바퀴 도는 기나 긴 항로였다. 파나마운하를 통해 태평양 횡단을 시작했다. 갈 때와 달리 어쩌다가 멀리 지나는 화물선을 만날 수 있을 뿐 몇 주일 간 섬 하나, 새 한 마리 볼 수 없는 외로운 항해 끝에 하와이에 도착했을 때, 선원들은 첫눈을 만난 강아지들처럼 즐거워했다. 채훈은 배에 기름과 음식을 보급하는 동안 선실 침대에서 서울에 남겨두고 온 아들 영준에게 편지를 썼다. 월남에서 크리스마스나 생일에 맞춰 장난감을 보내준 후로 처음으로 보내는 봉함 편지였다. 편지를 쓰면서, 아들에 대한 그리움이 생각보다 크다는 것을 알았다. 갓난아이일 때 한국을 떠나 열 살이 되도록 한 번도 보지 못한 아들이었다. 아내는 미안함으로, 아들은 그리움으로 그의 마음을 아프게 했다.

　출항 5개월 만에 싱가폴에 도착하니 다시는 배를 타고 싶지 않았다. 평생 처음 해본 2만 5천마일 항해에 바다만 보아도 멀미가 나는 기분이었다. 엔도 이번에는 떠나지 않기를 바랐다. 남편을 또다시 위험 속에 내보내고 가슴 졸이며 살고 싶지 않아 했다. 그러나 사업을 일으키려면 목돈이 필요했다. 며칠 쉬지도 못하고 하역과 정비가 끝나자마자 또다시 바다로 나섰다. 이번에는 스스로 일등항해사로 승진하여 좀더 많은 일을 맡았다.

　두 번째 항해는 순조롭지 않았다. 같은 경로를 따라 하와이에 정박했다가 괌을 거쳐 태평양 한복판을 지나는데 거대한 폭풍우를 만났다. 높이 십 미터가 넘는 파도와 맞서기에는 배가 너무나 작았다. 몇 시간을 버텼으나 기어이 두 배를 연결한 로프가 끊어져 버렸다. 몇 백 미터 앞도 구분하기 어려운 사나운' 비바람 속에 LST는 시야에서 사라지고 말았다. 모든 게 끝장나는 줄 알았다. 폭풍은 가라앉았지만 LST는 보이지 않았다. 포기할 수는 없었다. 예인선을 몰고 이틀 동안 새 한 마리 보이지 않는 망망대해를 헤맨 끝에 겨우 발견할 수 있었다. LST를 다시 묶는 것도 목숨을 건 위험한 작업이었다. 거센 파도와 맞서 목숨을 내건 몇 시간의 사투 끝에 겨우 두 배를 연결할 수 있었다. 월남인 부선장이 예인 작업 도중 바다에 빠져 죽을 뻔한 외에는 크게 다친 사람 없이 무사히 돌아올 수 있었다.

항해는 그 뒤로도 두 번 더 계속되었다. 예인선 작업 2년 만에 적지 않은 돈을 마련할 수 있었다. 그는 이 돈으로 중동에 눈을 돌렸다. 중동 지역에 건설 사업이 한창인 시절이었다. 많은 한국 기업들이 이미 그곳에 진출해 있었다. 싱가폴이나 한국에 웬만한 점포는 차릴 수 있는 목돈이었지만 가게 주인으로 평생을 썩고 싶지는 않았다. 엔은 그가 항해하는 동안 딸 미숙을 낳았다. 아직 강보에 싸인 영준을 두고 한국을 떠났듯이, 싱가폴에 엔과 두 아들, 그리고 갓 낳은 미숙을 남겨둔 채 사우디아라비아로 향하는 싱가폴 에어라인을 탔다.

비행기 유리창으로 내려다보이는 남지나해가 너무나 맑고 깨끗했다. 그러나 2년 간의 예인선 항해 후에는 바다가 예전처럼 보이지 않았다. 저 아름다운 바다 깊은 곳에는 인간을 배척하는 거대한 힘이 숨겨져 있음을 그는 잘 알았다. 신의 저주와 분노가 숨겨진 듯 검고 깊은 바다 한가운데 떨어져 있을 때 엄습해 오는 불안을 그는 잘 알았다. 그리고 그는 그 공포를 사랑했다. 밤바다에서 올려다보는 검은 하늘 가득한 별들의 아름다움 저편, 우주 속에 숨겨진 막막한 두려움을 잘 알았다. 그리고 그 두려움 역시 사랑했다. 비행기 창문 아래로 사우디의 붉은 사막이 보이기 시작했을 때, 그는 또다시 두려움을 느꼈다. 새로운 세상에 대한 흥분과 동경심이 섞인 막연한 불안이었다. 그는 배꼽 아래로부터 근질거리며 올라오는 불안과 고독감을 음미했다. 그리고 행복해졌다. 모래바람이 거센 끝없는 사막을 가로지르는 낙타 행렬을 향해 실없는 사람처럼 혼자서 웃음을 지으며 손을 흔들었다.

　사우디 생활은 야전침대에서 시작되었다. 홍해 연안의 얀부라는 작은 도시에서 첫 건설 수주를 맡아 바닷가에서 1킬로쯤 떨어진 건물 3층에 사무실 겸 숙소를 마련하고 작은 냉장고와 야전침대를 들여놓았다. 녹슨 철제 책상 위에 미국의 소리 방송 V.O.A와 BBC 뉴스를 듣기 위한 트랜지스터 라디오와 영문타자기, 검은색 파카 만년필이 집기의 전부였다. 첫날 저녁, 스프링 소리가 요란한 침대에 누워 모래바람 솟구치는 하늘을 바라보는데, 길 건너 모슬렘 사원에서 요란한 기도소리가 올라왔다. 스피커를 통해 시끄럽게 울리는 귀에 설은 아랍어가 또다시 아랫배를 근질거리게 했다. 그는 편안한 기분으로 깊은 잠이 들었다.

　사우디에는 외국인이 많았다. 천오백 만 인구 중에 외국인이 오백 만이었다. 사우디 왕조는 자국민을 먹여 살리기 위해 모든 외국인 사업가들에게 사우디인 스폰서를 통하지 않으면 사업을 할 수 없게 했다. 구멍가게를 하나 내더라도 사우디인을 동업자로 두고 돈 관리를 맡겨야 했다. 채훈은 학교 교사 출신인 핫산을 스폰서로 고용해 회교 사원 건설공사를 시작했다. 건설에 대해서는 문외한이었기 때문에 월남에서 한진건설 간부로 일했던 최 과장을 현장 소장으로 영입하고 한국인 토목

기사와 건축기사들을 불러들였다. 그래도 못미더워 비싼 월급을 주고 미국인 기술자를 감리 역으로 고용했다. 한국의 친척들도 그를 믿고 먼 바다를 건너왔다. 건설에 대해 아무 것도 모르는 이들이어서 때로는 방해만 되었으나 채훈은 기꺼이 그들을 고용해주었다.

사원 건립은 순조로웠다. 그는 미국인 감리가 지적해주는 대로 콘크리트 강도부터 철근의 재질과 투입량까지 꼼꼼하게 감독해서 사우디인들의 신임을 얻었다. 사우디는 도시마다 지방자치제가 발달해 있고 여러 왕자들이 각 도시의 행정을 지배하고 있었다. 얀부 일대는 국왕의 총애를 받는 메디나 왕자가 통치하고 있었는데, 영국 유학까지 갔다 온 젊은 지식인이었다. 메디나 왕자는 관리들로부터 성실한 한국인이라는 이야기를 듣고 그에게 자기 집 정원공사를 맡겼다. 이윤은 얼마 되지 않지만 왕자와 사귈 수 있는 다시 오기 힘든 기회였다. 채훈은 왕자궁에서 살다시피 하며 완벽하고 아름다운 정원을 만들어 왕자와 절친해졌다. 왕자는 홍해 연안의 방파제 공사를 수주할 수 있도록 힘을 써주었다. 2년이 넘는 공사기간에 막대한 이윤이 걸린 대공사였다. 채훈은 대형 포크레인 두 대와 덤프트럭 세 대, 콘크리트 펌프카를 할부로 구입해 공사에 들어갔다. 백명이 넘는 노동자도 새로 고용했다. 사우디인 뿐 아니라 인도, 파키스탄, 예멘, 터키, 수단, 이집트, 영국, 독일인까지 여러 대륙에서 온 온갖 종족이 모여들었다.

손해를 보는 한이 있어도 원래 계약대로 시공을 해주고 부실한 곳이 발견되면 바로 재시공에 들어가는 그의 완벽주의는 신임과 부를 한꺼번에 안겨주었다. 방파제 공사와 함께 두 군데 사원 건립까지 맡은 그는 얼마 안 돼 중견 건설인으로 자

리 잡을 수 있었다. 타고 다니던 고물트럭을 팔고 자신의 승용
차로는 뷰익을 구하고 최 소장에게는 마쯔다 승용차를 사주었
다. 한동안 신경을 쓰지 못했던 서울의 아내와 영준을 위해 좋
은 아파트도 한 채 살 수 있는 돈을 부쳐 주었다. 그리고 아직
도 싱가폴에서 공장에 다니고 있던 엔과 아이들을 불러들였다.
그녀는 채훈과의 사이에서 낳은 명준과 미숙만을 데리고 왔다.
어려서부터 수재 소리를 듣던 큰아들 민은 난민자격을 얻어
호주로 보내 공부를 시키고 있었다.

얀부에는 한국인 자녀를 위한 외국인 학교가 없었기 때문에
엔과 아이들은 젯다에 집을 얻어 그곳 학교에 다닐 수 있게
했다. 젯다는 얀부에서 남쪽으로 340킬로 떨어진, 사우디 제 2
의 대도시였다. 회교도들은 금요일을 휴일로 삼았다. 채훈은
비행기 타기를 싫어했기 때문에 목요일 밤이 되면 뷰익을 몰
고 사막을 가로질러 젯다까지 달려갔다가 다음날 밤 돌아오곤
했다.

젯다의 집에는 오랫동안 잊었던 가정의 행복이 있었다. 엔은
한 달에 두세 번씩 찾아오는 그를 위해 구 티엔이라 부르는
월남의 궁중요리 중 몇 가지를 골라 해주곤 했다. 새우와 소고
기에 여러 가지 채소를 넣어 아기자기한 모양으로 오므려 만
든 맛있는 요리였다. 사우디에서는 음주가 금지되어 있었지만
그가 몰래 구해온 양주를 놓고 두 사람이 흠뻑 취하도록 먹고
마시곤 했다.

엔은 한국요리는 할 줄 몰랐다. 배우려 하지 않았다. 월남에
서와 달리 한국말도 잘 쓰지 않았다. 채훈의 고집에 따라 아이
들을 한국어 학교에 넣고 나서 그 현상은 더욱 심해졌다. 한국
인 동급생들이 명준을 혼혈아라고 놀리며 때리고 따돌림 한다

는 것을 알고 나서 그녀는 차라리 영어권 학교에 보내자고 했다. 한국에 대한 좋은 기억은 자신을 살려준 윤상국과 남편뿐, 그녀는 사우디에 와서까지 전쟁의 악몽에서 벗어날 수가 없었다. 채훈은 그녀를 이해했다. 학교까지 바꿀 수는 없었어도 한글을 억지로 배우게 하지는 않았다. 명준은 한국어 학교에서는 한국어를 쓰고 집에서는 월남어를, 채훈과 이야기할 때는 영어를 사용했다.

하지만 한국인 아이들의 인종적 편견과 폭력은 그의 고집으로 해결될 문제가 아니었다. 엔을 닮아 한국 애들보다 체구가 작은 명준은 한국 아이들에게 핍박을 당하면서도 공부를 잘했다. 그래서 더욱 따돌림을 당하는지도 몰랐다. 어느 날 그 애가 눈을 다쳤다는 전화에 밤새 차를 달려 가보니 한쪽 눈이 실명이라도 될 듯 새빨갛게 충혈되어 있었다. 학교에서 한국인 아이들이 둘러싸고 납작코라며 놀리다가 한 아이가 얼굴에 모래를 뿌렸다고 했다. 다행히 간단한 치료로 며칠 기다리면 낳는다고 했지만 이번이 처음이 아니었다. 아이들은 그 애가 혼혈이라서 놀리고 따돌림을 했지만 폭력을 가하기까지 하는 것은 그 애의 몸이 작고 약하기 때문이었다. 한국인 아이들 중에도 순하고 약한 아이는 폭력적인 아이들의 표적이었다.

명준의 눈에 모래를 뿌린 아이는 남강토건 현장소장의 아들이었다. 사업 관계로도 알던 사이라서 아이를 상대로 욕을 하거나 언성을 높일 생각은 없었다. 다만 약자를 괴롭히는 폭력이 얼마나 나쁜 짓인가에 대해 가르치고 싶었다. 그런데 아이의 집에 찾아가니 그 엄마가 가로막고 나서서 명준이가 마음이 여리고 체격이 약해 이런 일이 생긴 거라며, 아이를 강하게 키우라고 거꾸로 충고를 하는 것이었다. 아이들끼리 장난친

238

것 가지고 너무 민감한 것 아니냐고, 싸움도 적응의 한 과정이
라고 했다. 한 대 맞으면 같이 한 대 때리면 될 것 아니냐고까
지 했다. 학교에 찾아가니 선생의 반응도 비슷했다. 명준이가
한국 아이들과 잘 어울리지 못하고 외톨이로 놀기 때문에 자
꾸 이런 일이 생긴다고 했다. 직접 말을 하지는 않았지만 혼혈
이기 때문에 그러니 차라리 다른 학교로 전학시키라는 언질이
었다.

　채훈은 군말 없이 돌아와 전학수속을 밟았다. 폭력을 아무
렇지도 않게 취급하는 한국 문화가 싫었다. 개인간의 폭력이나
욕설을 금단시하는 월남이나 사우디 문화에 익숙해져 버린 그
에게 일제시대부터 이어온 한국의 폭력적인 문화는 더 이상
용납되지 않았다. 두 아이를 영어권 외국인 학교에 들여보냈
다. 대신 젯다에 갈 때마다 자신이 직접 조금씩 한글을 가르쳤
다. 두 아이는 새로운 학교에서는 잘 적응을 해주었다. 그해 생
일에는 '아빠 사랑해요' 라고 한글로 쓴 카드를 내밀어 그를
기쁘게 했다.

　서울의 또 다른 아들 영준에게도 관심의 눈을 뗄 수 없었다.
얀부의 사무실 책상 한편에는 항상 서울에서 온 편지가 펼쳐
져 있었다. 영준으로부터 온 것이었다. 그는 몇 달 만에 새로운
편지가 올 때까지 먼저 온 편지를 그대로 펼쳐 놓고 시간이
날 때마다 읽었다. 모든 문서가 영어로 되어 있어 아들과의 편
지 외에는 한글을 사용할 일이 없는 그의 필적은 엉망이었지
만 영준은 아버지와 달리 또박또박 정자체로 서울 생활에 대
해 적어 보내왔다. 어렸을 때는 아무 생각 없이 스케이트니 털
장갑 같은 선물을 받고 싶다는 짧은 엽서를 보내더니 중학교
에 들어가면서 내용이 무거워졌다. 때로 영준은 엄마를 버리고

떠난 아버지에 대한 원망을 토로하기도 하고, 아버지 없는 설움이 얼마나 견디기 힘든지에 대해 쓰기도 했다. 송금 받은 돈으로 산 새 아파트를 자랑하거나 공부를 잘해 상을 탔다는 기분 좋은 편지를 받을 때는 바로 답장을 했지만, 원망으로 가득한 편지를 받을 때면 한동안 답을 하지 못하고 묵혀두기도 했다. 자신에 대한 아버지의 사랑은 진실된 것이 아니며 아버지는 위선자라는 잔인한 편지에는 반년이 넘도록 답장을 하지 못했다. 그러면서도 그 편지를 책상 위에 항상 펼쳐놓고 치우지 못하게 했다. 그의 마음 한편에 자리 잡은 아들에 대한 그리움과 미안함은 늘 책상 한편을 차지하고 있었다.

아들에 대한 안타까움은 세월이 지나도 사그라들지 않았다. 영준이 생각만 하면 마음이 아파 무어라고 표현할 수 없는 답답함으로 가슴이 꽉 조여들었다. 건설 사업의 범위는 점점 넓어지고 있었다. 새벽 네다섯 시면 일어나 홍해 바다까지 산책을 하고 돌아와 자정이 넘을 때까지 정신없이 뛰어 다녔다. 매일 수백 킬로가 넘는 길을 오가며 작업지시를 하고 시간을 아끼기 위해 사막 한복판에 차를 세우고 차안에서 잠을 자기도 했다. 어떤 날은 자신의 책상 위에 그 애의 편지가 놓여져 있다는 사실조차 잊을 정도로 정신이 없었다. 그런 중에도 아들 생각은 암초처럼 불쑥불쑥 올라왔다. 갈망이었다. 자신이 버리고 떠난, 핏줄에 대한 그리움이었다. 서울의 아내와 가족이 그를 기다리는 한, 그의 마음은 완전한 평화를 얻을 수 없었다.

아들을 키우고 있는 여인에 대한 부담에서도 자유로울 수 없었다. 어느 날 받은 영준의 편지에는 엄마에게 피가 나도록 맞았다고 써있었다. 주변 사람들이 아내에게 재혼을 권유하는 이야기를 엿들은 영준은 자기 때문에 엄마가 불행한 게 아닐까 하는 생각으로 엄마에게 시집가라고 말했다가 피가 나도록 종아리를 맞았다는 것이었다. 영준은 매를 맞아 울면서도 속으로는 좋았다고 썼다. 아내는 매를 때리다 말고 아들을 끌어안고 하염없이 울었다고 했다. 채훈은 그녀가 새로운 남자를 만나 여자로서의 행복을 되찾기를 바랐지만, 아내는 그의 그림자에서 벗어나려 들지 않았다.

 고등학교밖에 나오지 않은 학력으로 채훈이 수십 대 일의 경쟁을 뚫고 부평지구 미군 군무원 시험에 붙었을 때 사람들은 모두 축하하고 부러워했다. 그것이 곡절 많은 인생의 시작이란 것은 아무도 예상하지 못했다. 미군 PX는 돈과 여자의 복마전 같은 곳이었다. 한국 여자들만 보면 제 사타구니를 만지며 윙크를 해대는 양키 군인들과 웃기네, 좋아하네 같은 유행어를 쓰며 접근해 오는 양색시들, 염치라곤 모르는 암시장 상인들이 벌떼처럼 달려들어 그를 유혹했다. PX 물건이 한국 시장을 거의 점유하던 시절이었다. 면세로 물건을 사서 밖에 들고 나가면 몇 배로 비싸게 팔 수 있었다. 양담배만 빼돌려도 변두리 집 한 채 사는 건 시간 문제였다. 그를 통해 물건을 사기 위해 암시장 상인들과 양공주들이 줄을 섰다. 여자를 사기 위해 돈이 필요한 미군들도 마찬가지였다. 서로 그를 통해 군표를 팔고 싶어 했다. 마음만 먹으면 돈은 얼마든지 만들어낼 수 있었다. 길을 가다가도 여자들이 나타나면 슬그머니 돌아갈 정도로 순진했던 그는 자신이 어떻게 변하고 있는가도 모르는 채 미군 점령지의 생존규칙에 길들여져 들어갔다. 여자는 얼마든지 있었다. 서른 살이 다 되도록 연애나 결혼을 해야 할 필요를 느끼지 못했다. 아내를 만나기 전까지는.

 용산지구 식품 저장소 책임자로 승진해 일할 때 친구의 소개로 만난 아내는 정말 아름다운 여자였다. 미모만으로 보자면 응웬티엔에 비교할 수 없는 예쁜 여자였다. 어느 자리에 나가도 그녀는 사람들 눈에 띄었다. 함께 술을 마실 때면 주변 탁자에서 그녀를 흘끔거리는 남자들의 눈길을 안주로 삼아도 되었다. 길을 걸을 때도, 버스를 탈 때도 식당에서 밥을 먹을 때도 그녀는 늘 남자들의 시선을 의식해야 했다. 많은 사람이 하루 두 끼니도 못 먹던 어려운 시절이었다. 주머니에 오백 원권 지폐와 달러를 두둑이 넣고 다니던 그가 여자를 설득하기는 어렵지 않았다. 그는 아직 사랑의 조건을 알지 못했다. 미군 막사 벽에 붙어 있는 마르린 먼로의 벌거벗은 핀업 사진이 그가 배운 여인의 기준이었다. 만난 지 석달 만에 결혼식을 올렸다.

아내와의 결혼이 행복했는가, 아닌가를 판단하기에는 결혼생활이 너무 짧았다. 그녀는 신혼 내내 임신 중이었고, 그는 영준을 낳자마자 월남으로 떠났기 때문이었다. 처음에는 한두 해 열심히 일해 목돈을 마련하고 귀국하려 했었다. 전쟁이 그렇게 오래 지속될 줄은 몰랐다. 그리고 또 다른 여자를 만날 줄도 몰랐다. 응웬티엔을 만나면서, 그의 계획은 바뀌었다. 그는 두고 온 여인을 잊어버렸다. 아내는 귀소본능을 잃어버린 남편을 기다리며 비참한 인생을 시작해야 했다. 아내와는 거의 편지를 나누지 않았기 때문에 그는 왜 그녀가 자신의 굴레를 벗어나려 하지 않는지 정확하게 알 수 없었다. 더 좋은 사람을 만나지 못했거나 다달이 송금해준 돈 때문만은 아닐 것이었다. 어쩌면 진심으로 그를 사랑하고 있을지도 몰랐다. 그래서 더욱 그녀로부터 자유로워질 수 없었다. 그녀는 나이가 들면서 심각한 편두통과 신경통을 앓고 있다고 했다. 채훈은 부정기적으로

생활비를 보내는 한편으로 귀국하는 노동자 편으로 필요한 약
들을 사서 보내곤 했다. 그것이 그가 해줄 수 있는 전부였다.

. . . . . .

　기차는 영주 역에서 한참이나 정차했다. 잠에서 깬 사람들은
승강장에서 파는 가락국수를 먹으러 내려갔다. 혼자 내려가 국
수를 먹고 온 청년이 종이컵에 담긴 커피를 내밀었다.
　"중동에서 사업을 하셨으면 돈도 많이 벌었겠네요?"
　청년의 입에서 파 냄새가 났다. 마늘 냄새와 파 냄새를 맡지
못하고 산 지가 그렇게 오래 되었건만 역겨움은 여전했다. 의
사는 커피를 마시지 말라고 했다. 채훈은 따끈한 커피를 단숨
에 마시고 빈 잔을 창틀에 올려놓았다.
　"돈을 벌지 못하면 애국이라도 하려는 마음으로 살았지요.
아들이 그렇게 하라고 합디다."
　영준이 대학생이 되어 보내온 편지에 그렇게 써 있었다. 얀
부에서의 성공이 계속 이어지지를 못하고 몇 군데 공사가 적
자를 보면서 사업이 진퇴의 기로에 빠져있을 때였다. 아무리
어렵고 바빠도 서울과 젯다의 두 가족에게 주기적으로 생활비
를 보냈으나 액수가 들쑥날쑥했다. 영준의 대학 학비를 충당하
기 위해 아내는 야쿠르트 배달까지 해야 했다. 그녀는 떠나버
린 남편에 대한 원망과 눈물로 세월을 보냈다. 그래도 그녀가
키운 아들은 돈을 벌지 못하면 애국이라도 하라고 썼다. 집안
내력일까? 아버지가 살아 계셨다면 같은 말을 하셨을 거였다.
　"좋은 아드님을 두신 모양이네요."
　"괜찮은 녀석이지요. 그렇지만 나는 좋은 아버지는 아니었습

니다."

아버지처럼 살고 싶었다. 아버지는 늘 외로운 사람이었다. 남들이 부러워하는 신문기자 직업을 버리고 직원 한 명 없이 혼자서 문학 잡지사를 차린 것도 당시의 신문사 분위기를 거부했기 때문이었다. 일제 말기, 일본이 만주사변을 일으켜 중국을 침략해 들어가면서 군국주의가 심해지자 민족 신문을 자처하던 신문사들은 진보적인 기자들을 해고시켜 버리고 스스로 친일 신문으로 변질해갔다. 아버지는 그것을 참아내지 못했다. 천황을 찬양하고 황군에 입대하라는 시를 쓴 시인을 만나 기사를 받아오라는 편집장에게 화를 내며 사표를 던졌다.

아버지는 글을 삶의 그림자라고 말했다. 그는 글 자체를 숭배하지는 않았다. 글재주를 생계 수단으로 삼고 싶지 않아 했다. 소설가로 약간의 이름을 얻은 후에도 신문 연재나 세태 소설로 먹고살아야 하는 현실을 괴로워했다. 농촌에서 어린 시절을 보낸 그는 자연과 농민을 좋아했다. 억지로 글을 써서 돈을 벌기보다는 농사를 짓겠다며 조귀동 아저씨와 함께 금평리에 내려가 버렸다. 농사는 힘들고 돈이 되지 않았다. 여섯이나 되는 자식들을 먹여 살리기 위해, 아버지는 여느 농민들과 마찬가지로 온몸이 새까만 상처투성이가 되도록 일했다. 낮에는 찰거머리에 뜯겨 가며 논바닥에서 풀을 뽑고 밤이 되어서야 자신이 좋아하는 글을 썼다. 어떤 날은 열 마리도 넘는 거머리에 뜯겨 피를 한 대접은 뺏긴 것 같다고 웃으며 말하기도 했다. 졸음을 쫓기 위해 한겨울에도 창문을 열어 놓고 글을 썼다. 우체부는 매일 서울에서 온 초청장이며 편지를 가져왔지만 그는 다른 문인들과 어울리지 않았다. 결혼식이니 출판기념회에는 가지 않았다. 자신이 좋아하던 문인의 장례식 때나 서울에 올라가 부조를 하고 곧장 내려왔다. 문인들이 모여 차와 술을 마시며 교류한다는 백조다방이니 하는 곳에 단 한번도 가본 적이 없는 사람이었다. 문인들은 그에게 나쁜 사람이라고 욕을 하지는 않았지만 그를 친구로 두고 싶어 하지는 않았다. 아버지는 외톨이였다.

해방 후 이승만 정부는 자기 세력을 늘리기 위해 일제에 충성하던 문인들을 발탁했다. 아버지가 경멸하던 친일 문인들이 새로운 나라의 장관이며 문화단체장이니 대학교수가 되어 애국자로 변신했다. 일제 때 유명하던 문인들의 상당수가 사회주의자로 북쪽으로 가버려 남쪽에 남아있던 문인의 숫자는 많지 않았다. 아버지에게도 대학교수 자리가 제안되었으나 아버지는 친일파들의 비위를 맞추며 살고 싶지 않다고 거부했다. 나중에 생활고 때문에 한 대학에 강사를 맡아 금평리에서 서울까지 기차를 타고 출강하기도 했지만 그곳에서도 학장과 싸우는 바람에 얼마 다니지 못했다. 그러다가 전쟁을 맞았다.

한국전쟁이 터졌을 때 대개 문인들은 부산으로 피난을 내려가 서울에서와 마찬가지로 몇 군데 다방과 술집에 모여 객담과 술추렴으로 세월을 보냈다. 그러나 그는 군에 입대해 목숨을 걸고 전선을 돌아다니며 글을 썼다. 나이 덕분에 대령 계급장을 달았어도 그는 대부분의 시간을 최전선 격전지에 직접 나가 취재를 했다. 아버지의 관심은 누가 이기느냐보다 사람들이 어떤 고통을 받는가 하는 것이었다. 전쟁을 독려하는 군 지휘부의 지침과 상관없이 전쟁의 아픔을 그리는 글들을 써서 삭제당하곤 했다. 군대에서도 그는 외톨이였다.

금평리 집이 미군 폭격으로 소실되어 버려 서울에서 살게 된 후로 아버지는 갑자기 늙기 시작했다. 금평리 시절에 쓰던 농민소설 대신 도시빈민들의 삶을 그려냈으나 출판해주려는 곳이 없었다. 세태소설을 써서 신문에 연재하는 일은 끝내 거부했다. 어머니는 생계를 위해 가게를 열어야 했다. 아버지는 술 마시는 날이 늘었고, 얼굴에는 우울한 그늘이 떠나지 않았다. 그래도 자식들 앞에서 엄격한 자세를 유지하느라 애썼다. 외박이란 걸 모르고 집을 지키며 감시하는 아버지 아래 자라난 자식들은 사춘기가 되어도 방황할 기회조차 갖지 못했다. 돈이 없어 대학을 가르칠 수는 없었지만 모두들 잘 자라주었다. 큰형은 학비가 무료인 교육대학을 나와 국민학교 선생이 되었고 작은형은 학력제한이 없는 공무원 시험에 붙었다. 채훈도 대학을 포기하고 미군부대에 들어갔다. 아버지는 자식들에 관한 한 후회 없이 돌아가셨을 것이었다.

아버지가 있다지만 얼굴조차 제대로 본 적 없이 홀어머니 아래 형제도 없이 외롭게 자라난 영준이 대학생이 되어 철 든 소리를 하기까지는 순탄치가 않았다. 영준은 고등학교에 들어가면서 방황을 시작했다. 중학생 때도 엄마를 버리고 떠난 아버지를 격렬히 비난하는 편지를 보내오곤 했지만 고등학생이 되고부터는 근본적으로 자신의 출생을 비관하게 되었다. 그 애의 편지 곳곳에는 버림받은 여자의 아들이라는 열등감이 배어 있었다. 버림받은 처지니, 건방지게 생각하지 말아 달라는 수식어 속에 그 애의 감정이 고스란히 묻어 나왔다. 양친부모 사이에서 행복하게 사는 다른 아이들에 대한 소외감을 표현하는 부분도 늘어났다. 편지를 쓸 줄 모르는 아내는 전화를 통해 영준이가 패싸움에 끼어들었다거나 술과 담배를 한다는 호소를 하기 시작했다.

채훈은 자신의 편지나 선물만으로는 해결할 수 없음을 알았다. 군사쿠데타와 광주학살로 어수선하던 80년에 한국을 방문한 것도 사업 문제보다는 영준 때문이었다. 십여 년만의 귀국이었다. 김포공항에는 어머니와 형제, 조카들이 나와 있었다. 아버지가 돌아가신 후에도 장사를 계속하던 어머니는 남편처럼 고혈압을 얻어 큰형 집에서 요양하듯 갇혀 살고 있었다. 어머니는 그를 외면했다. 그가 다가가 손을 잡아도 애써 못 본 척했다. 어머니는 여전히 자신의 아들이 낯선 외국 여자와 결혼식도 올리지 않고 살고 있다는 사실을 용서하지 못하고 있었다. 아내와 영준은 공항에 나와 있지 않았다.

아내는 형과 함께 아파트 현관에 들어서는 그를 보자 고개를 숙인 채 부엌으로 가버렸으나 그리 차가운 눈빛은 아니었다. 단촐히 두 식구만 사는 아파트는 젊은 시절 아내의 취향대로 맑은 옥빛 벽지에 미군부대 시절에 함께 찍은 사진이 아기자기하게 걸려 있었다. 월남 시절에 보내준 낡은 흑백 소니 텔레비전과 신혼시절에 샀던 오래된 자개농도 그대로였다. 줄곧 편지를 주고받았음에도 어색해 하던 영준은 제법 의젓한 자세로 큰절을 올렸다. 아내는 부엌 싱크대에서 설거지하는 체를 하며 부자 상봉을 훔쳐보고 있었다. 울음이 터질 듯 했으나 울지 않았다. 아름다웠던 얼굴에는 고뇌가 그려낸 주름이 깊게 패어 있었다. 그래도 그녀는 여전히 아름다웠다.

채훈은 서울에 체류하는 동안 엔에게 전화를 하지 않았다. 다만 며칠간이라도 아들을 위해 보내고 싶었다. 아직 군사쿠데타의 여진이 남아 곳곳에 무장한 병력이 검문검색을 하고 있는 서울 시내를 데리고 다니며 피자며 생선초밥을 사주고 함께 롤러스케이트를 타며 친해졌다. 그 애가 다니는 학교에 찾아가 담임선생과 교장에게 사우디에서 사온 자수 걸개와 비행기가 홍콩을 경유할 때 면세점에서 산 고급 양주를 선물하고 학급 친구들을 중국집에 데려가 푸짐하게 먹였다.

또 영준을 데리고 아버지의 흔적을 찾아 다녔다. 일제 시대 때 세 들어 살던 수송동 기와집이며 한국전쟁 뒤에 여기 저기 옮겨 다니며 살았던 골목들이 고스란히 남아있었다. 일제 시대에 큰아버지와 고모들이 다녔던 국민학교를 보여주고 종로서적에 올라가 할아버지가 쓴 책을 보여주었다. 아버지의 글들은 단행본으로는 품절 되었지만 한국문학전집마다 들어있었다. 그중 가장 질 좋은 전집으로 한 질을 통째로 사주었다. 책에 나온 아버지의 사진과 연보를 보여주며 자신의 아버지가 어떻게 살았는지 이야기해주었다.

영준을 위해서는 그 애의 엄마에게도 잘해주어야 했다. 영준과 함께 백화점에 데리고 가 비싼 양장과 금목걸이를 사주었다. 놀이공원에 함께 가 온종일 놀이기구를 타며 놀았다. 아내는 처녀 때처럼 소리내어 웃기도 하고 함께 청룡열차를 타며 비명을 지르기도 했다. 그녀는 남편의 귀환에서 작은 희망의 불씨를 찾으려는 듯했다. 그러나 채훈은 그럴 수 없었다. 진실로, 이제는 아내가 자신의 영역을 떠나 더 좋은 남자, 부평초처럼 떠돌지도 않고 가족과의 작은 행복을 아는 그런 남자를 만나 행복하게 살기를 바랐다. 낮에 세 식구가 즐거이 돌아다니다가도 밤이 되면 형제들 집으로 가거나, 영준의 방에서 잤다.

영준과 한 이불 속에 누워 새벽빛이 창을 물들일 때까지 많은 이야기를 했다. 신은 인간에게 항상 고르게 행복을 나눠주지는 않는다고, 주어진 행복의 크기 안에서 그것을 얼마나 의미 있게 가꾸는가는 각자의 책임이라고 말해주었다. 자신이 남과 다른 점이 있다면, 새로운 시련을 맞이했을 때 이에 도전하

248

고 싶은 욕망에 사로잡히는 점이라고 했다. 고통스럽고 두렵지만, 때로는 이겨낼 자신이 없어 비겁해질 때도 있지만, 결국은 회피하지 않고 싸워 이겼다고, 이 아버지는 자신의 한계를 극복하기 위해 싸우다가 죽은 이들을 존경한다고 말해주었다.

사우디로 돌아갈 때, 공항에 따라 나온 영준은 아버지의 목을 끌어안고 놓을 줄을 몰랐다. 아버지 품에서 떨어지지 않으려고 버둥대는 그 애는 더 이상 자신의 출생의 근본을 비관하며 패싸움을 하고 돌아다니던 불량 학생이 아니었다. 자신이 버림받은 아이가 아니라는 사실을 확인하면서, 할아버지와 아버지의 어린 시절 이야기를 귀담아 들으며 가끔씩 눈물을 글썽이는 착한 소년으로 돌아와 있었다. 그 애는 학교의 폭력조직에서 떨어져 나와 다시 공부를 하기 시작해 무사히 대학에 들어갈 수 있었다. 그 애는 놀랄 만큼 빠르게 생각 깊은 지식인으로 자라 주었다. 대학생이 된 그 애의 편지는 이전과 달리 희망이 담겨 있었다. 사막으로 돌아간 채훈은 더욱 강렬해진 아들에 대한 그리움으로 시달렸지만, 아들은 단 열흘의 만남만으로도 아버지의 존재를 인정하고 자신의 처지를 기꺼이 받아들였다. 보채고 방황하던 아이가 어느새 홀로 독립해버린 것이었다.

그러나 아이의 성장에는 늘 새로운 걱정거리가 따랐다. 자신의 아픔을 이겨 낸 영준은 시대의 아픔으로 관심을 돌렸다. 편지 속에 점점 더 정치적인 이야기가 늘어나더니 어느 날 아내로부터 그 애가 시위에 참가했다가 유치장에 갇혔다는 전화를 받았다. 채훈은 그 애가 석방되었다는 전화가 올 때까지 밥도 먹지 못하고, 잠도 자지 못했다. 오로지 담배만 태웠다. 명준이 한국 아이에게 눈을 찔렸을 때처럼, 쉴새없이 담배가 필요했다.

정치적으로 말하자면 이씨 집안은 항상 야당이었다. 아버지는 정훈국 대령까지 지냈지만 이승만 정부에 비판적이었다. 아버지가 낳은 여섯 아이도 모두 야당이었다. 박정희가 경제개발로 영웅이 되었을 때도 이씨 형제들에게는 일제 시대에 일본군으로 독립군을 잡다가 군사쿠데타를 일으켜 권력을 쥔 기회주의자에 불과했다. 군무원으로 출발해 사업가로 살아온 채훈은 주변에서 야당을 만날 일이 거의 없었다. 그래도 그는 야당이었다. 그리고 아들도 야당이 되었다. 채훈은 민주주의를 위해 싸우겠다고 나선 아들에게 정치적으로는 할 말이 없었다. 다만 아들이 다치지 않기만을 바랬다. 광주에서 많은 사람들이 군인들에게 죽었다는 것, 이후에도 시위하다 경찰에 맞아 죽는 사건이 계속되고 있다는 사실을 뉴스위크나 타임지를 통해 알고 있었다. 그 애가 석방되는 날까지 목이 아파 숨쉬기가 힘들 정도로 담배를 피우며 온갖 상상을 다했다. 경찰서에 국제전화까지 했지만 책임자라는 사람과는 통화도 할 수 없었다. 서운하게도 영준은 유치장에서 석방된 뒤에도 전화 한 통 하지 않았다. 그 애는 정의라 불리는 질풍 같은 마력에 푹 빠져 있었다.

영준이 민주화 시위로 유치장을 들락거리는 동안 채훈은 병원에 드나들고 있었다. 당뇨 때문이었다. 뙤약볕 아래 배수로 공사 현장에서 감독을 하다가 기진해 주저앉은 그를 최 소장이 등에 업어 병원으로 데려갔다. 정신을 차리고 보니 스웨덴 의사와 간호사가 진료하는 스칸스카 병원이었다. 일사병인 줄 알았는데 당뇨라는 진단이 나왔다. 일주일이나 병원에 누워 있으려니 그 동안 얼마나 자신의 몸을 학대하며 살아왔는가 새

삼스러웠다. 산 지 1년밖에 안 된 도요다 슈퍼살롱의 주행거리
가 십만 킬로가 넘었다. 수백 킬로씩 떨어진 공사현장을 매일
이다시피 누비고 다니느라 하루에 서너 시간도 못 자는 일과
가 수년 동안 계속되었다. 하지만 그렇게 열심히 뛰어다니는
데도 수입이 전과 같지 않았다. 쏟아져 들어오는 미화 달러 다
발을 어디에 숨겨야 할 지 몰라 했던 70년대와 달리 80년대
중반에 들어서면서 외국인 사이의 경쟁이 심해져 입찰 금액이
너무 낮은데다가 공사 대금이 나온다 해도 모든 것을 사우디
스폰서 핫산을 통해 결제하다보니 자꾸 문제가 생겼다. 선생을
했다기에 믿고 고용한 핫산은 계산에 약해서 여기저기 빚을
누적시키고 엉뚱한 데 돈을 쓰기 일쑤였다. 채훈 몰래 챙기는
돈도 상당한 게 분명했지만 너무 바빠 감시를 할 겨를도 없었
다. 사람들은 채훈을 계약의 귀재라 부를 정도로 공사 수주는
계속되었지만 조금만 하자가 생겨도 바로 헐어내고 처음부터
재시공에 들어가는 그의 완벽주의는 겨우 모아놓은 자본을 뭉
텅뭉텅 축냈다. 서울과 젯다의 두 가족에게 보내는 돈은 점차
순수한 부채로 누적되어 갔다. 고된 일과와 정신적인 피로는
그의 몸으로부터 정화능력을 빼앗아갔다. 사우디로 건너 온 이
후 아무 것도 하지 않고 며칠씩 침대에 누워 있기는 처음이었
지만 그렇게 마음이 편할 수가 없었다.

　그나마 다행인 것은 라마단 기간이기 때문이었다. 일년 중
가장 무더운 칠월 한 달 동안 회교도들은 종교의식 외에 거의
일을 하지 않았다. 해가 떠서 질 때까지 밥을 먹지 않고 담배
도 피우지 않았다. 낮에는 물도 자제했다. 날씨도 뜨거운데 못
먹고 못 마시니 공사도 진척이 없었다. 오전 5시부터 11시까지
여섯 시간만 일을 시키고 하루 일당을 줘야 했다. 모슬렘 교도

들에게만 해당되는 이야기지만 인부 200명 중 한국인과 필리핀, 유럽인까지 20여 명을 제외하고는 모두 모슬렘 교인들이어서 사실상 공사는 중지 상태나 마찬가지였다. 공사현장에는 중동 사람들 말고도 아프리카와 인도인들도 많았지만 종교는 같았다. 그래서 라마단 기간에는 밤 12시부터 업무를 보는 회사도 있었다.

채훈은 사업에는 방해가 되어도 종교의식 자체는 좋게 생각했다. 빈부의 격차가 극심한 나라에서 국왕에서 걸인까지 공동의 의식을 지켜 배고픔의 고통을 함께 체험할 수 있게 한다는 점에서 그랬다. 모슬렘 교도들은 여성을 남자의 소유물 정도로 취급하고 경제 문제에 한심할 정도로 무감각했다. 그러나 채훈은 장난으로도 사람을 때리거나 욕하지 않는 그들의 비폭력주의를 존중했다. 한국에 있을 때도 현실주의적이고 외향적인 기독교보다는 불교의 은둔과 평화를 좋아했듯이, 그는 라마단 기간을 존중했다. 그 기간 동안은 자신도 문밖에 나가면 담배를 피우지 않았다. 좋아하는 술도 자제했다. 사우디에 오래 살면서 그들의 문화에 익숙해지기도 했다. 저녁 시간에 공사 현장에서 가까운 베두인 마을에 들리면 모닥불 가에 빙 둘러앉아 낙타젖이나 양젖, 양고기와 과일을 나눠 먹으며 이야기를 나누는 그들과 어울릴 수 있었다. 술에 취하거나 흥겨운 놀이는 없어도 사막의 달빛을 받으며 핫산에게 배운 그들의 언어로 대화를 하고 웃음을 주고받노라면 여간 즐겁지 않았다. 돈을 더 벌기 위해 악착 떨지도, 억제된 감정을 터뜨리기 위해 술에 의존하지도 않는 그들과 나란히 앉아 있기만 해도 사막의 바람처럼 자유로워지는 느낌이었다. 언젠가 시간이 나면 이슬람문화에 대한 글을 써보고 싶다는 생각도 했다.

엔이 소식을 듣고 먼 길을 달려왔다. 그녀가 입원실에 들어올 때 그는 의사 몰래 담배를 피우고 있었다. 엔은 젯다의 집에서도 항상 깔끔하게 차려입고 있었는데 그 날은 밝은 색 양장에 약간의 화장까지 하고 있었다. 화장한 얼굴이 이십 년 전 다낭에서 처음 보았을 때처럼 화사해 보였다. 엔은 그에게서 담배를 빼앗고 침대에 몸을 기울여 끌어안아 주었다. 부드러운 젖가슴을 통해 심장 박동이 느껴질 만큼 오랫동안 안아 주었다. 퇴원하는 길에 그는 엔에 이끌려 사무실에도 들리지 못하고 곧장 젯다 집으로 가야 했다. 엔은 유별나게 잘해주었다. 지친 그를 위해 월남식 쌀죽을 해주었다. 싫다고 하는 데도 욕실에 들어와 몸을 닦아주기도 했다. 중년의 나이가 되었음에도 그녀의 몸매는 여전히 야자수 줄기처럼 늘씬하고 탱탱했다. 행복한 며칠이 흘러 안부 사무실로 돌아갈 준비를 할 때, 엔은 편지 한 장을 내밀었다. 호주의 민으로부터 온 영문 편지였다. 호주에서도 공부를 잘한 민은 대학을 다니던 중에 법무사 시험에 합격해 법률사무실에 나가고 있었다. 민은 어머니와 다른 두 동생을 보고 싶어 했다.

"호주로 가고 싶어요. 이 나라는 여자가 할 일이 없어요. 여자를 무시해요. 자유도 없고 발전도 없어요."

엔은 모처럼 한국어로 말했다. 두 아이의 교육을 위해서라도 자유로운 나라로 가고 싶다고 했다. 민은 호주 시민권을 얻어 가족을 초청할 권리가 있었다. 집을 빌릴 돈만 주면 그곳에서 무슨 일이든 해서 아이들을 가르치겠다고 했다. 월남 친척들도 있어 자리 잡기가 어렵지는 않으리라 했다. 말릴 자신이 없었다. 그녀는 채훈에게 올 때도 아이 때문에, 그리고 떠날 때도 아이들 때문에 떠나려 했다. 아이들에게 한국어를 가르치지 않은 것을 말릴 수 없었듯이, 떠나는 그녀를 잡을 수 없다는 생각이 들었다.

"집을 빌리면 월세를 어떻게 감당하려 그래? 어떻게든 한 채 살 수 있도록 해볼게."

그의 말에는 힘이 없었으나 엔의 얼굴은 기쁨으로 밝아졌다.

"당신도 함께 가요. 당신이 어렵다는 거 다 알아요. 사우디에서 외국인은 사업을 하기 힘들어요. 호주에서 새로운 사업을 시작해요. 우리 친척들하고 옷 만드는 공장을 차려요. 내가 싱가폴에서 배운 미싱 기술로 거기서 얼마든지 돈을 벌 수 있어요."

채훈은 고개를 저었다.

"나는 이곳이 좋아. 남자가 돈을 벌 기회는 두 번 있다고 그랬어. 나라를 만들 때와 나라가 망할 때이지. 전쟁을 말하는 거지. 중동에는 전쟁이 있고, 그래서 나는 이곳에서 사업을 해야 해. 빈손으로 한국에 돌아갈 수는 없어."

건설사업이 어려워지면서 그의 관심은 다시 전쟁으로 쏠리고 있었다. 이란과 이라크의 전쟁으로 중동은 화약고처럼 불안했다. 사우디에 미군이 주둔하기로 결정되면서 미군부대 안에 잡화점을 차리는 사업을 추진하려 생각하고 있었다. 계획대로라면 점포 수만도 수십 개가 넘는 대규모 사업이었다. 싱가폴이든 호주든 이미 남들이 다 자리 잡고 사는 틈바구니에 끼어들어 구차하게 살고 싶지는 않았다. 한국전에서 시작했듯이, 중동전에서 끝을 내고 싶었다.

"돈을 벌면 한국으로 돌아갈 거예요?"

엔이 긴장된 표정으로 물었을 때, 채훈은 입술을 찡그리며 이상하게 웃었다.

"언젠가는."

 사실은 당시 그의 꿈은 여전히 붉은 사막에 있었다. 사업차 이스라엘을 방문했을 때 사막 한가운데 물을 끌어들여 광대한 농장을 일군 광경을 보고 나서는 자신도 사우디 사막에 농장을 만드는 꿈을 갖게 되었다. 어서 큰돈을 벌어 드넓은 황무지를 사서 대형 관정을 파고 수로를 내어 기름진 땅으로 바꿔 거대한 농장을 만들고 싶었다. 그곳에 영준과 명준을 불러 함께 일하고 싶었다. 아버지와 함께 금평리 들판에 물결치는 황금빛 이삭 사이로 걸어 다니며 느꼈던 황홀함을 두 아들에게도 누리게 해주고 싶었다. 그러나 엔에게 농장의 꿈을 이야기하지 않았다. 언제나 그랬듯이 엔은 그의 뜻을 존중해 주겠지만, 호주로 향한 마음을 바꾸지는 않으리란 것을 잘 알았기 때문이었다. 또 한편으로는 사막의 농장이 진정한 자신의 염원인가도 확실하지 않았다. 한국으로 돌아가겠다는 말이 진정성을 갖지 못한 것처럼, 자신의 미래에 대한 어떤 확신도 갖고 있지 않은, 이상을 잃어버린 중년의 사업가가 되어 버린 것이었다. 젊은 시절, 분명 이상과 열정을 가지고 있었을 텐데 아무 것도 기억해낼 수가 없었다. 한때는 엔과의 사랑을 쫓아 위험을 감수하기도 했지만, 말로 표현할 수 없는 두근거림과 욕망으로 가득한 시절이 있었지만, 본격적으로 건설업을 시작한 후로는 오로지 돈만 벌기 위해 뛰어 다니는, 그렇게 번 돈을 어떻게 써야 하는가 확실한 계획도 없는, 염원을 잃어버린 속물이 되어 있었다. 이상으로부터 도피해 생존의 근거로 보여줄 수 있는 가족조차도 유지하지 못하는 외로운 떠돌이가 되어 있었다.
 엔은 사우디를 떠났다. 송금 문제 때문에 몇 차례의 통화가 오간 후, 5개월이 지나서야 첫 편지가 왔다. 얀부 사무실을 비우고 현장을 돌아다닌 지 오래 되어 며칠 전에 도착했는지도 알 수 없는, 짤막한 봉함엽서였다. 그가 보내준 돈으로 시드니 외곽 블루마운틴 공원으로 가는 길목에 집을 한 채 샀으며 월남인 친척들을 모아 봉제일을 시작했다고 써 있었다. 창고에 미싱 몇 대를 들여놓고 파자마처럼 생긴 반바지를 만들어 납품하는 일이라고 했다. 자신은 호주 생활에 만족하며 사우디로 돌아갈 생각은 없다고 써 있었다.

채훈은 삐걱거리는 야전침대에 비스듬히 누워 쓴 커피를 마셨다. 피곤했다. 커피가 다 식기도 전에 스르르 눈이 감겼다. 얕은 잠결에 스스로에게 물어 보았다. 진정 엔이 자신을 사랑했던 것일까, 아니면 전쟁터에서 버려진 여성이 선택할 수밖에 없던 생존 방식일 뿐이었을까 반문해 보았다. 서운하고 쓸쓸했다. 그녀의 마음을 충분히 이해하고, 근래의 회사 상황으로는 감당하기 힘든 큰돈까지 송금해 주었으면서도 그녀가 자신을 정말로 떠나버렸다는 사실이 새삼 서운했다. 목요일 밤마다 젯다를 향해 달려가던 사막으로의 먼 길에서 보았던 별빛의 아름다움도, 강아지처럼 뛰어 올라 목에 안기던 명준과 미숙의 살 냄새도 더 이상 맡을 수 없다는 사실이 한없이 쓸쓸했다. 지금까지 그 많은 어려움을 함께 하였고 때로는 생명의 위협까지 감수하며 도와주었던 그녀가 결국은 자기를 버리고 가버렸다는 현실을 외면하고 싶었다. 이제 와서 사랑의 깊이를 재는 일이 무슨 소용인가 생각하며, 억지로 잠들려 애썼지만 잠이 오지 않았다.

억지로 누워 있던 그는 자리에서 벌떡 일어나 거실로 나갔다. 거실 바닥에는 일을 마치고 온 노동자들이 뒤엉켜 깊이 잠들어 있었다. 서울에서 온 특수용접공과 전기공, 훗도의 병원

공사에 벽돌 작업을 하다가 휴일을 맞아 쉬러온 부산 출신들이 작업복도 제대로 벗지 못한 채 피로에 지쳐 코를 골며 잠들어 있었다. 한동안 거실을 차지했던 미장공과 타일공들은 삼성건설 현장에 투입되어 다만으로 가 있었다. 사람들이 깨지 않도록 조용히 현관을 나섰다.

밤이었다. 홍해 바다까지 1킬로쯤 되는 어두운 모랫길을 정신없이 달리기 시작했다. 당뇨가 발견된 후로 심한 운동을 자제했는데 답답함을 참을 수 없었다. 숨이 막히도록 달려 잔잔한 물결이 찰랑이는 모래사장에 벌렁 드러누웠다. 밤하늘 가득 별이 빛나고 있었다. 그는 우주의 검은빛을 좋아했다. 그래서 차를 사도 꼭 우주색으로 골랐다. 열두 색깔 물감을 모두 섞어 놓은 듯 탁하고 무거운 우주색이 철학적이어서 좋았다. 그러나 이제는 그 우주의 무게를 견딜 수 없었다. 삶의 무게를 더 이상 지탱할 수 없을 것만 같은 절망감이, 자기 자신에 대한 실망감이 매몰차게 가슴을 때렸다. 그는 텅 빈 모래사장에 홀로 뒹굴며 미친 듯이 고함을 질러대기 시작했다.

숙소에 돌아와 작은 방으로 들어갔다. 두 개의 야전침대에 최 소장과 핫산이 깊이 잠들어 있었다. 조용히 최 소장을 흔들어 깨웠다.

"최 소장, 내일 공항에 들려 비행기 표를 끊어 줘. 여권도 챙기고."

"호주 부인에게 가시게요?"

"아니. 유럽 여행을 해야겠어. 한 달 정도 갔다 올 테니 이곳 일은 최 소장이 알아서 해줘."

최 소장은 비로소 잠결에서 깨어났다.

"갑자기 유럽은 왜요?"

"숨이 막혀 못 살겠어. 계속 이렇게 살다가는 미칠 것 같아."

비자 없이 다닐 수 있는 나라들을 찾아 두 달이나 유럽을 돌았다. 기술자로 함께 일하다가 귀국한 영국인과 독일인 집에서 며칠씩 머물기도 하고 프랑스는 렌트카로 돌았다. 이태리의 고도들은 거의 도보로 여행했다. 사이공에 프랑스인들을 통해 재현되었던 건축양식이 유럽 전역에 고스란히 남아 있었다. 그는 스케치북을 들고 다니며 건물의 동선을 그려보기도 하고, 처음 만난 사람들과 술잔을 기울이고 그들의 집에서 잤다. 낯선 거리와 언덕을 돌아다니는 동안 그는 최 소장에게도, 엔에게도 전화를 하지 않았다.

· · · · · ·

마지막 유럽 여행지인 로마에서 비행기를 타고 리야드 공항에 도착했을 때, 최 소장이 핼쑥한 얼굴로 기다리고 있었다. 항상 안전모를 쓰고 있어 이마와 안전모 끈 자국만 징그럽도록 새하얀 얼굴에 근심이 가득했다. 하수관로 공사를 벌인 혜일에 문제가 생겼다고 했다. 자재대금과 인건비를 주지 못해 고소가 된 것이었다. 사우디는 빚을 지게 되면 무조건 감옥에 가둬놓고 돈을 다 갚을 때까지 풀어놓지 않았다. 리야드에서 혜일까지 720킬로를 승용차로 달리는 동안 최 소장이 말했다.

"혜일 현장만 아니라 갓심하고 얀부에서도 곧 고소가 들어올 것 같습니다. 심각해요. 아무래도 일단 한국이나 싱가폴로 피신해 있는 게 좋을 것 같습니다."

"핫산은 뭘 하고 있어? 핫산이 가져간 돈만 해도 빚은 갚고도 남을 텐데."

최 소장은 난감한 표정을 했다.

"이리저리 돈을 돌려 부채를 갚고 있지만 해결이 어려워요. 핫산이 빼돌린 돈도 있지만 근본적으로 공사마다 적자가 나니 어쩔 수가 없어요. 헤일에 들어가면 바로 연행될 지도 몰라요."

최 소장은 가뜩이나 어렵던 재정이 더욱 심각한 곤경에 빠지게 된 이유를 잘 알고 있었다. 호주로 떠나는 엔을 위해 이십만 달러나 되는 큰 돈을 불법적으로 빼돌렸다는 것을 누구보다 잘 알고 있었다. 최 소장 자신이 불법 외화 송출을 맡았기 때문이었다. 채훈의 유럽여행 경비도 사실은 한 푼도 축내서는 안 되는 계좌에서 헐어 쓴 것이었다. 그러나 채훈의 심정을 잘 아는 최 소장은 그 부분에 대해서는 일체 말하지 않았다. 그는 사막 한가운데 오아시스 곁에 만들어진 작은 마을에서 밥을 먹을 때 다시 조심스레 입을 열었다.

"사장님, 이럴 게 아니라, 우리도 여권 장사를 하면 어떨까요? 잘만 하면 어느 정도 빚을 정리할 수 있을 텐데요."

당시 사우디 법률이 바뀌어 외국 노동자의 입국이 어려워져 있었다. 채훈의 회사처럼 기존의 인력 수급권을 가진 회사들은 거짓으로 고용증명서를 써주어 외국인을 입국시키고 비싼 수수료를 받을 수 있었다. 채훈은 들고 있던 딱딱한 빵 조각을 내려놓으며 그를 쏘아보았다.

"옛말에 길을 가다보면 소도 보고, 말도 보는 법이라 했어. 미군부대 점포건만 성사되면 그깟 푼돈 갚는 건 쉬워. 잠시 어렵다고 추잡한 짓을 하면 되겠나?"

최 소장은 한숨을 내쉬었다.

"일하러 오겠다는 사람을 도와주는 게 무슨 큰 죄입니까? 사장님이 여기서 국회의원 출마할 것도 아닌데 법 따지고, 원칙

따지고 남들에게 베풀기만 하니 고생해봐야 남는 게 없지요. 지금까지 사장님이 남들에게 베푼 돈만 모아놨어도 이런 일은 없을 겁니다."

좀처럼 따지고 들지 않는 최 소장의 말에 할 말이 없었다. 그는 사업 이외의 대인관계가 적은 편이었어도 사우디 한인회에 상당한 기금을 내고 있었다. 한국에서 건너온 노동자들에게는 능력을 따지지 않고 비싼 임금을 주고, 일이 없을 때라도 숙소에 데리고 있으면서 마음껏 먹고 마시게 해주었다. 사업이 어려울 때라도 임금 지급 날짜를 어긴 적은 한번도 없었다. 사촌동생을 불러들여 리야드에서 일식집을 열도록 십만 사우디 리알이나 빌려주었는데 장사가 안 되어 그 돈도 아직 한 푼도 받지 못하고 있었다. 무엇보다도 호주로 보낸 돈의 영향이 컸다. 그 문제에 대해 아무 말 하지 않는 최 소장이 고마웠으나 감옥에 갈 땐 가더라도 추하게 살고 싶지는 않았다.

"아무튼 여권 장사니 위조니 말은 꺼내지도 말아. 영준이가 말했지. 돈을 못 벌면 애국이라도 하라고. 이 먼 나라에 와서 우리나라 망신을 시킬 수는 없어."

"남들 다 그렇게 사는 데 사장님만 못할 게 뭐 있어요?"

"내 앞에서 다른 사람들 이야기는 하지 마. 남들이 어떻게 살든, 나는 남을 따라 살지는 않아."

아버지는 달처럼 살라고 했다. 모든 사람이 태양을 바라보며 살아도, 너는 어둠을 비치는 달처럼 살라고 말했다. 일제시대, 태양의 제국 아래서도 아버지는 달처럼 어두운 곳을 비추며 살려고 노력했노라고 말하곤 했다.

헤일에 도착하도록 채훈은 현실을 직시하지 못하고 있었다. 차가 달리는 반나절동안 별로 듣고 싶어 하지 않는 최 소장에게 유럽에서 보고 들은 이야기만 했다. 운전을 하느라 눈도 돌리지 못하는 그에게 자신이 그려온 고대 건축물의 스케치를 보여주며 새로 지을 건축물을 구상해 보이느라 바빴다. 끝없는 사막을 지나 사우디에서 가장 아름답다는 해안도시 헤일에 들어섰을 때 그를 기다리는 것은 사우디 경찰의 체포영장이었다.

사우디 감옥은 인종 전시장 같았다. 처음 수감된 방에는 다른 한국인이 하나 더 있었다. 사소한 교통사고를 내고 들어왔는데 스폰서가 인연을 끊어 버리고 재산을 몽땅 챙겨 달아나는 바람에 한국에서 돈이 올 때까지 기약 없이 갇혀 있었다. 태국인 두 명중 하나는 살인혐의였고 필리핀 사람이 넷이나 되었는데 하나는 몰래 술을 마시다가 걸렸고, 다른 이들은 마약 사범과 절도, 방화범이었다. 자기들끼리 싸움질을 하다 잡혀온 인도인 세 명도 있었다.

감방 바닥에는 매트리스가 깔렸고 선풍기도 있어 그런 대로 견딜 만했다. 괴로운 것은 식사였는데 처음에는 전혀 못 먹겠더니 차츰 익숙해졌다. 이틀에 한 번 꼴로 면회를 오는 최 소장이 자기 손으로 김밥을 말아왔다가 간수들에게 압수당했다. 외부 음식은 반입이 안 되기 때문이었다. 대신 말보로 담배와 책 같은 것은 자유로이 받을 수 있었다. 조그마한 트랜지스터 라디오가 있어 V.O.A와 BBC 뉴스를 들을 수도 있었다. 레바논 사태로 아라비아 해를 지나는 상선에 미사일이 날아들곤 한다는 소식이며 이란과 이라크 전쟁, 소련과 친했던 인도가 친미로 돌아서고 있다는 소식을 알 수 있었다. 가끔 한국에서의 학생시위 이야기도 나왔다. 그때마다 영준을 생각하며 줄담배를 피웠다.

밖에서 최 소장이 돈을 마련하기 위해 뛰어다니는 동안 그는 마음을 가라앉히려 책도 읽고 편지도 썼다. 프랑스인 아버지와 독일인 어머니 사이에서 태어난 작가가 독일과 소련의 전쟁에서 겪은 경험을 쓴 『잊혀진 병사』를 읽은 날은 엔에게 편지를 썼다. 프랑스 피가 섞였으면서도 독일군으로 동부전선에 나가 소련군과 싸운 주인공이 독일이 항복할 때까지 겪은 전쟁의 광폭함, 무자비한 살상, 독일과 프랑스의 혼혈에 대한 동료들의 냉대, 배고픔의 설움이 사실적으로 그려진 소설이었다. 책을 읽으며 줄곧 월남을 떠올렸다. 그날 밤 다른 죄수들이 잠든 후 창가에 앉아 낭하에서 비치는 전등빛에 의존해 엔에게 긴 편지를 썼다. 베트남 전쟁의 의미와 슬픔에 대하여, 자신이 얼마나 엔을 사랑하고 있는지에 대해 썼다.

최 소장의 말대로 고소는 헤일에서 끝나지 않고 다른 도시 현장에서도 이어졌다. 공사는 거의 중지 상태였다. 최 소장과 핫산의 능력으로는 해결할 길이 요원했다. 최 소장은 함께 일하다가 정유회사 쉘 현장으로 옮겨간 한국인 토목기사와 노동자들에게서 모금까지 해야 했다. 사우디 한인회에서도 적지 않은 기금을 모아 왔다. 그 돈으로 헤일의 빚은 해결할 수 있었다. 그러나 다른 두 도시의 문제가 그대로 남아 있어 얀부 감옥으로 이송을 갔다. 처음으로 사업기반을 잡은 얀부의 빚은 비교적 쉽게 해결이 되었다. 정부 관리들이 그를 신임하고 있는데다가 메디나 왕자가 나서서 보증을 서준 덕분에 고소는 취하되었다. 사업을 재개하여 갚아 나가면 되었다.

다음 감옥은 갓심이었다. 지방마다 철저히 분권이 되어 있어 메디나 왕자의 도움도 소용이 없는 곳이었다. 빚의 액수도 가장 많았다. 모금 정도로 갚을 수 있는 금액이 아니었고, 더 이상 모금할 상대도 없었다. 무기력해진 최 소장은 당장 자신의 끼니를 때우기 위해 하루에 이백 사우디 리알을 받으며 막노동을 나가는 실정이었다. 경찰은 누구라도 사우디인이 보증만 서면 내보내주겠다고 했지만 갓심에서 그에게 도움을 줄 사람은 아무도 없었다. 최 소장은 면회 올 때마다 모든 사업권을 포기하고 장비를 팔아야만 나올 수 있다고 했다. 그러나 채훈은 포기할 수가 없었다. 그런 말이 나올 때마다 거꾸로 최 소장을 설득했다. 매일 판사 앞에 나가 사정을 하고 핫산을 불러 해결을 독촉하는 사이 시간만 흘러갔다. 핫산은 착복한 돈을 내놓으라고 호되게 다그치자 다시는 나타나지도 않았다.

갓심 주정부 감옥에는 중범자들이 많았다. 사람을 넷이나 죽인 살인범도 있었고, 전문 마약사범도 들어와 있었다. 사우디에 살면서 사람들이 너무나 평화롭고 순하다는 데 놀랐는데 한국에서나 만날 법한 중죄인들이 그곳에 골고루 있다는 데 다시 놀랐다. 하루에 다섯 번씩 기도를 올리는 나라에도 그런 무서운 강력범들이 존재한다는 사실이 신기했다. 그러나 더욱 놀라운 것은 파렴치범이라는 선입견과 달리 평범한 사람들의 사고방식이나 행동과 크게 차이가 없다는 사실이었다. 겁먹을 만치 사납거나 저질적인 죄수는 없었다. 이기적인 점에서는 평범한 사람들과 거의 차이가 없어 보였다. 분명 좋은 자들은 아니었지만 악마 역시 아니었다. 법이 무서워 범죄를 저지르지 못할 뿐, 평범한 사람들 대부분이 그들과 똑같은 인생관을 가졌다는 생각에 오히려 소름이 끼칠 정도였다.

채훈이 수감된 감방에는 예전에 그의 회사에서 트럭 운전을 하던 파키스탄인 무스타크가 먼저 와 있었다. 리야드에서 교통사고를 내고 구속된 후 이송되어 온 것이었다. 무스타크는 채훈이 신경통이 심하고 당뇨로 고생하는 모습을 보고는 빨래도

해주고, 안마도 해주었다. 아무 보상을 바라지 않고 해주는 일
이었지만 너무 고마워 50리알을 주니 그 작은 돈에 기뻐서 어
쩔 줄을 몰라 했다. 말고삐를 놓쳐버린 마부처럼 암담했던 기
분이 무스타크 덕분에 한결 나아질 수 있었다.

　한국인도 세 명이나 있었다. 교통사고를 내서 들어온 문산
사람, 신동아건설에서 노무자로 일하다가 싸움에 휘말려 들어
온 젊은 친구들이었다. 필리핀과 태국 사람 각기 두 명도 있는
데 모두들 가난했다. 면회 올 사람도 없고 담배와 잡지를 살
돈도 없었다. 자신은 굶어가면서도 영치금을 마련해 넣어주는
최 소장이 있는 채훈이 가장 유복한 편이었다. 그는 영치금을
쪼개어 이들이 고향집에 편지를 할 수 있는 도구들을 사주고
먹을 것을 나눠주기도 했다. 감방장 역할을 하느라 간수들에게
시설이며 음식을 개선해 달라고 건의를 하기도 했다.

　갓심 감옥에 수감 된 지 한참 지나서 엔의 답장을 받았다.
사무실로 온 것을 최 소장이 가져왔는데 면회실 유리창 틈새
가 좁아 편지를 넣어줄 수 없자 뉴스위크지에 끼워 함께 넣어
주었다. 편지는 당신은 내 인생의 동반자라는 말로 시작되고
있었다. 그녀는 말했다. 채훈은 생명의 위험을 감수하고서도
몇 번이나 자기를 구해 주었으며 베트남에서 탈출할 때도 다
른 한국인들과 달리 자신과 필립을 데리고 나와 준, 영원한 생
명의 은인이라고. 이번에 감옥까지 가게 된 것도 자신에게 거
액을 부쳤기 때문임을 잘 알고 있으며 당신과 같은 사람이 있
기 때문에 한국은 위대한 나라가 될 거라고 했다. 당신을 사랑
한다고, 진심으로 사랑한다고, 이제 모든 사업을 정리하고 호
주로 건너와 자신과 함께 여생을 보내자고 쓰여 있었다. 그 짧
은 편지에 호주로 오라는 같은 말이 여러 번 들어 있었다. 그

리고 마지막으로 당신은 나의 영원하고 진실한 남편이라고 쓰여 있었다.

편지를 읽다가 눈물을 흘리고 있으니 무스타크가 왜 그러냐고 자꾸만 물어 왔다. 고개를 갸우뚱하며 안타깝게 바라보았다. 채훈은 그의 안쓰러움으로 가득한 얼굴을 바라보며 오랜만에 웃어주었다. 엔의 편지를 받은 후 그는 최 소장의 말을 따르기로 했다. 건설공사 계약권을 다른 업자들에게 소개비만 받아넘기고 포크레인과 레미콘, 덤프트럭까지 다 팔았다. 승용차 두 대도 헐값에 처분시켰다.

반 년 만에 감옥에서 나왔을 때 그의 수중에는 중고차 한 대 살 돈과 안부의 숙소, 그리고 감옥에서 엔과 영준으로부터 받은 편지 두 통 밖에 없었다. 영준의 편지에는 석방되면 한국으로 오라고 써있었다. 이제는 자기가 아버지를 부양할 때가 되었다고, 몸이 더 나빠지기 전에 돌아오라고 간절히 말하고 있었다. 하지만 그는 한국도 호주도 가지 않았다. 메디나 왕자와의 약속을 지켜야 했다. 왕자가 보증을 선 빚은 그대로 남은 상태여서 그가 떠나면 왕자가 큰 곤경에 처할 것이었다. 왕자와의 관계가 아니더라도, 빈손으로 그들을 찾아가 부담을 줄 생각은 추호도 없었다. 반대로, 기를 쓰고 일해 두 가족에게 남겨줄 유산을 마련해야 했다. 아버지는 나에게 돈보다 귀한 것들을 남겨주었지만, 자신은 돈이라도 남겨주고 싶었다. 처음에 그랬듯이 얀부에서 다시 사업을 모색했다.

우선은 새로 사업자 신청을 하고 스폰서를 바꿔야 했다. 그런데 엉뚱한 일이 생겼다. 새로 산 싸구려 포드 중고차를 타고 시내를 지나는데 과속을 하는 바람에 교통순경에게 검문을 당했다. 신분증도 없고 면허증도 없는 상태였다. 교통순경은 경찰서로 가자며 앞장서서 경찰차를 몰고 갔다. 뒤따라가고 있는데 갑자기 감옥 생활이 떠올랐다. 외국인에 대해서는 융통성이라곤 없는 사우디 법원도 끔찍했다. 잘못하면 다시 감옥에 처박혀야 한다고 생각하니 끔찍했다. 사거리가 나왔을 때, 그는 자기도 모르게 핸들을 돌렸다. 순간적으로 정신이 나간 것이었다. 한 번 돌린 핸들을 다시 펼 수는 없었다. 있는 힘껏 가속 페달을 밟아 달아나기 시작했다. 그런데 경찰차가 얼마나 빠른지 금방 추격해 왔다. 덩치만 컸지 낡아빠진 미제 포드는 속력이 나지 않았다. 강제로 차에서 끌어내려져 경찰서에 수감되었다. 최소한 6개월 징역에 국외 추방감이었다. 이런 수치스런 일로 메디나 왕자의 힘을 빌릴 수도 없고 암담했다. 그때, 기적 같은 행운이 벌어졌다. 어디서 소식을 들었는지 한동안 얼굴도 보지 못했던 핫산이 불쑥 나타난 것이었다. 그가 경찰에게 몇 마디 하니 경찰은 아무 일 없었다는 듯 그냥 나가라고 했다. 밖에 나온 핫산은 자기가 한 일에 대해 눈물겹도록 공치사를 하고 자랑을 해댔지만 밉지가 않았다. 이 일로 핫산은 다시 그의 스폰서가 되어 함께 일하게 되었다.

핫산과 최 소장의 도움으로 열심히 뛰었으나 재기는 쉽지 않았다. 메디나 왕자의 보증을 밑천으로 새로운 공사를 수주하러 다녔지만 자본이 없어 큰 공사는 맡을 수 없었다. 겨우 작은 상가 공사를 맡았는데 장비를 다 팔아버려 일일이 임대해 쓰려니 공사도 진척이 없었다. 몸도 갈수록 나빠졌다. 감옥에서 방치했던 당뇨가 고질병으로 악화되고 있었다. 백인이면서도 인종편견 없이 소탈한 스웨덴 의사는 왜 자기의 지시를 따르지 않느냐고 질책했다. 감옥에 갔었다는 말을 할 수는 없었다. 당뇨는 연관성을 이해할 수도 없는 이런 저런 잡병을 불러들이고 있었다. 시력이 약해져 원시 안경을 맞추고 염증이 생긴 양쪽 귀까지 치료해야 했다.

두려웠다. 미래에 대해 이토록 절실히 두려움을 느끼기는 처음이었다. 결국은 아무 것도 이루지 못하고 이 먼 이국땅에서 객사하는 게 아닌지, 자신을 사랑했던 사람들, 어머니와 형제들, 두 아내와 아이들에게 아픈 상처만 남기고 죽는 게 아닌지 겁이 났다. 불안한 마음을 달래기 위해 매일 새벽 모슬렘 기도 소리가 들릴 때면 일어나 포드를 몰고 홍해 바닷가에 갔다. 혼자 바닷가를 배회하거나 차안에 앉아 카세트를 켜놓고 한국에서 보내온 흘러간 옛 노래를 들었다. 이미자나 문주란의 노래를 듣고 있으면 마치 불에 타 재가 되어 날아가 버리는 일기장을 보는 듯 했다. 그는 이난영의 노래를 가장 좋아했다. 애절하고도 낭랑한 그녀의 음성을 듣고 있으면 훼의 영화를 그리워하는 월남 노래들이 떠올랐다. 식민지 조선의 아련한 슬픔이 배어났다. 사라져버린 자신의 젊은 시절의 회한이 가슴을 저며왔다. 홍해의 푸르고 아름다운 바닷물보다 사람이 더 그립다는 생각이 들었을 때, 그는 문득 자신이 나이가 들었음을 깨달았다. 풍경보다 사람에 더 끌리는 나이가 되었음을 깨달았다.

사업이 어느 정도 궤도에 오를 때까지 삼 년이 흘렀다. 그 와중에도 서울의 아내에게 부정기적이나마 생활비를 송금해 주었다. 끝내 이혼 서류에 도장은 찍었어도 영준을 데리고 있는 한 그녀는 아내였다. 교사로 어렵게 사는 큰형 집에 얹혀사는 어머니의 틀니 비용과 용돈도 부쳐 드렸다. 자기 자본이 부족해 다른 한국인 몇 사람과 법인을 만들어 사우디 주둔 미군 부대 두 개 대대에 잡화상을 차려 하루에 이천 달러 넘는 매상을 올리는 것을 확인하고서야 한숨을 돌릴 수 있었다. 그는 시드니행 비행기표를 끊었다.

. . . . . .

엔은 가로수가 울창한 교외 길가의 그림 같은 전원주택 단지에 살고 있었다. 사이공의 프랑스 풍 관공서를 옮겨놓은 듯, 현관부터 이층까지 하얀 돌기둥이 세워졌고 격자무늬 창문들이 알맞게 배치된 우아한 저택이었다. 그가 사준 집이었다. 곱게 잔디 깔린 마당에는 스프링쿨러가 혼자 돌아가며 물을 뿌려주고 있었고 가슴까지 내려오는 긴 털을 가진 콜리가 찾아온 손님을 물끄러미 바라보았다.

겉모습뿐 아니라 사람들의 삶도 달라져 있었다. 민에 이어 명준과 미숙도 공부를 잘해 호주영주권을 취득해 합법적인 호주인이 되어 있었다. 그가 도착한 날 명준은 백인 친구들과 블루마운틴 공원으로 캠핑을 가고 없었고 민은 회사에 외출해 공항까지 마중 나왔다가 다시 회사로 돌아갔다. 오후에 함께 있어 주었던 미숙도 친구들과 시드니 오페라 하우스에 공연 관람을 가버렸다. 엔은 그가 보낸 돈을 밑천 삼아 스무 명의 노동자를 고용한 봉제 공장 사장이 되어 있었다. 그와 앉아 있는 동안에도 공장과 거래처에서 쉴새없이 걸려오는 전화로 마음 놓고 대화를 나눌 겨를이 없었다. 모두들 자기 자리에서 바쁘게 돌아가고 있었다.

밤이 되어서야 가족이 모일 수 있었다. 엔은 이제 그에게 월남 요리를 해주지 않았다. 잔디밭에 설치해 놓은 바비큐 통에 두텁게 썬 소고기와 사우디에서는 먹어볼 수 없는 돼지고기 햄을 구워 주었다. 코코넛 향이 나는 독한 월남 소주 대신 뜹

뜨름한 와인을 내왔다. 낯선 손님을 보고서도 꼬리만 치더니 고기 냄새를 맡고서야 우렁차게 짖어대는 콜리에게도 주먹만 한 살코기를 던져 주었다. 미숙은 사우디에서는 배운 적 없는 바이올린을 들고 나와 방금 보고 온 카르멘의 하바네라를 연주해 보였다. 밝은 달빛 아래 가슴속까지 현의 진동을 전해오는 바이올린의 강렬함과 하얀 저택의 웅장함이 환상처럼 어지러웠다. 미숙은 음대에 들어가 교향악단 연주자가 되는 게 꿈이라 했다. 명준은 캠핑에서 있었던 일들을 얘기하는 데만 정신이 팔려 있었다. 캥거루와 사슴을 만난 이야기며 백인 아이들과 호주 작가 나딘 고디머의 소설에 대해 토론한 이야기를 했다. 여전히 몸이 약하고 마음이 여렸지만 이곳에는 그 애를 집단적으로 따돌리거나 구타하는 일은 없었다. 그 애는 웃을 때마다 볼우물이 패여 귀여웠다. 민은 호주 정부가 베트남 정부와 수교를 맺게 되리라는 데 관심이 있었다. 민은 베트남 정권이 공산주의 경제를 포기하고 도이모이 정책으로 문호를 개방하고 있으니 채훈이 다시 베트남에 돌아가 사업을 할 의향은 없는가 물어왔다. 민과 아이들은 그의 건강이 어떤 상태인지 모르고 있었다. 엔도 심각하다는 건 알아도 어느 정도인가 정확하게는 모르고 있었다. 채훈은 그저 웃어주기만 했다.

채훈은 자신의 그림자를 벗어난 엔이 이뤄낸 행복을 노인처럼 미소를 머금고 지켜보기만 했다. 낯설기도 하고 당황스럽기도 하여 어떻게 찬사를 보내야 할지 몰랐다. 그저 아이들을 한 번씩 안아주고 엔의 이마에 입을 맞춰 주었다. 그들은 채훈의 방문을 즐거워했지만 그의 마음속에는 이별이 움트고 있었다. 이제 더 이상 이들에게 자신은 필요 없으리라는 생각이 떠나지 않았다. 잔디밭의 연찬이 끝나고 아이들이 들어가자 엔은 콜리의 긴 털을 쓰다듬어주며 말했다.

"이제 정말 이곳으로 오세요. 당신을 위해 모든 게 준비되어 있어요."

"아직 사우디에 할 일이 많아. 미군부대 사업은 이제 시작인걸."

"나는 미국이 싫어요. 아이들도 미국을 싫어해요. 당신이 미군에 협조해서 돈 버는 걸 원치 않아요. 우리는 이제 그런 돈은 필요 없어요."

"미국의 그림자를 벗어날 수 없는 게 내 운명인가 봐."

농담으로 대꾸했는데 엔은 단호히 고개를 저었다.

"운명 같은 건 없어요. 만일 신이 있다면 그는 무죄예요. 당신은 어떤 일도 신에게 물어본 적이 없어요. 모든 걸 스스로 결정했죠. 또, 만일 신이 있다면 미국을 가만두지 않을 거예요. 징기스칸도 나폴레옹도 로마도 망했어요. 수많은 전쟁을 일으켜 사람을 죽인 미국은 용서받지 못할 거예요."

"아마도 신이 없나 보지."

여전히 농담으로 얼버무리며 더 이상 말을 못하게 했다. 차마 이제 이별할 때가 되었다는 말은 하지 못했다. 당신은 이제 내 보호가 필요 없는 어엿한 가장이라고, 나는 당뇨로 죽어가고 있다는 말을 할 수가 없었다. 호주로 가기 전에 당뇨의 영향으로 양쪽 어금니가 여섯 개나 빠져 의치를 하고 있다는 사실을 그녀는 몰랐다. 스웨덴 의사는 이대로 진행되면 얼마 못가 발가락부터 시작해서 발목, 무릎까지 절단해야 할 거라고 말했다. 그 합리주의적인 서양인은 솔직하고 냉정했다. 합병증이 더 악화되면 일년 안에 생명을 잃게 되리라고 말했다. 다오닐 알약을 병째 들고 다니며 식사시간에 맞춰 먹고 있었지만

병의 침투를 저지할 수는 없었다.

사십이 넘어 자신이 할 수 없는 일이 점점 늘어남을 깨달으며 때때로 절망감에 빠지곤 했다. 희망과 절망이 교대로 마음을 흔들어 놓곤 했다. 그래도 그때는 희망을 붙들기 위해 더 부지런히 노력했다. 절망조차도 희망을 재촉하기 위한 수단일 수 있었다. 그러나 당뇨가 온몸을 망가뜨리면서 희망의 빛은 완전히 꺼져 버렸다. 미래가 존재하지 않는 희망이란 있을 수 없었다. 절망만이 남게 되면서 포기라는 것을 알게 되었다. 가슴 절절한 슬픔과 안타까움 없이 포기하는 법을 배웠다. 사업에 대한 집착도, 엔에 대한 사랑도 쓰라림 없이 증발되어 가고 있었다. 그토록 좋아했던 담배를 끊자 가슴이 날아갈 듯 시원해진 것처럼, 이별을 준비하면서 그의 마음은 어느 때보다도 평온했다.

다음 날, 모두 학교와 일터로 나가 할 일이 없는 낮 동안 채훈은 컴퓨터가 있는 민의 서재에서 서울에 편지를 썼다. 지난번 편지에서 영준은 애인이 생겼다고 했다. 군대에 갔다 와서 환경보호 단체에 가입해 일하다가 만난 여자라고 했다. 채훈은 우선 아들이 사랑에 빠진 것을 축하했다. 사랑이란 인간을 가장 인간답게 만드는 힘이라고 썼다. 사랑에 빠졌을 때, 누군가를 사랑하게 되었을 때, 인간은 활기가 넘치고 신선한 욕망으로 가득 차서 새로운 일을 벌이게 된다고, 그런 의미에서 너는 이제 제2의 인생을 시작한 것이라고 썼다. 그리고 자신이 두 번의 사랑으로 영준 모자를 슬프게 한 것을 다시 한 번 참회했다. 불현듯 찾아온 새로운 사랑을 이겨내지 못하고, 질병 같은 사랑의 굴레에 빠져든 아버지 같이 되지 말기를 바란다고 썼다. 변명도 했다. 인생에는 본인의 의지만으로는 어쩔 수 없는 것들이 존재한다고 했다. 사랑과 전쟁이 그것이라고. 그러나 어떤 경우가 찾아오더라도 가까운 사람들의 행복을 지켜주는 그런 사람이 되기를 바란다고 썼다. 그럼에도 불구하고 외모보다 내면이 아름다운 여자, 어떤 어려움 속에서도 희망을 버리지 않고 자신을 변화시켜 나가는 엔을 지금도 사랑하고 있노라 고백했다. 사이공에서 몇 해를 빼고는 줄곧 떨어져 살았지만 마음은 언제나 엔을 향해 있었노라고 했다. 몸은 한국에 가고 싶지만 마음은 이곳에 두고 싶다고 썼다.

사우디로 돌아가는 비행기를 타기 위해 민이 운전하는 승용차를 타고 국제선 터미널로 들어가는 데 막막했다. 기다리는 사람이라고는 최 소장뿐인 숙소로 돌아가 최 소장이 해주는 밥을 먹고 스프링 소리 시끄러운 야전침대에 누워 잠을 청할 생각을 하니 하염없는 외로움이 밀려왔다. 왜 다른 사업가들처럼 돈과 행복을 함께 영위하지 못하는 것인지, 왜 평생 이국땅을 떠돌며 살아야만 하는지, 평생 가족과 떨어져 살아야 하는지 우울했다. 모든 것을 포기하고 초연해졌다고 믿었는데, 막상 엔과 헤어지니 견디기 힘든 외로움과 상실감이 마음을 갈가리 찢어놓았다. 십년 전 싱가폴에서 사우디로 처음 건너갈 때의 두근거림은 차갑게 식어 버리고, 모험심이 가득 했던 자리에는 공허한 외로움만 들어차 있었다.

얀부 사무실 책상에는 전날 도착한 영준의 편지가 놓여 있었다.

보고싶은 아버님께.

지난 번 편지에 아버님이 보내신 사진을 보고 무척 마음이 아팠습

272

니다. 최근 들어 아버님이 얼마나 늙어버렸는가 확인하니 당뇨 병세가 이제는 생명을 위협하는 수준까지 진행된 게 아닌가 여간 걱정스럽지 않습니다. 제발 고집을 버리시고 모든 사업을 정리하고 돌아와 병부터 치료하도록 하세요.

아직도 어머니와 제가 살고 있는 공간에는 아버님의 흔적이 남아 있습니다. 어머니는 이사를 할 때마다 아버님의 물건을 가장 소중하게 챙기십니다. 64년판 신동아 잡지, 신문 문예란에서 오려 놓은 할아버님의 사진과 기사들, 아버님의 젊었을 때의 사진과 아버님의 손때가 묻은 책상, 그리고 이제는 써지지도 않는 만년필까지 서재에 그대로 보관되어 있습니다. 아버님이 학교에 찾아와 선생님들이 놀라도록 많은 선물을 나눠주시고 제 친구들에게 밥을 사주시던 추억도 고스란히 제 기억 속에 남아 있습니다.

아버님! 요즘 들어 더욱 아버님에 대한 걱정과 호주의 두 동생에 대한 그리움이 잠을 못 이루게 합니다. 지난번에 아버님이 보내주신 그 애들의 사진을 지갑에 항상 넣고 다니며 꺼내 보곤 합니다. 이씨 가문의 인상을 그대로 옮겨놓은 듯한 그 애들의 얼굴을 들여다보고 있으면 갑자기 치솟는 애정과 그리움으로 가득 채워져 형용하기 어려운 심정이 됩니다. 저보다도 더 어려운 조건에서도 당당하게 성장한 그 애들이 너무나 자랑스럽습니다. 한국에서 형제 없이 외롭게 자란 내게 그 애들과의 만남은 더 없이 큰 희망입니다. 저는 그 아이들과 한 핏줄이라는 것을 느낍니다. 빠른 시일 내에 모두 상면할 수 있는 자리가 만들어지도록 제가 먼저 노력하겠습니다.

귀국 문제는 아버님의 결단이 필요합니다. 너무나 병약해진 아버님의 사진을 보고 난 후로는 부자상봉을 더 미뤄서는 안 되겠다는 조바심으로 일도 손에 잡히지 않습니다. 이대로 쓰러지신다면 지금까지 아버님의 귀환만을 기다려온 어머니와 저의 희망도 사라지게 됩니다.

지난번 편지에 아버님은 스스로를 실패한 인생이라 규정하셨지만, 제 생각에는 절대 그렇지 않습니다. 아버님의 이상, 아버님의 노력은 아버님을 아는 모든 사람들의 삶에 든든한 기반이요 희망이었습니다. 그리고 이제 열매를 수확할 때가 되었습니다. 무엇보다도, 어머니는 아직도 아버님을 사랑하고 계십니다. 부디 고집을 꺾으시고 고국으로 돌아오기를 간절히 바랍니다.

　아버님이 돌아오실 날만을 손꼽아 기다리며……

　1991년 봄, 서울에서 큰아들 영준 올림

　채훈은 색 바랜 낡은 편지 뭉치 위에 아들의 새 편지를 올려놓았다. 그리고 책상 위에 깍지 낀 손을 올려놓고 기도를 시작했다. 난생 처음 해보는 기도였다. 보이지 않는 신을 향해, 십년만 시간을 더 달라고 애원했다. 십년만 더 기회를 준다면 해야 함에도 하지 못한 일들, 한스러운 일들, 미안한 일들 모두 해결할 수 있을 텐데, 그러고 나서 편안히 죽을 수 있을 텐데…… 십년만 더 달라고, 간절히 기도했다. 어쩌면 자신의 일생을 지켜보고 있었을지도 모르는 미지의 신을 향해, 어쩌면 이채훈이라는 인간의 삶에 일말의 동정심을 가지고 있을지도 모르는 신을 향해 눈물로 빌었다. 돌아가고 싶었다. 한국이 그리웠다. 손가락을 자르고 발가락을 잘라내더라도 내 동포에게 수술을 받고 싶었다. 이를 뽑더라도 내 동포의 손을 뽑고, 염을 치르더라도 내 동포의 손으로 내 몸을 만지게 하고 싶었다. 서울 아내가 늙은이 병수발을 할 수는 없다고 따귀를 때리며 나가라 한대도 큰아들의 품안에서 죽고 싶었다. 자신의 몸을 삭막한 사막에 묻고 싶지 않았다. 금평리가 아니라도 좋으니, 가을이면 낙엽에 덮이고 겨울이면 눈에 덮이는 한국의 흙 속에 묻히고 싶었다. 눈 덮인 묘지 위로 한겨울 영하의 모진 바람이 불어대는 그런 땅 속에 피곤한 몸을 뉘고 싶었다. 한국으로 돌아가고 싶었다.

· · · · · ·

　비는 그치고 맑게 갠 이른 아침이었다. 기차는 산으로 둘러싸인 소읍을 바라보며 천천히 속도를 줄이기 시작했다.
　"이런 몸으로 다니실 수 있겠어요?"
　청년이 부축해 일으켜 세워주며 말했다.
　"내 인생 전체가 절름발이였다오."
　채훈은 출입문까지 바래다주려는 청년을 만류하고 혼자 지팡이를 짚고 걸어 나갔다. 승강장에 내리니 서늘한 아침 기운이 폐부로 파고들었다. 봉화라고 쓰인 하얀 간판에 빗물이 마르고 있었다. 밤을 세운 데다 허기가 져 똑바로 서 있기도 힘이 들었다. 꿈처럼 잠이 쏟아졌다.
　기차역은 외따로 떨어져 있었다. 읍내로 들어가는 택시를 탔다. 며칠째 계속된 폭우로 하천은 곳곳이 무너진 채 황톳물이 흐르고 저지대 논들은 누렇게 물에 잠겨 있었다. 흙탕물에 잠긴 논과 울창한 수풀을 보니 마치 월남에 와 있는 느낌이었다. 월남에 홍수가 나면 끝없는 평야 전체가 누런 호수가 되어 버렸다. 엔의 고향에서는 집집마다 처마 밑에 보트나 큰 나무바구니를 매달아 놓았다가 홍수가 지면 그걸 타고 떠돌아다닌다고 했다.
　읍내에 들어서니 첩첩산중 오지인데도 버스터미널 주변으로

새로 지은 깔끔한 상가들이 눈에 뜨였다. 한창 공사중인 건물
도 여러 채 보였다. 이런 산골짝까지 끊임없이 옛집을 부수고
산을 깎아 새로운 건물과 공장을 짓다니, 정말 한국은 변했다
고 생각했다. 그가 떠날 때 전쟁의 폐허 위에 빈민촌만 다닥다
닥하던 서울은 이제는 그가 다녀본 세계의 어느 도시보다도
크고 웅장한 대도시가 되었다. 금평리를 찾아갔을 때는 옛집의
흔적도, 옛길의 자취도 찾을 수 없었다. 조귀동 아저씨네 기와
집이 있던 안 동네는 완전히 사라지고 한 뼘 논밭도 구경할
수 없는 빌딩 숲이 되어 있었다.

　윤상국의 소식을 들은 것은 모든 사업권을 최 소장에게 넘
기고 한국에 돌아와 병원에 입원해 있을 때였다. 호주 가족과
통화하는데 엔이 꼭 윤상국을 찾아 고맙다는 인사를 전해 달
라고 했다. 어머니에게 물어 윤영옥 아줌마가 아직 살아 계시
다는 것을 알게 되었고 어머니는 아줌마를 통해 상국의 전화
번호를 알아내 가르쳐 주었다. 몸이 아파 전화를 미루다가 지
난주에야 윤상국의 아내와 통화를 할 수 있었다. 그가 영주 종
합병원에 입원해 있다는 이야기를 들었을 때만 해도 굳이 아
픈 몸을 이끌고 이 먼 곳까지 내려오려고 생각하지는 않았다.
둘 다 퇴원을 한 다음 조금 나아진 몸으로 만나고 싶었다. 그
런데 어제 갑자기 그가 죽었다는 연락을 받고 침상에서 일어
났다. 그의 몸이 땅에 묻히기 전에, 영혼이 머물 곳이 없어 떠
나버리기 전에 엔의 인사를 전하고 싶었다. 발가락을 절단한
지 며칠 되지 않아 의사나 영준에게 말하면 붙잡을 게 뻔했다.
베개 밑에 쪽지만 써놓고 간호원들 몰래 병원을 빠져 나와 야
간열차를 탔다.

　읍내 변두리 주택가에서 택시를 내리니 아직 꺼지지 않은

상가 등이 바람에 흔들리고 있었다. 윤씨 상가라고 쓰인 화살
표를 따라 골목으로 들어서는데 동네 입구 큰길부터 마을 안
쪽 빈터까지 승용차와 소형트럭들이 빈틈없이 메우고 있었다.
차마다 사람들이 앉아 있는데 경상도뿐 아니라 전국의 번호판
을 달았다. 모두들 차에서 밤을 세운 듯 부스스한 얼굴로 기지
개를 켜거나 아직도 불편한 자세로 잠들었다. 부지런한 이들은
밤새 내린 빗물이 마르기 전에 차를 닦기도 했다. 문상객들이
었다. 막상 상가는 적막하도록 조용했다. 제 명에 죽어 호상이
되지를 못하고 너무 젊은 나이에 죽은 악상 때문인 듯 했다.
보통 상가에 쳐 있는 천막도 보이지 않고 천막 아래 밤 새워
술 마시고 화투를 쳐야 할 사람들도 보이지 않았다. 좁은 마당
에 몇 그루 주목과 화사한 여름 화초가 가득할 뿐이었다. 대문
옆에 붙은 별채에 빈소가 마련되어 있었다. 부엌 겸 거실로 쓰
는 비좁은 공간에 두 개의 작은 방이 붙은 초라한 곳이었다.

　거실에 키가 큰 노파와 조그마한 중년 여인 둘만이 앉아 있
었다. 채훈은 구부정한 자세로 앉아 있는 노파가 윤영옥 아줌
마라는 것을 금방 알았지만 피곤한 듯 눈을 감고 있어 인사를
미루었다. 윤상국의 관은 병풍도 두르지 않은 좁은 방안에 놓
여 있었다. 최근에 찍은 듯한 영정 사진이 관 위에 놓여있었다.
깡마른 긴 얼굴에 선량한 웃음을 띤 사진이었다. 군대 시절보
다도 더 마른 듯했다.

　상복도 없이 평상복에 노란 삼베 완장을 두른 두 청년이 일
어나 낯선 방문객을 맞았다. 고인의 유해 앞에 애도의 절을 올
리고 일어나 두 청년과 인사를 나누던 채훈의 시선이 문득 그
들이 찬 완장에 머물렀다. 월남전에서 보았던 의무병들 같았다.

　문득, 어린 시절 자신의 꿈이 의사였다는 기억이 떠올랐다.

사람을 죽이는 군인이 되기보다는 다쳐 신음하는 이들을 치료하는 의사가 되고 싶었다. 동네 아이들과 군대놀이를 할 때면 총을 드는 대신 완장을 찼다. 다른 아이들이 나무를 깎아 만든 총을 들고 서로 쏘아 죽이는 시늉을 할 때 그는 가운데가 뚫린 미제 반창고 뚜껑을 완장처럼 팔에 차고 군의관 역할을 했다. 아이들이 가짜로 부상당해 죽는 시늉을 하고 누우면 의사처럼 가슴에 청진기를 대고 일일이 아픈 곳을 물어가며 자상하게 돌봐주었다. 고등학교를 졸업할 때 의과대학 입학원서까지 썼었다. 도저히 등록금을 낼 자신이 없어 대학 대신 카추샤 시험을 쳐서 미군부대에서 군대생활을 하였고 거기서 배운 영어를 토대로 미군부대 군무원 시험에 붙었다.

까마득히 잊었던 기억들이었다. 놀랍게도, 수십 년이나 까맣게 잊고 살았던 어린 시절의 꿈이었다. 어쩌면 사업이 잘 될 때나 못 될 때나 끊임없이 상실감으로 괴롭혀온 정체가 바로 그 꿈이었는지도 모른다는 생각이 들었다. 그것은 돈을 많이 버는 직업을 가지려는 꿈이 아니었다. 아버지가 가난한 농민과 빈민을 위한 글을 썼던 것처럼, 병들어 고통 받는 가난한 이들을 돕고자 하던 순수한 꿈이었다. 어린 시절 전체를 사로잡고 있던 꿈을 지금껏 까마득히 잊고 있었다니, 그것이 진정한 꿈이었는지, 아니면 상국의 시신 앞에 향내를 맡으며 서있는 현실이 꿈인지 분간이 되지를 않았다.

"어머니, 저 누군지 아세요?"

거실에 나와 눈을 감고 있던 노파에게 말을 걸었다. 윤영옥 아줌마는 눈을 뜨고 낯선 남자를 바라보았지만 누구인지 언뜻 깨닫지 못했다.

"어머니 저예요. 이채훈이요."

"채훈이? 네가 채훈이냐?"

영옥 아줌마는 반가움에 일어나려 했지만 밤새 앉아 있었던 듯 몸이 말을 듣지 않았다. 채훈은 그녀를 앉혀 놓고 큰절을 올렸다. 상가에서 산 사람에게 절을 하지 않는 것이 관례라는 건 알았지만 온 마음을 다해 커다란 절을 하고 싶었다. 할 수만 있다면 아줌마를 끌어안고 회한의 눈물이라도 흘리고 싶었다.

"어쩌면, 우리 채훈이가 이렇게 늙었구나. 그래, 어렸을 때 모습이 아직도 남아 있어. 넌 아버지를 빼 닮았지. 꼭 네 아버지를 다시 만난 것 같구나."

아줌마는 채훈의 손을 잡고 하염없이 손등을 쓰다듬었다. 눈물을 글썽이며 지그시 그를 바라보는 눈이 예전의 그 눈길 그대로였다. 참으로 오랜만에 보는 고운 눈빛이었다. 엔의 영롱한 눈빛과는 또 다른, 한량없이 따사로운 눈빛이었다. 아버지는 어머니에게 당신도 윤 여사처럼 너그러운 시선을 가져보라고 말해 질투를 사곤 했었다.

"우리 채훈이를 다시 보게 될 줄은 몰랐다. 정말 반갑구나. 아들 하나를 잃었더니 또 다른 아들이 돌아온 기분이야. 사우디에 있다더니 언제 돌아왔어? 그런데 지팡이는 뭐냐? 발은 왜 그렇고? 얼굴도 무척 안 돼 보이는구나."

아줌마의 관심은 끝이 없었다. 두 사람은 마치 친 모자처럼 다정했다. 상국의 아내는 초라한 몰골로 병원 냄새를 풍기며 나타난 낯선 중늙은이를 멀뚱하니 지켜보기만 했다. 어쩌면 잘린 발가락 위에 붕대를 감고, 퉁퉁 부은 얼굴로 지팡이를 짚고 들어간 그의 몰골이야말로 방금 관속에서 걸어 나온 귀신처럼 보일 것이었다. 영옥 아줌마는 다 알고 있을 텐데도 그가 두 집 살림을 했다거나 월남 여자와의 사이에 아이를 낳은 곡절에 대해서는 묻지 않았다. 월남 공산화 후 싱가폴을 거쳐 사우디에서 살다가 당뇨에 걸려 돌아왔다는 대강의 이야기를 듣고도 그의 역경과 아픔을 모두 이해한 사람처럼 동정심 가득한 시선으로 그의 손을 쓰다듬으며 말했다.

"우리 채훈이가 고생 참 많았구나. 우리는 네가 외국에서 큰돈을 벌었다는 이야기만 들었지 그렇게 고생한 줄은 몰랐다. 그나저나 어떻게 하면 좋냐, 당뇨가 무서운 병이라는데……"

"저는 괜찮아요. 제게 떨어진 명대로 살다 가겠죠."

아줌마는 지그시 바라보던 눈을 크게 떴다.

"그런 소리 마라. 늙은 나도 살아있는데 네가 왜 포기하니? 생각나니? 넌 참 예의 바르고 사려 있는 아이였다. 금평리에서 너희 엄마와 우리 집에 놀러왔을 때 그 추운 날인데 네가 두 번이나 방문을 열고 나갔다가 돌아오는 거야. 왜 그러냐고 했더니 방귀를 뀌고 왔다더구나. 냄새가 나면 다른 사람들이 괴롭다고 말이다. 네가 여섯인가 일곱 살 때였을 거야. 생각나니?"

채훈은 낮게 소리 내어 웃었다.

"제가 그랬던가요?"

"그럼! 그뿐이냐? 한번은 우리 집에 이 선생이 놀러와 막걸리를 사오라고 시켰는데 한밤중이라 동네 가게에 술이 떨어졌다고 말도 없이 역전까지 그 먼 길을 다녀오지 않니. 우리는 네가 집에 가버린 줄 알았는데 거의 한 시간이나 지나서 땀에 범벅이 되어 온 거야."

"그 일은 생각나요. 지름길로 빨리 오려고 공동묘지를 지나는데 얼마나 무서웠는지 몰라요."

"그래, 그랬지. 얼마나 무서웠겠니, 어린것이."

아줌마는 어린아이 쓰다듬듯 그의 뺨을 어루만지며 웃었다. 금평리 아줌마 집에 놀러가 다른 아이들과 함께 대청에 누워 잠이 들면 허공을 휘휘 저어 파리를 쫓아주던 손이었다. 어떤 날은 잠들은 그의 배를 슬슬 쓰다듬어 주던, 그 길고 부드러운 손이었다.

"네 엄마는 네가 하는 짓마다 아버지를 닮았다며 걱정을 했지. 저렇게 고지식하고 융통성이 없어 어떻게 세상을 살아가나 하고 말이다. 그래도 나는 너희 여섯 아이 중에 우리 채훈이가 제일 좋았다. 넌 누구보다도 이 선생을 닮았으니까. 이 선생은 진짜 조선 선비 같은 분이었다."

서글픔이 밀려왔다. 의대에 들어갈 수만 있었다면, 미군부대에 취직만 되지 않았더라도 자기도 아버지처럼 살았을지 모른다는 생각이 들었다. 어떻게 하면 빈 박스 하나 들지 않고도 돈을 벌 수 있는지, 벽돌 한 장 쌓지 않고도 집을 가질 수 있는지, 그리고 돈을 쥐고 있으면 얼마나 많은 사람들이 자신에게 복종하는가를 배우지 않았다면, 자신의 인생은 달라졌을지도 모른다고, 어린 시절의 꿈을 이루기 위해 노력하며 살았다면, 설사 실패를 했더라도 이처럼 아픈 상실감은 느끼지 않았으리라는 생각이 들었다. 그는 아줌마의 손을 꼭 움켜쥐었다.

"어머니, 오래 오래 건강하게 사세요."

입맛이 없다는 아줌마를 설득해 간단히 아침을 먹고 있는데 읍내 여관에서 잠을 자고 온 상국의 형과 누이들이 왔다. 그네들은 상가에 부담을 주지 않으려고 밥도 식당에서 먹고 오는 길이었다. 어려서 함께 놀던 친구들이었지만 너무 오래 만나지 못해 할 말이 없었다. 반가움에 악수를 나누고 의례적으로 서로의 근황을 물어 보는 사이에 장례식 준비가 시작되면서 낮선 사람들처럼 떨어져 있어야 했다.

장례 행사는 상국이 다니던 교회의 목사와 신도들이 주관했다. 보잘 것 없는 노동자의 장례식으로는 정말 많은 사람이 왔다. 그들이 관을 들어 밖으로 옮기고 매장에 필요한 도구들을 챙기는 동안 가족들은 구경만 하면 되었다. 지팡이를 짚은 채 훈은 줄곧 아줌마 곁에서 사람들이 움직이는 대로 따라갔다. 그가 아줌마를 부축하기보다는 아줌마가 그를 부축해 주었다.

장지는 읍에서 십리쯤 떨어진 높은 산등성이를 거의 수직으로 깎아 만든 거대한 공동묘지였다. 차량행렬이 너무 길어 선두가 산꼭대기 묘지에 도착할 때도 후미차들은 국도를 막고 있어 교통경찰이 정리를 해주어야 했다. 추모객이 삼백 명이 넘었다. 그러나 아무도 없는 듯 고요한 장례식이었다. 조용히 움직이는 발자국 소리와 낮게 훌쩍이는 소리만 산정을 맴돌았다. 모두들 저마다 깊은 생각에 잠겨 말을 하지 않았다. 묘혈은 나란히 늘어선 작은 봉분들 사이 빈 자리에 미리 파 놓았다. 관을 넣은 후 목사가 예배를 주관했다. 그는 말했다.

"오늘, 우리는 이 자리에 인간의 고통을 가장 잘 이해한 한 인물을 묻기 위해 모였습니다. 그는 평생 많은 사람들을 위로하며 살았습니다. 정녕 위로받아야 할 사람은 본인이었는데, 타인을 위로하고 그들을 위하여 일생을 바쳤습니다. 아픈 몸으로 막노동을 하여 생계를 유지하면서 절망에 빠진 이웃을 위해 성경과 성가집을 사서 나누어주고 그들과 고통을 함께 했습니다. 경제적 어려움과 부부갈등, 때로는 술과 폭력으로 찌든 인생들에게 다가가 참을성 있게 그들의 이야기를 들어주고 위로하여 바른 길을 가도록 인도했습니다. 그들이 배신하고 또 배신해도 그들의 나약함을 야단치지 않았습니다. 그는 너그러운 사람이었습니다. 항상 웃는 얼굴로 나타나 그들에게 위안을 주었습니다. 그는 다른 전도자들처럼 예수를 믿으라고 말하지 않았습니다. 사람들은 그와 친구가 되기 위해 예수를 믿게 되었습니다. 그는 자신의 존재만으로도 그를 아는 모든 사람들을 기쁘게 해준 사람이었습니다. 스스로 썩어 새 생명을 잉태시키는 이삭과도 같은 사람이었습니다. 이제 우리는 이 너무나 착한 영혼을, 한 알의 씨앗을 땅에 묻습니다. 그가 더 많은 사랑을 잉태하여 더 많은 사람의 가슴에 꽃피울 수 있도록, 그의 영혼을 하나님께 보냅니다. 하나님, 이 순결한 영혼을 받아주시옵소서."

목사의 짧은 설교가 끝나고 관 위에 흙을 덮을 시간이 되었다. 먼저 삽을 든 윤상국의 아내는 흙을 떠 넣고는 바닥에 털썩 주저앉아 울기 시작했다. 그녀의 애절한 울음소리를 들으며 차례로 삽을 들어 그의 관 위에 흙을 던지는 이들의 눈에도 눈물이 맺혀 있었다.

엔도 윤상국의 소식을 들으면 흐느껴 울리라 생각되었다. 그의 아내도, 어머니도, 목사도, 친구들도 모두 울었다. 전장에서 스쳐 지나간 이국의 여인까지도 울 것이다. 윤상국은 온 몸이 썩는 아픔에 신음하며, 자신이 무슨 병에 걸린 지도 모르는 채 죽었지만, 자기가 월남의 밀림에서 저주받을 짓을 했다고 괴로워하며 죽었을지도 모르지만, 그러나 그는 행복한 사람이라고 생각했다. 그는 진정 행복한 사람이라고 생각했다.

상복조차 맞추지 못하고 석관이나 비석도 쓰지 못한, 관 뒤에 세울 병풍조차 빌리지 못한 가난한 상가의 점심은 싸구려 도시락 한 개씩이었다. 사람들은 오랜 장마로 먼지 하나 없이 깨끗한 산바람을 맞으며 식사 기도를 올렸다.

식사 기도를 하지 않는 채훈은 일행에서 홀로 떨어져 앉아 도시락을 무릎에 올려놓은 채 발아래 펼쳐진 장대한 산봉우리들을 바라보았다. 근 삼십년 만에 처음으로 제대로 바라보는 고국의 산천이었다. 비구름이 지나간 자리를 타고 밀려오는 습기 찬 바람이 울창한 숲을 흔들고, 새들이 바람을 따라 이리저리 저공비행을 하고 있었다. 열대 밀림과 붉은 사막을 떠돌며, 적도의 바다 위에서 파도와 싸우며 그토록 그리워하던, 그 푸르디푸른 산천이었다. 수십 개가 넘는 나라를 돌아다녔어도 찾아 볼 수 없던, 진정 아름다운 한국의 땅이었다.

문득, 어쩌면 자신의 생이 그리 나쁜 것만도 아니었다는 생각이 들었다. 최선을 다해 산 것이 면죄부가 될 수 있다면 자신의 생애에 조금은 덜 미안하다는 생각이 들었다. 비록 평생을 과로와 질병에 시달리게 했지만, 죽어 고향 땅에 육체를 묻을 수 있게 되었으니 지친 육체에게도 조금은 위안이 되리라 생각되었다. 고국에 돌아와 영옥 아줌마의 손을 잡아보고, 얼마 후면 아버지의 영혼을 만날 수도 있는 자신도 상국만큼이나 행복한 사람이라는 생각이 들었다.

한여름 햇볕에 증발된 빗물이 습기 찬 바람이 되어 불어왔다. 엔과 아이들의 손을 잡고 메콩 델타 습지를 탈출할 때 불어오던 서풍처럼 후덥지근한 바람이었다. 하나뿐인, 영원한 사랑 응웬티엔이 보고 싶었다. 아무 이야기를 나누지 않아도 좋았다. 그녀의 검고 긴 머리칼을 쓰다듬으며 해맑은 눈웃음을 들여다보고 싶었다. 그러다가 조용히 잠이 들고 싶었다. 그는 앉은 자세로 가만히 눈을 감았다. 사람들의 식사기도 소리가 모슬렘의 기도소리처럼 웅웅거리며 멀어져 갔다. 끝